… ALASTAIR
REYNOLDS

天启空间

下

[英]
阿拉斯泰尔·雷诺兹
著

何锐
译

REVELATION SPACE by ALASTAIR REYNOLDS
Copyright © Alastair Reynolds 2000
This edition arranged with THE ORION PUBLISHING GROUP
Through BIG APPLE AGENCY,INC., LABUAN, MALAYSIA.
Simplified Chinese edition copyright:
2023 China South Booky Culture Media Co., Ltd
All rights reserved.

© 中南博集天卷文化传媒有限公司。本书版权受法律保护。未经权利人许可，任何人不得以任何方式使用本书包括正文、插图、封面、版式等任何部分内容，违者将受到法律制裁。

著作权合同登记号：图字 18-2023-119

图书在版编目（CIP）数据

天启空间 /（英）阿拉斯泰尔·雷诺兹
（Alastair Reynolds）著；何锐译 . -- 长沙：湖南文艺出版社，2023.9
 书名原文：Revelation Space
 ISBN 978-7-5726-1273-2

Ⅰ. ①天… Ⅱ. ①阿… ②何… Ⅲ. ①幻想小说－英国－现代 Ⅳ. ① I561.45

中国国家版本馆 CIP 数据核字（2023）第 121204 号

上架建议：畅销·科幻

TIANQI KONGJIAN
天启空间

著　　者：	［英］阿拉斯泰尔·雷诺兹
译　　者：	何　锐
责任编辑：	匡杨乐
监　　制：	董晓磊
策划编辑：	公瑞凝
特约编辑：	公瑞凝
营销编辑：	木七七七
版权支持：	王媛媛
版式设计：	李　洁
封面设计：	尚燕平
内文排版：	百朗文化
出　　版：	湖南文艺出版社
	（长沙市雨花区东二环一段 508 号　邮编：410014）
网　　址：	www.hnwy.net
印　　刷：	三河市百盛印装有限公司
经　　销：	新华书店
开　　本：	680 mm×955 mm　1/16
字　　数：	594 千字
印　　张：	39
版　　次：	2023 年 9 月第 1 版
印　　次：	2023 年 9 月第 1 次印刷
书　　号：	ISBN 978-7-5726-1273-2
定　　价：	102.00 元（全两册）

若有质量问题，请致电质量监督电话：010-59096394
团购电话：010-59320018

目 录
Contents

第十六章 /341

第十七章 /365

第十八章 /369

第十九章 /386

第二十章 /401

第二十一章 /416

第二十二章 /428

第二十三章 /436

第二十四章 /450

第二十五章 /458

第二十六章 /470

第二十七章 /478

第二十八章 /485

第二十九章 /496

第三十章 /503

第三十一章 /514

第三十二章 /529

第三十三章 /534

第三十四章 /546

第三十五章 /551

第三十六章 /563

第三十七章 /574

第三十八章 /584

第三十九章 /595

第十六章

2566 年，北涅赫贝特

西尔维斯特感觉到飞机在转向起飞。先是水平移动，飞出曼特尔的地下机库，然后迅速提升高度，同时急急转向，免得一头撞上边上平顶山的叠层岩壁。他给自己打开了一道观景窗，但厚厚的尘埃迅速围拢过来，他只来得及最后再瞥一眼基地——在等离子体喷焰翼光明的弧面之下，隐藏着基地隧道的平顶山正飞速消失。他知道，自己再也不会回来了，对此他有着绝对的信心。他有种感觉，这不仅是自己最后一次看到基地，而且也会是他最后一次看到这个殖民地，虽然他说不清楚为什么。

这架飞机是定居点所能征集到的最小、最不值钱的飞行器，勉强比他在渊堃城驾驶的那些喷气飞车要大点——那是很久很久以前的事了，久得像是上辈子的事。它的速度也刚好够快，不至于浪费那六个小时的宽限，足以让自身和平顶山拉开足够远的距离。飞机本来可以载四个人，不过现在只有西尔维斯特和帕斯卡尔坐在上面。然而，就他们毫无行动自由这点而言，他们仍然是斯卢卡的俘虏。她的手下在飞机离开曼特尔之前就已经给飞机编好了飞航程序，只有当自动驾驶仪判断天气情况导致必须改变航线时，飞机才会偏离预定的飞航计划。只要地面条件允许，它就会将西尔维斯特和他妻子在一个事先定好的地点放下——他至今还没有向伏尔约娃和她的船员同伴们透露这个地点。如果条件太糟糕的话，可以在同一地区另选一个位置。

飞机不会在交人地点停留。放下西尔维斯特和帕斯卡尔，以及最多能保障他们在风暴中生存一两个小时的物资，然后飞机就会迅速返回曼特尔，避开现在寥寥无几的雷达系统，免得复生城得知它的飞行轨迹。在这之后西尔维斯特就会联系伏尔约娃，告知她自己的位置——虽然他会直接进行无线电广播，对方其实可以毫无困难地使用三角测量法定出他的位置。此后的事情就全由伏尔约娃掌控了。西尔维斯特其实并不知道之后的事情要如何进行，不知道对方要怎么把他弄上飞船。那是伏尔约娃的问题，与他无关。他只知道，这整件事不太可能是一个陷阱。虽然那帮超空人想要弄到手的其实是加尔文，但离开了西尔维斯特的加尔文实际上派不上任何用场。他们肯定想照看好西尔维斯特。假如说同样的逻辑不能自动套用到帕斯卡尔身上，西尔维斯特也已经采取了措施来修正这个缺陷。

飞机现在转而平飞。它在低于山峰平均高度的位置飞行，利用山体隐藏自己。每隔几秒钟它就会转向，穿过平顶山之间类似峡谷的狭窄走廊。能见度接近零。西尔维斯特希望最近没有发生任何山崩，导致飞机所依据的地形图受到影响，要不然在伏尔约娃分配的六个小时当中飞出去的航程将大大缩短。"这什么见鬼的地方……"刚刚出现在船舱里的加尔文狂躁不安地环顾四周。他还是和往常一样，斜躺在一张巨大而精美的椅子上。机身里没有足够的空间容纳这张椅子，所以椅子的末端不得不消失在舱壁当中，样子有些尴尬。"我到底在哪儿？我怎么什么都不知道！到底发生了什么事？告诉我！"

西尔维斯特转向自己的妻子。"在被唤醒后，他做的第一件事就是嗅探本地网络环境——了解自己的方位，确定所处的时间，等等。麻烦的是，现在并不存在本地网络环境这东西，所以他有些不知所措。"

"别再当我不存在似的对我评头论足了。总之，这到底是哪儿！"

"你在一架飞机上。"西尔维斯特说道。

"一架飞机？这可新奇了！"加尔文点点头，恢复了几分冷静，"真的是很新奇啊。我觉得自己从来没有坐过这样的飞机。我想，你不会介意给你老爹补充些关键事实吧？"

"这正是我唤醒你的原因。"西尔维斯特停了一下，关闭了观景窗。现在也没什么景可看，一成不变的尘埃像个笼子，只会提醒他飞机把他们放下去之后等着他们的是什么。"你可千万别幻想那是因为我觉得需要来场亲密的聊天，加尔。"

"你看起来老了些，儿子。"

"是啊，没错，我们这儿有些人必须继续在被熵支配的宇宙①中生存下去。"

"哎哟。你知道吧，这话可真伤人。"

"你们别吵了，好吗？没时间拌嘴了。"帕斯卡尔说道。

"不敢苟同，"西尔维斯特说，"五个小时——这在我看来似乎还绰绰有余。你觉得呢，加尔？"

"太对了。说到底，这女人知道啥？"加尔瞪向帕斯卡尔，"这是传统，亲爱的。我们就是这样——我该怎么说呢？交流摸底。如果他对我表现出哪怕一丁点友好，那我就真的要开始担心了。那意味着他想要我帮的忙会麻烦得可怕。"

"不，"西尔维斯特说，"如果要你帮的忙只是麻烦得可怕，那我也只会用抹杀来威胁你。我还没遇到过大到要让我面对你摆出快活样的事，而且我估计永远也不会有那么大的事。"

加尔文对帕斯卡尔眨了眨眼。"当然，他说得没错。我可真傻啊。"

---

① 宇宙中时间流逝的方向和熵值总体增大的方向是一致的。

此刻他身着一件烟灰色的高领长礼服，袖子上是交错的金色方格纹样。一只靴子搭在他另一条腿的膝盖上，上身礼服的前摆垂过抬起的腿，形成一道狭长的布帘，轻轻荡漾。他的胡须繁复到已经超越了完美无瑕的境界：它们被雕琢成了一个复杂的整体，得一大群一丝不苟的美容机仆专门时时保持关注才能维持状况。他戴着一只连到插座上的琥珀色数据单片眼镜（只是个装饰，因为他出生后就植入了直连数据接口），头发（这回是长发）延伸到脑壳后面，梳成一条油光水滑的辫子，在后颈上方又重新连接到他的头皮上。西尔维斯特试图确定这套打扮的年代，但实在想不出来。可能这个造型参考了在黄石星上某个时候的加尔文，也完全有可能是模拟人凭空创造的——在他所有的例行启动程序运行之际用来打发时间。

"那么，总而言之，这是……"

"飞机正带着我飞向伏尔约娃，"西尔维斯特说道，"你肯定还记得她吧？"

"咱们俩都不可能忘得了她吧？"加尔文摘下单片眼镜，漫不经心地在袖子上擦了擦，"那么，这一切到底是怎么发生的呢？"

"说来话长。她对殖民地施加压力。他们别无选择，只能交出我——实际上，还有你。"

"她需要我？"

"别一副大吃一惊的样子。"

"我没有。我只是大觉失望。当然，这一下子要接受的东西相当多。"加尔文飞快地把单片眼镜复位，那只琥珀色眼镜后面的眼睛圆睁着，被放得格外大，"你觉得她希望我们俩一块去是为了多个保险，还是因为什么特别的考量？"

"多半是后者。她根本就没完全公开自己的意图。"

加尔文若有所思地点了点头。"这么说来，你一直只是在跟伏尔约娃打交道，是吗？"

"你觉不觉得这有些古怪？"

"我还以为我们的老熟人佐佑木会在某个时候露面的。"

"我也是，但伏尔约娃也没说他不在。"西尔维斯特耸耸肩，"这真的有关系吗？他们的恶劣程度难分高低。"

"同意，但至少有佐佑木在的话，我们可以知道自己在去向何方。"

"你是说被拐到何方吧？"

加尔文微微摇头。"不管你怎么说，至少这个男人遵守了自己的诺言。而且他——或者说那个管事的家伙——至少一直都还算有礼貌，没再打扰你，直到这次。我们之前登上那被他们称为'无限眷念号'的哥特式怪兽有多久了？"

"大约一百三十年了。当然，对他们来说过去的时间要少得多，在他们看来只有一二十年。"

"我建议，我们最好设想情况已经最坏了。"

"什么情况？"帕斯卡尔说。

"那，"加尔文再度开口时带着一种故作耐心的语调，"我们要执行某项任务，事涉某位先生。"他斜了西尔维斯特一眼。"说来说去，她到底知道多少？"

"我估计，比我想象的要少得多。"帕斯卡尔看起来并不开心。

"我只告诉了她最低限度的情报，"西尔维斯特说，来回瞥了瞥他的妻子和贝塔级模拟人，"为了她好。"

"哦，谢谢。"

"当然了，我自己也还有些疑问……"

"丹，直接说吧，这些人找你和你父亲干什么？"

"啊，嗯，这恐怕也说来话长。"

"你有五个小时的时间——你刚才自己说的。当然，前提是你们俩有勇气终止你们彼此赞美的环节。"

加尔文扬起一边眉毛。"从来没听人这么描述过我们的对话。不过也许她确实了解些什么，对不对，儿子？"

"是啊，"西尔维斯特说，"她确实有些了解——对当下形势严重误解。"

"无论如何，你大概还是该多告诉她点信息，让她了解目前的整个状况。"

飞机来了个急转弯，特别突然，他们当中只有加尔文对这一运动毫无感觉。"好吧，"西尔维斯特说道，"不过我还是要说，与其知道太多，她不如知道少点。"

"为什么你不让我自己来判断？"帕斯卡尔说道。加尔文笑了起来："我建议你先把亲爱的布兰尼根船长的事告诉她。"

于是西尔维斯特把剩下的都告诉了她。在那之前，他一直刻意回避佐佑木那帮船员到底想要他做什么的问题。当然，帕斯卡尔肯定有权知道这些……但这话题本身就很让西尔维斯特不喜欢，所以他一直都在尽力回避这个问题。这并不是说他对布兰尼根船长有什么私怨，而且他对此人的遭遇也不乏同情。船长是个独一无二的奇人，遭遇了独一无二的可怕痛苦。虽然他现在在任何意义上都没有意识（据西尔维斯特所知），但他在过去曾有过，而且在未来也可能会有——如果他能被治愈的话，虽然无可否认机会渺茫。船长那笼罩在阴影中的过去很可能包含着罪行，但那又何妨？这个人现下的状况，无疑已经让那些从前的罪行得到了千百倍的报偿。是的。任何人都会希望船长好起来，而且大都会乐于花费些精力去帮助他，只要他们不会为此冒什么风险。哪怕有风险，只要很小，他们也可能愿意承受。

但船员们对西尔维斯特提出的要求，远不只是承受些个人风险。他们会要求他向加尔文屈服，允许加尔文侵入他的思想并控制他身体的运动机能。这种事一想起来就令人厌恶。和加尔打交道已经够糟了，就跟被他父亲的鬼魂缠身一样。如果不是因为这个贝塔级模拟人时不时确实能派上用场，他肯定多年前就把它毁掉了，仅仅是知道它的存在就会让他很不舒服。加尔太敏锐了。他的……它的判断太精明了。它知道西尔维斯特对那个阿尔法级模拟人做了什么，虽然它从未宣之于口。可是，每次他允许这东西进入他的脑海，它似乎就会朝着他的体内扎入更多的触须，越来越深。它似乎每次都对西尔维斯特有了更多了解，能更密切地预测自己的反应。如果看似他自己的自由意志的东西能被一个理论上并无自我意识的软件如此轻易地模仿，那他自己到底又算是什么？当然，"通灵"过程的糟糕之处还远不只这种非人化的体验。过程本身的体验就实在令人不快，他的自我意识发出的运动信号必须从源头上被阻断，被复合神经抑制性化学物质阻断。他会陷入瘫痪，但却在动，无比接近所谓被恶魔夺舍的状况。这无疑是种噩梦般的经历。他绝不乐意再度重复的经历。

不要，他想。尽管让船长去地狱好了，他一点也不在乎。为什么他要为了拯救一个比历史上大多数人活得更久的人而牺牲自己的人性？见鬼的同情心。几年前就该让船长死去才对，现在比起让船长忍受痛苦，他的船员们为了减轻他的痛苦而准备让西尔维斯特经历那种事才是更大的罪恶。

当然，在加尔文看来则不然……这与其说是磨难，不如说是个机会……

"当然，我是头一个。"加尔文说道，"当年我还有肉身的时候。"

"头一个什么？"

"头一个伺候那家伙的人。他当时嵌合的程度就很深了。有些生命支撑技术还是超升觉悟之前的。天知道他身上的肉体部分有多老。"他用指尖拂过自己的胡子，仿佛需要提醒他自己这种组合多么精美绝伦，"当然，这件事发生在八十子事件之前。但即使在那时，我已经作为激进的嵌合体科学前沿实验者而闻名了。我并不只是满足于翻新超升觉悟之前发展出的技术。我想超越他们所达到的水平。我想让他们望尘莫及。我想将技术的界限一直向前推，直到把它撕得粉碎，然后将碎片连缀起来重新划分新的界限。"

"好了好了，关于你自己你说得够多了，"西尔维斯特说，"还记得吗？我们正在讨论布兰尼根的事。"

"这叫铺陈背景，亲爱的孩子。"加尔文挤了挤眼，"总而言之，布兰尼根是个状况很极端的嵌合体，而我是个不惮于考虑极端措施的人。他患病之后，他的朋友们别无选择，只能掏钱请我去服务。当然，这一切完全是暗地里的；然后，即使对我来说，那也完全是个大转向。我对生理改造越来越不感兴趣，取而代之的是对神经信号变换越发迷恋，甚至可以称之为痴迷。具体来说，我想找到一种方法，将神经活动直接映射到——"加尔文停了下来，咬住自己的下嘴唇。

"布兰尼根利用了他，"西尔维斯特接过了话头，"然后作为回报，帮助他与渊堑城的一些富人建立了联系。他们是八十子计划的潜在客户。而如果他当时能成功地治愈布兰尼根，那故事就结束了。但他把工作搞砸了——只完成了能让布兰尼根的盟友们支持他的最低限度的工作。如果他当时肯多花些心思把事情干得漂漂亮亮，我们现在就不会这样麻烦缠身了。"

"他的意思是，"加尔文插了进来，"我对船长的修复不能算是永久性的。考虑到他嵌合体的状况，这是不可避免的。他身体的某些其他方面最终肯定会需要我们关注。而到那时——由于我在他身上所做的工作那么复杂——他们真的没有别的选择。"

"所以他们又回来了。"帕斯卡尔说。

"当时布兰尼根还在指挥我们即将登上的飞船。"西尔维斯特看着模拟人，"加尔已经死了。八十子计划成了一场公开上演的暴行。他剩下的只有这个贝塔级的模拟人了。不用说，佐佑木——那时他已经和船长在一起了——对这状况可不怎么高兴。但不管怎么说，他们还是找到了办法。"

"什么办法？"

"让加尔文去修理船长的办法。他们发现，他可以透过我来工作。贝塔级模拟人提供了嵌合体手术的专业知识。我提供了它所需要的肉体，让它可以动手动脚，完成工作。那帮超空人管这叫'通灵'。"

"那其实根本不需要你啊，"帕斯卡尔说，"只要他们有贝塔级模拟人，或者是它的一个副本就好，难道不能让他们中的一个人充当——用你刚才那个糟糕的叫法——'肉体'吗？"

"不行。虽然他们可能更愿意这样做。这样一来他们就完全不必对我有任何依赖。但是，只有当贝塔级模拟人和透过其工作的人之间匹配良好时，通灵才能发挥作用。就像把手戴进手套里一样。在我和加尔文之间这办法行得通，因为他是我的父亲，我们有许多基因相似点。把我们的大脑都进行切片的话，你可能会发现它们很难区分开来。"

"那现在？"

"他们回来了。"

"现在我要说，如果他上次把活干得漂漂亮亮那就好了。"加尔文说话时带着一副自得其乐的笑容，让这句评论的意味愈发明显。

"怪你自己才对。控制一切的是你。我只是照你的吩咐行事。"西尔维斯特怒目相向,"事实上,大部分时间,我甚至该说处于所谓无意识状态。但这丝毫不意味着,我不讨厌这当中的每分每秒。"

"而他们还要让你再这么做一次,"帕斯卡尔说道,"这就是全部了?就为了这搞出所有的事情,包括攻击那个定居点?只是为了让你帮助他们的船长?"

西尔维斯特点了点头。"如果你没有注意到我先前的提醒,我再说一遍,跟我们做交易的那些家伙,其实严格来说并不是人类。他们做事的优先级和时间尺度有点……抽象。"

"这桩事情要我说可不是什么交易。我会称之为勒索。"

"嗯,"西尔维斯特说,"这你可就搞错了。你看,这次伏尔约娃可有点误算。她在到来之前让我预先得到了警兆。"

伏尔约娃抬头看了一眼复生星的影像画面。此刻西尔维斯特在星球表面的位置是完全未知的,就像一个尚未坍缩的量子波函数。然而再过片刻,他们就会由他的广播获得一个精确的三角定位,而那个波函数也会抛弃掉无数种未被选择的可能。

"你找到他了吗?"

"信号太弱,"赫加齐说,"你制造的那场风暴对电离层造成了巨大的干扰。我敢打赌,你一定很自豪,对不对?"

"定你的位,猪猡。"

"耐心点,耐心点。"

伏尔约娃从没真的怀疑西尔维斯特不会及时发来消息。尽管如此,当她听到他的消息时,还是不由得松了一口气。这意味着,让他上船的整个棘手过程中,又一个因素已经具备了。不过她并没有自欺欺人地认为这项工作已经完成了。而且西尔维斯特提要求的口气有些傲慢,他似乎在对整件事发号施令,这让她怀疑她的团队是否真的占了上风。如果说西尔维斯特是为了在她心中播下一颗怀疑的种子，那么这男人肯定成功了。该死的家伙。她知道西尔维斯特善于玩心理游戏，早就为此做好了心理准备，但准备还是不够充分。然后，她默默在心中退了一步，扪心自问，目前事情进展到底如何。说到底，西尔维斯特很快就要落入船员们手中了。他自然不会喜欢这样的结果，在明知道他们想要他干什么的情况下就更不会了。如果他能掌控自己的命运，那他根本就不会走到即将被带上船的这一步。

"哈，"赫加齐说道，"我们找到定位了。你想听听这个杂种说什么不？"

"把他的话放出来。"

就像六个小时前一样，那男人的声音骤然在他们中间响起，但这次有所不同，差别非常明显。西尔维斯特说的每个词几乎都被淹没在背景噪声中——剥皮风暴毫无间断的嚎叫声。

"我在这儿了，你在哪里？伏尔约娃，你在听我说话吗？我说，你在听我说话吗？我想听到回应！这是我相对于居维叶城的坐标——你最好是在听。"然后他背出一串数字——为了保险起见，背诵了好几遍——这些数字可以把他的位置精确到一百米以内。已经做过三角测量的情况下，这些信息其实是多余的。"现在快下来！我们不能永远等下去。我们现在陷入了一场剥皮风暴之中，如果你不快点，我们会死在这里的。"

"嗯哼，"赫加齐说，"我觉得，在适当的时候回应一下这个可怜的家伙也并不是个坏主意。"

伏尔约娃掏出一根烟来点燃。她抽了一大口，品味许久之后给出了答复。"还不是时候，"她说道，"事实上，也许一两个小时后都还不是时候。我觉得应该先让他好好担惊受怕一番。"

敞开的空天服拖着脚挪向崑利时，她只听到些轻得没法更微弱的摩擦声。她感到它轻柔而坚决地压上来，压到她的脊柱上、腿背上、手臂上，还有头上。她在周边视野中观察到，空天服头盔看起来潮乎乎的侧翼围绕着她叠合起来，然后她感觉到空天服的护腿和护臂在她的四肢周围合拢。护胸封闭时，发出的声音就像是有人喝光布丁碗底最后一点东西时的啧啧声。

她的视线现在受到了限制，但还是能看到空天服的四肢，它们正沿着各自的解剖线闭合。接缝处在视野中停留了一秒左右，然后消失不见，融入空天服其他部分的纯白色外皮中。然后，盔顶在她的头颅上合拢，于是片刻间她眼前一片黑暗，随即一个透明的椭圆形出现在前方。椭圆形周围的黑暗中，一个个读数和状态显示窗流畅地亮起。稍后这套空天服会用气凝胶淹没自己内部，以保护乘员免受飞行中的过载 G 力伤害，但目前扈利仍在呼吸着带薄荷味的新鲜氧氮混合气体，压力和飞船中的一样。

"我现在已完成自身安全和性能的测试，"空天服通知她，"请确认你愿意接收这个装置的全部控制权。"

"是的，我已经准备好了。"扈利说道。

"我现在已经禁用了大部分的自主控制程序。除非你另有要求，否则本人格将以顾问身份保持在线。空天服全自动控制可通过以下方式恢复——"

"我已经知道了，谢谢。其他人怎么样了？"

"其他单元都已报告准备就绪。"

伏尔约娃的声音切了进来。"我们准备出发，扈利。我带队。三角下降队形。我喊，你跳。还有，除非我授权，否则不要采取任何行动。"

"别担心，我也没打算那么做。"

"我看出来了，你把她拿捏得死死的啊，"萨迪奇在公开频道里说道，"她拉屎是不是也要等你下令啊？"

"闭嘴，萨迪奇。之所以要你跟来，只是因为你了解地上世界。越雷池一步的话……"伏尔约娃顿了顿，"嗯，这么说吧，如果我发脾气的话，佐佑木不在附近，没法从旁调停，而且我手头有很多火力可以用来发泄怒气。"

"说到火力，"扈利说，"我在读数表当中没有看到任何武器数据。"

"那是因为你没有获得授权。"萨迪奇说道，"伊利亚不相信你一看到移动的东西不会开枪。对不对，伊利亚？"

"如果我们遇到了麻烦，"伊利亚说，"我会让你获得武器使用权的。相信我。"

"为什么不现在就给?"

"因为你现在不需要,原因仅此而已。你一路随行,如果事情偏离计划就从旁协助。当然,其实不会……"她重重地吸了口气,"但如果真的发生了,你就会得到心心念念的武器。如果你必须使用它们,请尽量谨慎,就这样。"

一旦离开飞船,空天服中的舰内空气就被排空,取而代之的是气凝胶:能在其中呼吸的流体。瞬间的感觉就跟溺水一样。但扈利在斯凯先手星上经历过很多次这种转变了,多得现在她并不会感到太不舒服。现在没法再正常说话,但空天服头盔内置了搜思网,能够解读心中默默发出的指令。头盔中的扬声器会对传入的声音进行适当的频移变换,以补偿气凝胶导致的扭曲失真,保证声音听起来完全和平常一样。虽然比起任何穿梭机,她们现在的载入难度和过载程度都更大,但扈利感觉上却更加轻松,只有眼球上方偶尔感觉有点压力。只有参照空天服的读数,她才知道她们的加速度时常超过六个标准重力加速度——由埋在空天服脊梁和脚后跟处的微型反锂引擎推动。下降中的空天服摆出了三角形阵式,伏尔约娃一马当先,两件有人穿着的空天服跟在她后,三件被遥控的空天服在最后。在第一段下降过程中,空天服仍然维持着拥光船上的配置,大致上形体还符合人类的解剖结构。但当她们周围复生星上层大气开始亮起一道道光流之际,空天服已经悄悄地改变了自己的外观。虽然从内部看不到变化,此刻连接手臂和身体的皮膜已经变厚,最终手臂和身体已经难以分开。手臂的角度也发生了改变。现在它们姿态僵硬,微微弯曲,与身体成四十五度角。头盔已经相对回缩,变得扁平,现在两条手臂的顶端之间是条平滑的弧线,越过头顶后向下延伸。柱状的双腿已经融合成了一条喇叭状的尾巴,任何由使用者定义的透明斑块都被强制重新遮挡起来,以抵御载入过程中的强光。空天服以胸口部位冲入大气,尾巴则悬吊在比头部略低的位置:纷乱的冲击波正在被空天服外皮随时变换的几何形状驯服并加以利用。虽然直接目视已完全不可能,但这些空天服却在利用其他电磁波段继续感知周围的环境,并且还行有余力地将这些数据调整为适合人类感官接收的形式。扈利环顾四周和下方，看到了其他的空天服，每一件似乎都浸没在一颗光芒四射的粉红色等离子体液滴中。

在二十千米的高度，空天服用推进器让自己的速度下降到刚刚超过音速。现在它们再度重塑自己的形体，以适应愈发浓密的大气层——变成了一群人类大小的飞机。空天服的背部长出了稳定翼，面部也恢复透明。依偎在它怀中的扈利几乎感觉不到这些变化，只感觉到周围包裹材料传来些微压力，将她的四肢从一个姿态推移到另一个姿态。

在十五千米处，第六套空天服打破了队形，进入高超音速状态，将自己配置成了一个空气动力学上的最佳形状。除非动个大手术，不然没人能钻进这个样子的空天服里。它不到几秒钟就消失在地平线上，其移动速度大概比任何一个曾进入复生星大气层的人造物体都快，甚至要使劲向上喷射，才能让自己不至于飞离这个星球。扈利知道，这套空天服是去接佐佑木的，他在复生星上的任务已经完成，二者将会在他最后一次与飞船沟通的指定地点附近会合。

在十千米处——她们一直保持沉默，尽管空天服之间的激光通信链路是绝对安全的——她们第一次撞上了几道伏尔约娃激起的剥皮风暴。从太空中看，这片风暴又黑又结实，就像一片灰烬堆成的高原。进入风暴之后，里面比扈利预想得要亮些。深褐色的光线，混浊多沙，就像渊埕城天气恶劣的午后。太阳被笼罩在泥色的虹晕之中。等到她们沉入风暴深处，这道虹晕也消失了。现在她们周围不再有扑面而来的光流：她们正胡乱跌跌撞撞，像醉汉下楼梯一样，穿行于一层层高空尘云之中。由于气凝胶中没有重量感，扈利很快就完全无法区分上下了，但她本能地相信，空天服本身的惯性导航系统会搞定的。尽管空天服引擎一直在努力让飞行过程更加平稳，她还是会时不时感觉到空天服撞上风暴气团时产生的颠簸。随着队伍的速度降到音速以下，空天服再度改变配置，变得更像人形雕像了。

离下方的地面只有几千米了，平顶山群中最高的山峰在她们脚下只有几百米的地方，不过她们依然看不到。现在越来越难以看清阵形中其他四件空天服的样子了。它们不断地在尘埃中忽隐忽现。

扈利开始有些担心了。她从来没有在这样的条件下使用过空天服。"空天服，"她问道，"你真的确定你能应付这种状况吗？我可不想你从天上掉下来砸在我身上。"

"穿着者，"这玩意说话时居然听起来像在嗤之以鼻，"如果尘埃确实构成威胁的话，我会立即通知你状况的。"

"好吧，只是随口问问。"

现在几乎什么都看不见，就像在泥浆中潜泳。风暴中偶尔会有些缝隙，从中可以瞬间瞥见高耸的峡谷和山壁。但大多数时候看到的尘云都只是茫茫一片。

"什么也看不见。"她说道。

"这样会不会好些？"

确实好多了。风暴一下子就消失于无形。她可以看到周围几十千米的景象，一直能看到较近处没被更近的岩壁阻挡的地平线。就像在阳光耀眼的晴天飞行，只不过整个场景都是以淡绿色变化渲染而成的，看着令人作呕。"剪辑组合，"空天服说，"由环境红外线，随机脉冲插值或声呐快照，以及重力测量数据合成。"

"很不错，但别得意忘形。我有个糟糕的习惯。当我对机器感到恼火时，哪怕是非常聪明的机器，我也会虐待它们。"

"完全明白。"然后空天服乖乖闭嘴了。

扈利调出个叠加窗口，对自己的大略位置有所了解。空天服知道该去哪里——以西尔维斯特发出呼叫的坐标为终点，但主动去实际动手了解事情会让她觉得自己更加专业。现在距离伏尔约娃和西尔维斯特通话过去了三个半小时，假如他没有交通工具，这段时间并不能让西尔维斯特远离约定的会合点。就算他现在因为某些原因，想要躲避接应，空天服上的传感器也不难找到他的位置，除非他找到个合适的山洞，深得能在里面安营扎寨；但之后空天服上的探测系统会动用全部机能，通过他在途中不可避免地留下的热能和生化痕迹追踪他。

"听好了，"伏尔约娃在说话，这是她们进入大气层后第一次使用空天服的内置通信器，"我们将在两分钟内到达接收点。我刚从轨道上收到讯息。佐佑木长官的空天服已经找到了他的位置，并成功地接到了他。他目前正在赶来和我们会合，但由于他的空天服现在没法进行那种高速运动，所以他还要十分钟才能赶到。"

"他要来跟我们会合？"扈利问道，"他为什么不直接回到飞船上？难道他不相信我们可以在没有他在场监督的情况下完成任务？"

"你在开玩笑吗？"萨迪奇问道，"佐佑木为这个等了好几年——几十年了。打死他也不愿意错过的。"

"西尔维斯特不会纠缠不清，还想反抗吧？他会吗？"

"除非他觉得自己幸运值爆表，"伏尔约娃说道，"但任何事都别想当然。我从前跟这个杂种打过交道，你们两个没有。"

扈利感觉到自己的空天服在蠕动变形，结构变得和最初在船上时非常相似。翼膜现在已经完全消失了，她的四肢也有了清晰的界限和关节，而不再是扁平的翼状附肢。手臂的尖端已经分叉成了爪套，不过如果她需要做精细操作的话，也可以长出更像样的手来。现在她正向后仰身，姿态近乎垂直站立，同时还在向前移动。空天服现在完全是靠喷射在维持高度，完全不受尘埃的影响。

"一分钟，"伏尔约娃说，"高度两百米。预计随时可能看到西尔维斯特。别忘了我们同样要寻找他的妻子。我估计他们不会隔得很远。"

扈利看腻了灰绿色的假象，恢复到正常视野。她几乎无法分辨出其他的空天服。她们现在离峡谷山壁上任何明显的岩石凸凹或裂缝都很远。这片地区往任何方向都是好几千米的一马平川，只偶尔有巨石或者沟壑。但即便是在风暴中露出一片"洼地"，透过这片混沌中的平静风眼也顶多只能看到几十米开外，地面上的尘埃也在不停地打着旋。尽管如此，空天服中的感觉清凉而寂静，给整个局面带来了一种非现实的气氛，这可相当危险。如果她乐意的话，空天服可以把周围的声音转发给她，但她听了也只会一无所得——除了外头正狂风大作这点之外。

她调回了灰绿色视野。

"伊利亚，"她说，"我这里依然手无寸铁。开始感觉有点手痒了。"

"给她点家伙玩玩吧。"萨迪奇说道，"这没什么坏处，不是吗？她可以走开些，在我们应付西尔维斯特的时候冲着岩石打靶。"

"滚蛋吧。"

"太无情了，扈利。难道你完全不觉得我可能是想帮你的忙吗？还是说你认为你靠自个儿就能说服伊利亚？"

"好吧，扈利，"伏尔约娃说，"我这就打开你的最小主动干预防御协议。这适合你的需求吗？"

其实严格来说并不。虽然扈利的空天服现在已经被赋权自主抵御外部威胁，甚至在某种程度上可以主动朝着这个目标展开行动，但扈利仍然没能把自己的手指放到扳机上。这可能会造成麻烦——一旦她想要杀死西尔维斯特的话。她还没有完全放弃这一目标呢。

"没错，谢谢，"她说道，"请原谅我没有为之欢呼雀跃。"

"不客气……"

大约过了一秒钟之后，她们降落到地面，动作轻柔得像五根羽毛。扈利感到一阵颤抖，这是她的空天服关掉了喷口动力，然后又对其结构进行了一系列微调。状态读数闪动着从飞行模式转为步行模式，也就是说现在如果她愿意的话，可以正常四下走动。甚至可以完全脱掉这套衣服，只不过没有防护装备的话，她在剥皮风暴中坚持不了多久。她非常乐意继续被包裹在空天服内部的静谧中，即便这样意味着她会觉得自己的参与感有所欠缺。

"我们分头行动，"伏尔约娃说，"扈利，我把两件空闲的空天服的控制权转交给你的空天服，你移动的时候它们会如影随形。我们三个人互相分开一百步，启动所有电磁波段和补充波段的主动传感器扫描。如果西尔维斯特在附近，我们会找到这猪猡的。"

第十六章

两套没有载人的空天服已经挪到了扈利身边，紧贴着她，跟流浪狗似的。她知道，这绝对不是交了啥好运。伏尔约娃是因为没有给她更好的武器，所以让她来照管无人单元作为安慰奖。但发牢骚毫无意义。她想要适当武装的唯一理由，就是为了利用这些防御装置来杀死西尔维斯特。这种论据在伏尔约娃那里大概很难奏效。不过有件事值得谨记在心：即使没有武器装备，空天服也是致命的。在斯凯先手星的训练中，她曾目睹穿着空天服的人靠着纯粹的蛮力对敌人造成伤害的情景，对手真的是在字面意义上"被撕成了碎片"。

扈利看着萨迪奇和伏尔约娃向着各自的方向走去，采用的是默认的步行模式，步伐沉重而缓慢，很有欺骗性。这种欺骗性在于，如果需要的话，这些空天服的移动能如羚羊般迅捷，只是目前没有必要动用这样的速度。她关掉了灰绿色图层，恢复到正常视野。她毫不意外地发现，自己根本看不到萨迪奇和伏尔约娃了。风暴中依旧时不时露出平静的风眼，但基本上扈利的视野只算是伸手能见指尖。

随即她猛地一惊，意识到自己看到有某个东西——某个人——在尘埃中移动。那个身影只存在了一瞬间，甚至连惊鸿一瞥都算不上。扈利没太放在心上，正打算把这个鬼影合理化为尘埃中的一团旋风偶然在瞬间呈现出隐约人形。但就在这时她又看到了那个身影。

这次身影更加清晰了。它前后徘徊，勾引着扈利的目光。然后它迈步走出混沌，走进清晰的视野中。

"好久不见了，"大小姐说道，"我还以为你再见到我的时候会更高兴点。"

"该死的，你去哪儿了？"

"穿着者，"空天服说，"我无法解析你刚才未宣之于口的陈述。你能不能把你想说的话重述一遍？"

"叫它别在意你说什么，"大小姐满身尘埃的鬼影说道，"我没多少时间了。"

扈利让空天服不要理会她在心里说的话，直到她给出一个暗号为止。空天服带着闷闷不乐的语气答应了，似乎从没人要求它做这样不同寻常的事情，并且表示它必须认真地重新考虑一下双方未来的合作条款。

"好了,"扈利说,"只有你我了,女士。介意告诉我你去哪儿了吗?"

"马上就好。"那个女性形象的投影说道。她现在已经稳定下来了,但看起来无疑并不像扈利所期待的那么逼真。她看起来更像是她自己的一幅粗糙的素描,或者是一张模糊的照片,还带着一波波扭曲的涟漪。"首先我最好为你做些力所能及的事,否则你会被逼到想出捶死西尔维斯特这样的蠢主意。现在让我们来看看。进入空天服主系统……绕过伏尔约娃的限制代码……事实上非常简单嘛。我简直有些失望,她居然没让我做起来多点挑战性,尤其是这大概是我最后一次——"

"你在说什么?"

"我在说给你火力啊,亲爱的小姑娘。"随着她的话语,状态读数重置了,显示之前被锁定的一批空天服武器系统刚刚上线了。扈利评价着突然落入她掌心的武器库,对刚刚目睹的这一幕有些半信半疑。"请用,"大小姐说,"在我离开之前,你还想让我挥挥手再把什么东西变好些吗?"

"我觉得我该说声谢谢……"

"免了,扈利。我最不希望从你那里得到的就是感激。"

"当然,现在我其实已经别无选择,只能杀了那个浑球。我是不是该为此感谢你?"

"你已经看到了,呃,证据。或者,如果你愿意的话,也可以说是起诉理由。"

扈利点了点头,感觉到自己的头皮蹭到了空天服的内衬上。空天服并不适合穿着在里头使用肢体语言。"是的,关于遏制者的那些。当然,我依旧不知道那些故事有几分真实……"

"这种情况下,你可以换个角度思考。你忍住不杀西尔维斯特,然而,之后我告诉你的那些变成了事实。想象一下,那时你的感觉会有多糟糕。尤其是西尔维斯特,"尘埃中的鬼影试图露出狰狞的笑容,"实现了自己的雄心之后。"

"我的良心依然无愧,不是吗?"

"毫无疑问。而且我希望,在你们整个物种被遏制者系统消灭的时候,这能让你获得足够的安慰。当然,很有可能你根本就没时间去追悔自己犯下的过错。那些遏制者,它们的效率可是相当高呢。但你会在某个时候发现……"

"好了好了,多谢良言。"

"我还没说完,扈利。我为什么到现在才来?你难道没想到,这可能有很充分的理由吗?"

"这个理由是?"

"我快死了。"大小姐让这句话在尘暴中萦绕了一阵,然后才继续往下说,"秘藏武器事件后,盗日者成功地将自己的另一部分注入了你的脑袋。不过,你肯定发现了。他进去的时候你有感觉,对吗?我还记得你的尖叫。那幅景象历历在目啊。那感觉一定十分奇怪。惨遭侵犯啊。"

"从那以后,盗日者就没在我心中留下更多印象了。"

"但你有没有想过要问一句,为什么?"

"你这话是什么意思?"

"我的意思是,亲爱的好姑娘,我花了几个星期的时间,拼上了我这条老命,想阻止他进一步往你的脑袋里蔓延。这就是为什么你没有再听到我的声音。控制他耗尽了我的全部心神。我无意中让他跟着嗅探犬一起回来那次,要应付那部分的他就够艰难的了。但至少那次我们最后打成了平局。不过这次的情况大不一样。盗日者变得更强了,而我却随着他的每一次攻势越趋衰弱。"

"你是说他还在这里?"

"正是如此。而你没有听到他的声音的唯一原因就是,他也和我一样专注于我们双方在你的颅骨之内进行的这场战争。和我不同的是,他一直在向前推进——腐蚀我,利用我的系统,让我自己的防线掉转枪口。噢,请相信我,他可真是个狡猾的家伙。"

"接下来会发生什么?"

"接下来会发生的事是,我会输掉这场战争。这点我现在相当有把握了。

"这是个数学问题，根据他目前的收益率就能确定。"大小姐又笑了起来，仿佛她对这种冷静分析问题的超然态度感到异常骄傲，"我可以拖几天他的攻势，然后一切就结束了。时间甚至可能更短。仅仅是这会儿在你面前现身，就已经让我的力量大大削弱。但我别无选择。为了恢复你的武器权限，我不得不牺牲些时间。"

"但他取得胜利后……"

"我不知道，扈利。但要做好一切准备。他很有可能不会像我这样，努力想要成为讨人喜欢的房客。毕竟，你也知道他对你的前任都做了什么。把那可怜虫搞成了疯子。"大小姐倒退一步，看起来让自己的一部分隐没在尘埃之中，仿佛她正要钻进幕布，走下演出的舞台，"我怀疑我们多半不会再有这种愉快交谈的机会了，扈利。我觉得我应该祝你好运。但现在，我只要求你做一件事。去做你来这里该做的事。而且要做好。"她又退了一步，然后整个形体支离破碎，仿佛她不过是一幅用木炭画出的女性素描，在风中消散无踪。"你现在拥有所需的手段。"

大小姐已经消失了。扈利在原地等了一小会儿，与其说是在整理凌乱的思绪，不如说是在把它们扒拉成些马马虎虎能聚在一起的团块，只能指望它们或许可以撑个几秒钟不散成一地。然后她发出了暗号，让空天服重新上线。她观察到，武器系统正如大小姐所承诺的那样，都能正常运转，但这带给她的感觉完全谈不上安心。

"我很抱歉要打扰一下，"空天服说道，"但如果你愿意恢复全光谱视野，你就会观察到，我们有客人了。"

"客人？"

"我刚刚已经提醒了其他的空天服。但你是离得最近的。"

"确定不是佐佑木？"

"不是佐佑木长官，不是。"也许是出于扈利的想象，但空天服听起来真的很生气，甚至让扈利怀疑起它在这件事上的判断了。"就算越过所有安全限制，长官的空天服到达这里也至少要在三分钟之后。"

"那就肯定是西尔维斯特了。"

扈利一边说一边把视野切到了推荐的叠加状态。她能看到正接近的人影，或者，更准确地说，是"那些"人影，来者有二，很容易分辨。另外两套载着人的空天服正迈着和出发时同样的步子，不紧不慢地向这个位置聚拢。"西尔维斯特，我想你应该能听到我们的声音吧，"伏尔约娃说道，"停在原地。我们正从三面向你靠拢。"

那男人的声音从空天服通信频道中传来。"我还以为你要把我们丢在这里等死呢。很高兴你告诉我你来了。"

"我向来没有食言的习惯，"伏尔约娃说，"这点你现在无疑已经清楚了。"

扈利开始为她还不确定能否执行的杀戮做准备。她调出目标准星，框住西尔维斯特，然后部署武器，用的是她空天服武器中火力不那么凶猛的一件：一个头盔内置的中等当量激光器。与空天服上的其他武器相比，它的威力微不足道；其实只是为了警告潜在的攻击者走开，另选目标。但要在几乎零距离的位置击杀一个无甲目标，这已经绰绰有余了。

现在她只需要眨下眼睛，西尔维斯特就会死去，死法完全严格按照大小姐提出的要求。

萨迪奇此时加快了移动速度，在更迅速地靠近……不是西尔维斯特，而是伏尔约娃。扈利这时才注意到，萨迪奇穿的那套空天服有些不对劲。她爪臂的一端有什么东西凸出来，小小的一个金属物。看起来像是武器，是一把轻型的手持式玻色枪。她一派从容地举起了手臂，就像是一名专业杀手那样。刹那间，扈利体验到一种震撼人心的错位感。她仿佛脱离了自己的身体，从外面看着自己；看着自己举起武器，准备杀死西尔维斯特。

但有个地方很不对劲。

萨迪奇正把武器对准伏尔约娃。

"我以为你应该已经心里有数——"西尔维斯特说道。

"伊利亚！"扈利大喊起来，"趴下，她要——"

萨迪奇的武器比看起来更强大。闪起一道光——相干物质波的约束激光——和地平线平行，从扈利的视野中横向划过，戳进伏尔约娃的衣服里。各种警告声和警报器纷纷狂叫起来，表明附近出现了超过阈值的能量释放。扈利的空天服自动把战斗准备跳转到强度更高、一触即发的等级。显示屏上的指数变化表明，如果她的空天服受到类似的威胁，其上的附属武器系统将无须她的意识而自动触发。伏尔约娃的空天服遭受了重创，胸部很大一片外皮都被炸没了，露出了皮下密密叠合在一起的复合装甲层，电缆和能源管线从洞口露到了外面。萨迪奇再次瞄准，再次开火。

这一击沿着刚才打开的伤口钻进了更深的地方。伏尔约娃的声音从频道里传来，但听起来虚弱而模糊。扈利只能听出她的呻吟中带着疑问，震惊多过痛苦。

"这一枪是为了鲍里斯，"萨迪奇说话的声音清晰得让人恼火，"为了你在实验当中对他所做的事。"她再度举起枪来，镇定得仿佛她是名艺术家，即将给自己的杰作添上最后一笔颜料。"而这，是为你杀死了他。"

"萨迪奇，"扈利说，"别这样。"

那女人的空天服没有转身看她。"我有什么理由要住手，扈利？我不是说得很清楚吗？我对她怀着深仇大恨。"

"佐佑木马上就来了。"

"到时候我会让场景看起来像是西尔维斯特开火打死了她。"萨迪奇不以为意地哼了一声，"妈的，你就完全不觉得我会考虑到这个问题吗？我可不打算为了报复这个老巫婆让自己被踢下船。她不值得付出那么大的代价。"

"我不会让你杀了她的。"

"不会让我？哦，真有趣，扈利。你打算用什么来阻止我？我可不记得她恢复了你的武器权限，而且现在我觉得她的状态恐怕也做不到这点了。"

萨迪奇是对的。

伏尔约娃现在瘫倒在地上，她的空天服已经残缺不全。那个破口现在大概已经深及她的身体。也许她还在发出声音，但她的空天服已经损坏，无法放大声音。

萨迪奇再度举起了玻色枪，这次瞄向下方。"一枪干掉你，伏尔约娃，然后我会把事情栽到西尔维斯特头上。他当然会否认一切，但这里唯一能作为证人的只有扈利，我想她不会不顾利害地支持西尔维斯特的陈述。我说得没错吧？承认吧，扈利，我马上要做的其实也是在帮你的忙。如果办得到的话，你自己也会杀了这个贱货的。"

"你有些地方说错了，"扈利说，"算下来有两点。"

"什么？"

"我不会杀她，尽管她做出了那些事情；以及，我确实办得到。"她只花了一丁点时间——甚至只有零点几秒——让激光瞄准目标，"再见，萨迪奇。但我实在没法说这段经历感觉愉快[①]。"

然后她开火了。

等一分多钟之后佐佑木赶到的时候，萨迪奇的残骸已经没有埋葬的必要了。

当然，她的空天服受到攻击后提高了响应水平，从她头部两侧弹出了发射装置，射出定向等离子弹进行反击。但这种情况扈利的空天服早有预判。它改变了自己装甲的外层状态，以最大限度阻挡等离子体攻击（改变质地，并且给自己的皮肤通上了强大的电流，偏斜等离子体方向），同时以更强大的火力还击。不再使用等离子体或者粒子束这种小家子气的武器，而是选择更能一击定音的反物质脉冲武器，从自身的反锂储存器中释放出若干纳米级微粒。每个微粒都被塞到了一个可烧蚀的正物质壳体中，然后连同包壳一块被加速到光速的几分之一。

扈利连倒吸一口冷气的工夫都没有。在发出最初的开火命令后，她的空天服就自行完成了剩下的所有步骤。

"我们遇到了……麻烦。"扈利朝着降落着地的佐佑木说道。

"不用你说。"佐佑木边说边打量着杀戮现场：外壳伤痕累累的空天服，里

---

① 原文即为双关语。反过来说常见套话"很愉快，但必须说再见"，同时也指杀人并不愉快。

面是伏尔约娃；那些散落得到处都是的放射性残片，它们曾经是名叫萨迪奇的超空人；还有，在一片狼藉的中央，是没有受到爆炸伤害，但看起来被吓得无法言语，也压根兴不起逃跑念头的西尔维斯特夫妇。

第十七章

2566 年，复生星，会合点

西尔维斯特在脑海中多次预演过这次会面。

他尽力考虑了每种可能的情况。甚至那些——基于他对状况的了解——似乎极不可能真正发生的情况。但他没有考虑过像这样的情况，而且有充足的理由。即便是事情正在发生的当下，他也完全搞不懂这是怎么回事，更不用说为什么事情的发展轨迹会如此不合情理。

"我也搞不太明白这是怎么回事——这会不会让你感到有点安慰。"佐佑木的话音在风中响起，是从他那件怪异盔甲头部的扩音器传出的。

"这让我感到无比安心。"西尔维斯特说话时仍然使用无线电，还是用他在与船员们进行所有谈判时使用的那个频段，尽管他们的代表——也许是他们仅存的代表——现在就站在彼此呼声可及的距离之内。在剥皮风暴无休无止的咆哮中，放声喊叫这种选择并不可取。"你可以说我天真，但在这个时候，我希望你能以你一贯的冷酷高效作风来接手局面，佐佑木。我只能说，你似乎在偷懒啊。"

"我比你更不喜欢现在这样，"这个超空人说道，"但你最好相信我——这也是为你好——现在局面已经处于良好的控制之下。现在，我正要把注意力转移到我受伤的同事身上。在这个时候，我强烈建议你抵制诱惑，不要做任何愚蠢的事情。嗯，你脑子里不会真有这种想法吧，丹？"

"我没那么蠢，你应该了解的。"

"问题就在于，丹，我太了解你了。不过我们还是不要再纠缠于过去了。"

"没错，不纠缠。"

佐佑木向受伤的那人走过去。其实在他说话之前，西尔维斯特就已经知道自己是在和飞船上三人团成员之一的佐佑木悠司打交道。从风暴中进入他的视野之际，那件空天服的面罩已经变成了透明的，那副他太过熟悉的五官正密切注视着现场，衡量损害。虽然看不太真切，但与他们上次见面时相比，佐佑木的样子基本没什么变化。对他来说主观时间刚过了几年。对西尔维斯特而言则恰好相反，在这两次见面之间挤着的时间，相当于旧时人类一生的两到三倍。这一刻看起来真是奇妙。

但西尔维斯特无法确定另外两名船员的身份。当然，之前还有第三个……但他或她现在已经不再处于西尔维斯特指望认得出的状况。而在那两个看样子还没死的船员当中，有一个可能已经生命垂危——正在接受佐佑木治疗的那个——剩下那个正站在一旁，似乎还陷于震惊之中，沉默不语。奇怪的是，没有受伤的那人一直在让空天服上的武器瞄准西尔维斯特，哪怕他手无寸铁，也没有打算——压根就没有打算——抵抗抓捕。"她会活下来的。"过了一阵子佐佑木说道。他肯定是用空天服与倒下那人的空天服进行了通信交流。"但我们需要把她迅速送回飞船上。然后我们再来弄清这里到底发生了什么。"

"是萨迪奇。"一个对西尔维斯特来说陌生的声音说道。是个女人。"萨迪奇试图杀死伊利亚。"

那么，受伤的正是那个贱货本人：三人团成员之一的伊利亚·伏尔约娃。

"萨迪奇？"佐佑木说。有那么一小会儿，这个词似乎在他们之间悬停，就好像佐佑木无法——或者是不愿——接受对方，那个不知名的女性所说的内容。但狂风撕扯了他们几秒钟之后，他再次念出了这个名字，只是这次是表示接受的降调。"萨迪奇。是的，这说得通。"

"我觉得，她是打算——"

"你可以回头再跟我讲，扈利，"佐佑木说道，"会有很多时间留给你的，当然，你在事件中的角色也必须解释得让我完全满意。但现在我们应该处理好优先事项。"他朝受伤的伏尔约娃点了点脑袋。"她的空天服能让她再多活几个小时，但它没有能力回到飞船上了。"

"我以为，"西尔维斯特说，"你想好了让我们离开这个星球的方法？"

"给你个忠告，"佐佑木说，"别惹毛我，丹。我为了找到你确实做了相当多的麻烦事。但不要想当然地觉得我不会出手宰了你，来看看那到底会是什么感觉。"

西尔维斯特早就料到佐佑木会说这种话，如果这个人说话不像这样，而是对找到他的辛劳轻描淡写一番，他反而会更加担心。但是，如果佐佑木心里有半分相信自己说的这些话——这很令人怀疑——那么他就是个白痴。为了找到西尔维斯特，他至少是从黄石星系——也许是从更远的地方——一路追踪至此。眼前这人为完成这个任务究竟付出了多大代价难以揣测，这都还没算上为此消耗的多年时间。

"你好棒哟，"西尔维斯特说话时，让自己的语调尽可能地充满一听而知的虚情假意，"但作为一名科学工作者，你必须尊重我做实验的冲动，我得确定你的容忍限度。"他猛地从防风斗篷下抽出一条手臂，用戴着手套的两根手指紧紧夹住什么。他预料那个拿枪的人这时几乎肯定会以为他是在抽出武器，于是向他开火。他觉得，冒这个险是值得的。不过他并没有拿出枪。他拿着的是一小片量子态存储芯片。"你看到这个了吗？"他说道，"这是你让我带来的东西。加尔文的贝塔级模拟程序。你需要它，不是吗？你非常需要它。"

佐佑木一言不发地看着他。

"好吧，去你的。"西尔维斯特边说边用力捻碎模拟程序芯片，一直捻到它化作微尘，在狂风中散去无踪。

第十八章

2566 年,环复生星轨道

他们从复生星升空,迅速冲入风暴上方的晴朗大气。最终,在西尔维斯特的上方出现了某个物体。起初它很小,能看到其实是因为它偶尔遮住了背后的星星。它看起来跟一小条煤炭差不多大,但一直在变大,直到最后可以明显看出它的形状大致是个圆锥体;起初它看起来只是个通体漆黑的剪影,这时形体之上也隐隐能看到些细节——照明的细弱光亮来自底下的行星,这艘飞船正环绕着它运行。这艘拥光船看起来还在不断增大,直到大得不可思议,遮挡住了半个天空,然后继续增大。自从他上次登船之后,这艘船没有太大的变化。西尔维斯特知道——但印象不深——这种飞船经常会重新设计自己,不过变化通常是在内部进行微妙的改建,而不是对外部布局进行彻底的改造(尽管后者也确实会发生,大概每一两个世纪会有那么一次)。有那么一刻,他担心这艘飞船现在可能缺乏自己所期望的那种能力,但随后他想起了这艘船对菲尼克斯所做的一切。事实上，这很难忘记，因为那次攻击的证据在他脚下仍然清晰可见：一朵灰色的毁灭莲花，绽放在复生星的面庞之上。

黝黑的船壳上打开了一道门。门看上去实在是太小了，穿着空天服的人一个都钻不进去，更别说他们这么多人一起了。但随着他们靠近飞船，看得也越来越清楚：这道门实际宽数十米，可以轻松容纳他们所有人。西尔维斯特、他的妻子和船上的另外两名超空人（其中一人抱着受伤的伏尔约娃）隐入其中后，门在他们头顶关上了。佐佑木把他们带到了一片过渡等候区，在那里他们脱掉身上的空天服，恢复正常呼吸。空气中有种怪味，让西尔维斯特瞬间仿佛回到了上次上船的时候。他之前都忘了船上有这种味道了。

"你们在这里等着，"佐佑木说话的同时，空天服们把自己打理得整整齐齐，走向一面墙，"我得先照顾我的同事。"

他跪下身子，埋头处理伏尔约娃的空天服。西尔维斯特玩味地想着要不要对佐佑木说，你不该花太多精力去帮助另一位三人团成员。然后他判定，最好还是不要采取这种行动方案。粉碎加尔的模拟芯片时，他可能已经把佐佑木推到了失去耐心的边缘。"当时在下面到底发生了什么？"

"我不知道。"这正是佐佑木的典型作风。他跟西尔维斯特遇到的所有真正聪明的人一样，知道最好不要强不知以为知。"我不知道，而且眼下——暂时——这并不重要。"他研究着伏尔约娃空天服上的读数，"她的伤势虽然严重，但似乎不是致命的。只要花些时间就能治好。另外，我现在找到了你。其他都是细枝末节。"然后他把头转向另外那个女人，她也已经钻出了自己那套空天服。"但是，有些事情让我感到不安，扈利……"

"什么？"那女人问道。

"那也不重要——暂时而言……"他回头看向西尔维斯特，"顺便说一句，你对模拟人耍的那个小把戏——你可千万别以为我会被你吓到。"

"你应该被吓到才对。你现在打算怎么让我去修复船长？"

"当然是在加尔文的帮助下。你不记得上次你带加尔上船时，我保留了一份备份吗？诚然，它稍微有点过时，但手术专业知识一样都不缺。"

西尔维斯特觉得，这是个很不错的虚张声势之举，但也仅仅是在虚张声势而已。不过，当然，后备措施确实是存在的……否则他就不会毁掉那块模拟芯片。

"说起来……船长是不是身体状况已经糟糕到没法亲自来见我了？"

"你会见到他的，"佐佑木说，"别急，还不是时候。"

另一个女人和佐佑木正在从伏尔约娃的衣服上去除受损的皮痂，整个过程类似给螃蟹剥壳。最后佐佑木对那个女人嘟哝了几句什么，然后两人就停下了手头的工作，应该是觉得接下来的步骤要求太过精细了，不能在这里继续做了。这时，三台机仆滑入房间。其中两台把伏尔约娃抬起来，然后离开了这里，佐佑木和那个女人也跟着走掉了。西尔维斯特上次上船时没见到那女人，但她似乎已经在船上的等级制度中占据了一个相当高的位置。第三台机仆蹲了下来，用独眼摄像头阴郁地注视着西尔维斯特和帕斯卡尔。

"他甚至没有要求我摘下面罩和护目镜，"西尔维斯特说，"看起来他对抓到我这事并不怎么在意。"

帕斯卡尔点了点头。她用手掸着自己的衣服，似乎认定空天服里的气凝胶会有些残留，粘在她的衣服上。"当时在下面不管究竟发生了什么，肯定是完全打乱了他的计划。如果一切都照计划进行，也许他会更得意扬扬。"

"佐佑木不会的。得意扬扬不是他的风格。但我本来估计他至少会花几分钟时间幸灾乐祸。"

"也许是你摧毁模拟芯片的事……"

"是的。那会让他感到不知所措。"他明知自己的话几乎肯定正在被录音，但还是这么说了，"即使考虑到自毁程序的存在，他制作的加尔副本也可能仍有些残余部分能用，但多半不足以进行任何形式的通灵，即使在模拟程序和容器之间有一对一的神经一致性也不行。"西尔维斯特找到了两个储物箱，把它们搬过来充当坐凳。"不过，我肯定他已经尝试过在某个可怜的傻瓜的身体里运行那个模拟程序。"

"而且肯定失败了。"

"多半结果一团糟。他现在大概希望我可以用那份残缺的拷贝,不依靠通灵,仅仅依靠我对加尔的直觉和方法的了解来完成工作。"

帕斯卡尔点了点头。她很精明,没有问一个显而易见的问题:如果佐佑木自己的副本残缺得太厉害,连这也指望不上的话,那他又会打什么主意?她说的是:"你知道下面到底是怎么回事吗?"

"不知道,而且我认为,佐佑木说的是实话,他也不知道。无论如何,反正不是计划之内的。也许是船员内部的某种权力斗争,在行星表面上爆发出来,因为在飞船上的话压根没有机会。"虽然这个想法他自己也觉得半信半疑,但他也只能想到这种可能了。上次登船之后已经过去太长时间了,西尔维斯特不能相信自己通常百发百中的洞察力,哪怕对于佐佑木的行事准则他也可能判断失误。

他在做出应对时必须非常小心,直到他搞清楚目前船员间的人际动力学状况。但首先他们得给他充足的时间……

帕斯卡尔在丈夫身边跪了下来。他们现在都摘下了面罩,但只有帕斯卡尔摘下了自己的防尘镜。"我们的处境非常危险,不是吗?如果佐佑木判定他用不着你了……"

"那他会把我们毫发无损地送回地面。"西尔维斯特握住帕斯卡尔的手。一排排空荡荡的空天服耸立在他们周围,就好像他们两个是埃及古墓中不受欢迎的掠夺者,而这些空着的空天服是墓中的木乃伊。"佐佑木永远无法排除未来又用得上我的可能。"

"我希望你是对的……因为你冒的风险实在很大。"她现在用一种他以前很少见到的表情看着他。那是种平静的无声警告。"还赌上了我的性命。"

"佐佑木不是我的主宰。我必须要提醒他这一点。让他知道,无论他有多聪明,我还是会占据优势。"

"但他现在就是你的主宰,你还不明白吗?他手里或许没有模拟程序,但你在他的掌握之中。所以在我看来,有优势的还是他。"

西尔维斯特笑了笑,最终给出了个完全真实的回答,这同时也正是佐佑木期望他会说出的回答。"但优势没他以为的那么大。"

佐佑木和另外那女人不到一小时就回来了，旁边还有个块头硕大的嵌合体。靠着上次的飞船之旅，西尔维斯特能认出这个人是三人团的另一人赫加齐——也只是勉强能认出来而已。赫加齐在他这类人当中也一直是个极端的例子，他尽可能地把自己赛博化，都快赶上他的船长了；但在这段时间里，赫加齐进一步将他的人体核心淹没在机器附件之中，将各种人造器官更换成了更新或更精致的型号，还加上了一整套新的随身眼内投影，其主体被设计成与他身体各部位的运动发生联动，形成一串串彩虹色的肢体幻影，每个幻影都会在空中停留大约一秒后消失不见。佐佑木穿着不起眼的船内服装，上面没有等级或装饰，这让他的体态显得格外轻盈。但西尔维斯特可没蠢到会低估这个男人的危险性，哪怕他块头不大，看上去也没有加装武器。毫无疑问，在他皮肤下涌动着的纳米机器，赋予他非人的速度和力量。西尔维斯特知道，这家伙的危险性绝不亚于赫加齐，而且速度更快。

"我不能说见到你真的让我感到很高兴，"西尔维斯特对着赫加齐说道，"但我承认，看到你居然还没有被自己假肢的重量压得内爆，我略微感到了那么一点惊喜。"

"我建议你把这话当作恭维，"佐佑木对赫加齐说道，"从西尔维斯特嘴里吐出来的东西不会有比这更接近恭维的了。"

赫加齐摸了摸自己的小胡子。尽管人工假体从四面八方包围了他的脸庞，甚至已经嵌入了他的头骨，但他仍然留着一道精心打理的小胡子。

"佐佑木先生，我们不妨看看你带他去看了船长之后，他讲话还能有多机智。那会把他脸上的笑容一扫而空的。"

"毫无疑问会的，"佐佑木说，"说到脸的话，丹，你为什么不让我们多看到一点你的脸？"他用手指碰了碰腰间枪袋里露出的一把枪柄。

"我很乐意。"西尔维斯特说。他伸出手，扯下脸上的防尘护目镜。他放手任它当啷啷落到地上，观察着那些把他抓来的家伙脸上的表情，或者说是所谓表情。这是对方第一次看到他的眼睛变成了什么样子。也许他们之前就知道了，但亲眼看到加尔文这件手工制品时的震惊仍然不可小觑。他的这双假眼不是对原件做了些造型优美的改进，而是极为简单粗暴地取而代之，只是有着接近人眼的功能而已。古代医学教科书中的假眼比之都要更精细些……粗陋程度跟木头削的假腿差不多。"我失去了视力，这你们肯定都知道吧？"他边说边用他那双一片死白、没有瞳孔的眼睛来回打量着他们俩，"这在复生星上是个常识……甚至几乎不值一提。"

"你从这对玩意里得到的图像分辨率如何？"赫加齐说，听起来像是真的颇有兴趣。"我知道，它们的技术不会是最先进的，但我敢打赌，你获得了红外线到紫外线之间所有电磁波段的感知，对吗？也许甚至还有声学成像？有缩放能力吗？"

西尔维斯特死死地盯着赫加齐，好半天才开口答话："有件事我得让你明白，赫加齐。在合适的光线下，在我的妻子站得不算太远的时候，我才差不多刚好能认出她来。"

"太棒了……"赫加齐一直痴痴地看着他。

他们被带到了飞船深处。他上次登船时，这帮人直接把他带到了医疗中心。

船长当时多少还能走动一下，至少还能走很短的距离。但他们现在带他走过的地方他完全没有印象。这倒并不一定是说他离医疗中心很远，这艘飞船内部复杂得像一个小城，哪怕他曾经在船上待过近一个月也很难记得住。但他感觉现在这地区应该是完全陌生的，他正穿过一些以前从没见过的区域——佐佑木和船员们管船上的这些区域叫"片区"。如果他没估计错的话，电梯正带着他们离开飞船流线型的船头，下到圆锥形船体扩展到最大宽度的地方。

"你眼睛里那些小小的技术缺陷我并不在意，"佐佑木说，"我们可以轻松修复。"

"没有能干活的加尔文副本也行？我可不这么觉得。"

"那我们就把你的眼睛挖出来，替换成更好的。"

"要我就不会那样做。此外……你手里没有加尔文,所以这对你又有什么用呢?"

佐佑木声音低不可闻地说了些什么,电梯速度减慢,停了下来。"所以,我说我们有备份的时候,你压根就不相信我?嗯,当然了,你是对的。我们的拷贝有些奇怪的缺陷。很快就完全不能用了,我们什么都还没来得及让它做。"

"以你们的软件水平这样很正常。"

"是啊……也许我终究还是会杀了你。"他从皮套里拔出了枪,动作平稳,留给西尔维斯特足够的时间来注意到盘绕在枪管上的铜蛇。这把武器的杀人方式从外表完全看不出来,它射出的可能是光束或粒子束,也可能是实弹,但西尔维斯特毫不怀疑,自己现在绝对处于它的致命范围之内。

"你现在不会杀我,不会在你花了那么多时间找到我之后杀了我。"

佐佑木的手指扣紧了扳机。"你低估了我一时冲动做事的倾向,丹。我也许会杀了你,仅仅因为此举完全是宇宙级的变态行为。"

"然后你还得找别人来医治船长。"

"对我来说有什么损失吗?"蛇的下巴底下有个状态指示灯闪烁起来,从绿色变成了红色。佐佑木的手指在用力,让颜色变浅了些。

"等等,"西尔维斯特说,"你不用杀了我。你真的认为我会毁掉加尔仅存的副本吗?"

佐佑木肉眼可见地轻松了许多。"还有一个?"

"是的。"西尔维斯特朝妻子点点头,"而且她知道在哪里可以找到它。没错吧,帕斯卡尔?"

"我一直都知道,你是个冷酷的、精于算计的浑蛋,儿子。"几个小时之后,加尔说道。

他们离船长不远。佐佑木先前带走了帕斯卡尔,但现在她又回来了,一起来的还有西尔维斯特认识的所有其他船员,以及他希望永远不要再看到的那个幽灵。"一个令人难以忍受的、背信弃义的……虫豸。"幽灵的语气很平静,就像一个演员，纯粹是判断时机念出台词，并没有掺入任何真正的情感，"你这个无智鼠辈。"

"嗯，从虫豸变成鼠辈了？"西尔维斯特说，"从某种角度来看，这好像是有所进步嘛。"

"别自以为是了，孩子。"加尔文斜睨了他一眼，坐在座位上往前欠了欠身子。"你以为你是聪明绝顶到了举世同嫌的地步，是不是？现在你的小蛋蛋已经完全在我手里了，如果你还有的话①。他们告诉我你做了些什么。你是怎么纯粹以破坏他们的计划为借口杀死了我。"他抬眼望向天花板，"我的意思是，拿这种理由弑父也太可悲了！换个稍微像样点的理由，我至少还可以认为你杀我也算是杀得妥帖。但你没有。这要求对你来说是太高了。我几乎就想要说我大感失望了——如果不是想到这么说就意味着我曾对你有更高期望的话。"

"如果我真的杀死了你的话，"西尔维斯特说，"现在这对话从本体论角度看就大有问题了。此外，我一直知道你还有个副本。"

"但你谋杀了一个我的副本！"

"抱歉，但我好像听到了一个范畴谬误。你只是一份软件程序，加尔。会被复制和删除是你天生固有的属性。"西尔维斯特已经做好准备迎接加尔的新一轮抗辩，但此刻对方却沉默不语了。"我这样做不是为了破坏佐佑木的计划。我需要他的……合作，就像他需要我一样。"

"我的合作？"佐佑木的眼睛眯了起来。

"我们待会儿再说那个问题。我现在想说的是，当我毁掉那个副本时，我就知道还有一个副本存在，而且你很快就会强迫我说出它的下落。"

"所以那个行为根本毫无意义？"

"不是，完全不是。在一段时间内，我可以高兴地看着你以为你的计划完全被破坏了，悠司先生。为了瞥见你的内心深处，冒这样的风险是值得的。倒也不是说那景象有多好看啦。"

---

① 双关语。兼用"有种"和"拿捏要害"两重意思。

"你怎么……知道的?"加尔说,"你怎么知道我被复制了?"

"我还以为你们没法复制他呢。"那个女人说道。他们已经向西尔维斯特介绍过了,此人名为扈利。她个子小小的,神情会让人联想到狐狸,但多半就像佐佑木一样,也完全不可信任。"我以为这种程序里头应该有自毁程序……防复制措施……类似的鬼东西。"

"亲爱的姑娘,那些是阿尔法级模拟人才会有的。"加尔文说,"说不好这是好是坏,反正我正好并不是阿尔法级的。不,我只是一个低等的贝塔级模拟人,能通过所有的标准版图灵测试,但从哲学角度而言,我实际上并不具备意识。因此,也没有灵魂。于是,如此一来,同时存在多个我,也不会有伦理问题。然而……"他停下来,但猛吸了口气,没让任何人有趁着他沉默说出自己想法的空间,"……我现在不相信那些神经认知学的垃圾结论了。我没法代表阿尔法级的我说话,因为那个阿尔法级的我早在大约两个世纪之前就消失了。但出于某种原因——不管到底是什么——现在的我完全具备自我意识。或许所有的贝塔级模拟人都能做到这点,又或者是我内部链接极高的复杂度让我越过了某个'临界质量'。我不知道到底是怎么回事。我所知道的是,我在思考,因此我在愤怒,怒不可遏。"

这套说辞西尔维斯特早就耳熟能详了。"他是个能通过图灵测试的贝塔级模拟人。它们必定会说出这种话。如果它们不声称自己是有意识的,它们自然就无法通过标准图灵测试。但这并不意味着他所说的话——他发出的声音……这东西发出的声音——有任何真实性。"

"这套推理我也同样可以应用在你身上。"加尔文说道,"不过我要说的,亲爱的儿子,是下面这些。既然我无从揣测阿尔法级的状况,我不得不假设,剩下的就只有我了。接下来的话对你来说可能很难理解,但是,仅仅我是珍贵的、独一无二的这一事实,就让我强烈反对任何人对我进行复制。每一个复制我的行为都让我的存在变得更为廉价。我会沦为单纯的商品,只要碰巧符合某人对于有用性的可疑观点,就可以被创造、复制和毁弃。"他停顿了一下,"所以,我不会心甘情愿地同意被任何人复制——虽然不是说我不会采取些措施增加我生存的可能性。"

"但你确实那么做了。你允许帕斯卡尔把你复制到《潜入黑暗》之中。"她这件事做得很聪明。多年来，西尔维斯特从未起过任何疑心。他让帕斯卡尔接触加尔文，好助于编写传记。帕斯卡尔则允许他再度研究自己心心念念的阿玛兰汀人，还可以利用各种研究工具和他日益缩水的同情者网络。

"是他的主意。"帕斯卡尔说道。

"是的……这点我承认。"加尔深吸了一口气，看上去像是要在说下一句话之前让自己更有底气些，尽管这个加尔文的模拟程序"思考"起来远比未经增强改造的人类要快，"那段时间相当危险，当然，从我再度醒来后收集到的信息来看，也并不比现在更糟糕；但反正还是相当危险。看起来，确保我的某些部分能在本体被摧毁后存活下来，才是谨慎的做法。不过，我当时考虑的并不是制作一个副本——更偏向于一张草图，一张肖像。也许甚至不完全符合图灵测试的标准。"

"是什么让你改变了主意？"西尔维斯特说道。

"帕斯卡尔开始将我的某些部分嵌入传记中，这事进行了一段时间——事实上花了好几个月。加密编码非常精妙。但是，在她复制了足够多的原件，让被复制的部分开始互动之后，它们——或者更确切地说，我——就不再执着于为了证明一个观点而进行电子自杀的想法了。事实上，我觉得自己比以前更有活力——自我更加鲜明。"他朝着自己的听众给出了个微笑，"当然，我很快意识到为什么会这样。帕斯卡尔把我复制到了一个更强大的计算机系统中。居维叶城的政府计算中心，当时《潜入黑暗》正在那里构建成形。这个系统跟巨量的档案和网络相连，你哪怕是在曼特尔时也不允许我这样做。这是我第一次真正获得足够的材料来满足我巨大智力的全部兴趣。"他盯着他们看了一会儿，然后用非常温柔的语声补充了一句："顺便说一下，刚刚那是开玩笑的。"

帕斯卡尔说："这套传记的拷贝可以免费获得。佐佑木拿到了一份，甚至没有意识到其中包含着一份加尔文的翻版。不过，你怎么知道他在里面？"这时她望向西尔维斯特，"是复制版的加尔告诉你的吗？"

"没有,而且我甚至不确定,如果有机会的话他是否愿意告诉我。是我自己推断出来的。这个电子传记的体积,对它所包含的模拟数据量来说太大了。哦,我知道你做得很聪明——把加尔的编码压缩成字节数尽可能少的数据文件,但它包含的内容实在太多了,没那么容易藏好的。《潜入黑暗》的文件长度比它应有的多出百分之十五。有好几个月,我都觉得文件里肯定隐藏着一个完整的场景层。我生活中的某些方面,说是没有记录其中,但你还是把它们放到了里头,等着那些拥有足够耐心的人去发掘出来。但最后我意识到,不知去向的存储空间足以放下一份加尔的副本,然后这事情就说得通了。当然,我一直都无法完全确定……"他看了看那个人物投影,"不过我想,你会说你现在才是真正的加尔,而我删除的只是一个副本?"

加尔抬起一只放在扶手上的手臂以示抗议。"不,这种描述是将事件经过说得太过简单了。毕竟,曾经我才是副本。但那时的我——在被你杀死之前所存在的那个副本——只是现在的我的一个影子。我们这么说吧,我在某个时刻经历了觉醒顿悟,好吗?这问题就到此为止吧。"

"那么……"西尔维斯特往前走了一步,用手指敲着自己的嘴唇,"如此说来,我其实并没有真的杀死过你,对吗?"

"确实,"加尔文的语气带着虚假的平和,"你没有。但重要的是你可能会做什么。从这次事件来看,亲爱的孩子,我恐怕你仍然是一个冷酷无情的弑父浑球。"

"多么感人啊,不是吗?"赫加齐说道,"没什么比温暖亲切的家庭团聚戏码更让我欢喜的了。"

他们继续向船长走去。崑利以前来过这里,尽管对这个地方不太陌生,她仍然感到紧张不安。她清楚地意识到,这里的污染物仅仅是被那个人周围的寒冷隔绝在内而已。

"我想,我应该可以知道你想要我做什么。"西尔维斯特说道。

"这不是显而易见的吗?"佐佑木说,"你难道认为,我们费了这么多事,仅仅是为了问候一下你,这些日子过得怎么样?"

"我觉得要是你的话也不是没可能,"西尔维斯特说道,"你的行为在我看来一直都没什么逻辑,那现在凭什么就开始有了?此外,让我们别再自欺欺人地以为幕后真正发生的事情就跟表面上看起来一样吧。"

"你这话什么意思?"扈利问道。

"噢,别告诉我你还没想明白?"

"想明白什么?"

"那件事实际上从未发生。"西尔维斯特用空茫而深邃的目光盯着扈利,感觉更像是个没有自我意识的自动监视系统在进行扫描,而不像是人类的器官在进行感知。"或者说,多半没有,"他加了一句,"你大概还没真正想明白吧。说起来,你到底是谁?"

"你会有机会问所有你想问的问题的。"赫加齐说。现在他们与船长近在咫尺,这让他很紧张。

"别,"扈利说,"我想知道。你的意思是,这一切都不是实际发生的吗?"

西尔维斯特的声音缓慢而平静。"我说的是伏尔约娃摧毁定居点的那档子事。"

扈利走到了众人的前方,挡住了他们的去路。"你最好解释一下。"

"这事可以等等再说,"佐佑木迈步向前,把她推到边上,"当然,那之前你先得把你在下面的事中所扮演的角色解释清楚,要让我完全满意才行,扈利。"这位三人团首席近来一直在以怀疑的目光注视着扈利,他相信两次死亡时扈利都在场这一定不是巧合。伏尔约娃现在无法再做阻挡,大小姐也已陷入沉默,已经没有人可以庇护她了。佐佑木由于心中的怀疑做出过激行为,只是个时间问题了。

但西尔维斯特这时说:"不,为什么要等?我想我们都有权完全弄清楚到底发生了什么。佐佑木,你去复生星并不是为了获得一份传记的副本,对不对?你这么做意义何在?在我告诉你之前,你根本不知道《潜入黑暗》中藏着加尔的副本。你只是顺手拷贝了传记,因为它可能在你我的谈判中有用。但这并不是你下到地面的原因。那完全是另一回事。"

"情报收集。"佐佑木试探着说道。

"不只是这样。你下去是要收集一些信息，没错。但你同时还必须去植入一些信息。"

"关于菲尼克斯的？"扈利说。

"不仅是'关于'菲尼克斯的信息，是这个地方本身。它从未存在过。"西尔维斯特稍停片刻，然后继续往下说，"它是佐佑木植入那里的一个幻影。它甚至不在我们保存在曼特尔的旧地图上，但当我们从居维叶城的主机那边进行更新之后，它就出现了。我们想当然地以为那是个新定居点。它太新了，在之前的地图上没有显示出来。当然，这十分愚蠢——我当时就应该看穿它。但我们想当然地以为主机并没有被动过手脚。"

"鉴于你肯定已经怀疑过我当时去了哪里，这就越发愚蠢了。"佐佑木说道。

"如果我能多花点时间再想下……"

"可惜你没有，"佐佑木说，"否则我们可能就不会有这次对话了。但话说回来，那样我们只会换种手段来找到你。"

西尔维斯特点了点头。"我想你合乎逻辑的下一个步骤，应该是炸毁一个更大的虚构目标。但我不完全确定你会把同样的把戏玩两遍。我有个可怕的猜测，你可能会不得不轰炸某个真实的目标。"

这里的寒冷仿佛质地坚硬，就好像有无数带刺的金属碎片，在不断地轻轻刮擦着皮肤。每动一下，寒冷就在威胁着要刺入骨髓。但一旦他们真正进入船长的领域，反而不可能注意到周围的寒冷了，因为囚禁着他的那片显然要寒冷得多。

"他病了，"佐佑木说，"感染了融合疫的变种。这种瘟疫你肯定知道得一清二楚。"

"我们听到了来自黄石星的报道。"西尔维斯特说，"我得说，报道算不上太详细。"他说话的时候，始终没有正视船长。

"我们一直没能遏制它，"赫加齐说，"至少没能有效地遏制。极度的寒冷在一定程度上减缓了它的速度，但仅此而已。瘟疫，或者说，船长正在缓慢地散布开来，将这艘船的物质纳入他自己的框架之中。"

"那么，至少按某种生物学上的定义而言，他还活着？"

佐佑木点了点头。"当然，在这种温度下，没有任何生物体可以真的称得上'活着'。但是，如果我们现在给船长升温……他的部分生理机能就会恢复。"

"这可不怎么让人放心。"

"我带你上船是为了医治他，而不是为了听些让人放心的话。"

船长看上去让人联想到一尊雕像，身上缠满了绳索状的银色卷须，朝着各个方向延伸出去几十米远。这恶性生长的生物嵌合体闪烁着美丽而凶险的光芒。由于某种不知出于设计还是偶然的奇迹，处于放射状冷冻区域正中心的低温休眠装置理论上仍在运行。但它曾经的对称形状被船长那冰冷、迟缓但不屈不挠的力量拉扯和扭曲了。它的大部分状态读数表现在都陷入死寂，周围没有任何还在活动的内视幻象。仍在工作的显示设备中，有些显示出的也是一堆无法读取的烂泥，老态龙钟的机器描摹出无意义的象形文字。扈利很庆幸这里没有内视幻象。她觉得如果有的话，那些图像也会遭到侵蚀而变质，会出现一群凶恶的炽天使，或是被毁容的小天使，象征着船长的恶疾极为严重的状态。

"你们这里不需要医生，"西尔维斯特说，"你们需要的是一位送终的神父。"

"加尔文可不是这么认为的，"佐佑木说，"他倒是很积极地想要开始工作。"

"那在居维叶城的那个副本肯定有妄想症。你的船长没有生病。他甚至说不上会死，因为一开始这里剩下的东西就算不上还活着。"

"无论如何，"佐佑木说，"你都要帮我们救他。你也会得到伊利亚的协助——等她好起来之后。她认为，她已经创造出了一种对抗瘟疫的药剂——

种逆转录病毒。我听说它对小样本是奏效的。但她是个武器专家。把这种东西用在船长身上完全属于医学问题。但至少她可以为你提供一件工具。"

西尔维斯特冲佐佑木笑了笑。"我相信你已经和加尔文讨论过这个问题了。"

"这么说吧,他已经知道这个事了。他愿意一试,他甚至认为这办法可能是有效的。这是否能给你些鼓励?"

"我不得不向加尔文的智慧低头,"西尔维斯特答道,"身为医学家的是他,不是我。但在我做出任何承诺之前,我们必须就条件进行谈判。"

"没有任何条件,"佐佑木说,"如果你不配合我们的话,别以为我们不会考虑设法通过帕斯卡尔来说服你。"

"那样的话,你们会后悔的。"

崔利有种芒刺在背的感觉。今天这已经是第多少次了,感觉有什么地方很不对劲。她觉得其他人也注意到了这点,尽管从他们的表情中看不出什么。西尔维斯特听起来太自信了,就是这点很不对劲。作为一名被绑架至此,即将被迫经历一番痛苦折磨的人,他也太过自信了。相反,他的声音就像个即将摊出一手好牌的玩家。

"我会修好你们那见鬼的船长,"西尔维斯特说,"或者至少证明这件事是不可能的。二者必居其一。但作为回报,你们也必须帮我个小忙。"

"抱歉,"赫加齐说,"在谈判中处于弱者地位时,你无权提出要求。"

"我听到有人在说什么弱者地位啊?"西尔维斯特又笑了,这次带着毫不掩饰的凶狠,还有几分看起来格外危险的喜悦,"在我离开曼特尔之前,那些囚禁我的家伙最后帮了我个小忙。我不觉得他们是感到对我有所亏欠。但这是件小事,而且会让他们得以对你们进行报复——我认为,这对他们来说确实相当有吸引力。他们终归得把我交出去,但他们认为,没理由让你们完全得到你们以为会得到的一切。"

"你这些话我可一点都不喜欢。"赫加齐说。

"相信我,"西尔维斯特说,"更让你不喜欢的还在后头呢。现在,我必须问一个问题,只是为了澄清我们的立场。"

"说吧。"佐佑木说。

"热尘弹是什么,你们所有人都很清楚吧?"

"你正在和一群超空人对话呢。"赫加齐说。

"嗯,当然了。只是想确保你们不抱任何幻想。那么,你们知道热尘弹的部件可以被封在比针头还小的密封装置内吗?你们当然知道。"他用手指点着自己的下巴,样子像一名正在做即席演说的大律师,"你们当然也听说过雷米里欧德的来访吧?在你们到来之前,那是最后一艘与复生星系进行贸易的拥光船。"

"我们听说了。"

"嗯,雷米里欧德卖了些热尘弹给殖民地。没多少,对一个在不久的将来可能要做一些大规模陆地改造的殖民地而言刚刚够用。在他提供的货品中,有一打,或者更少些的量落入了囚禁我的那帮人手里。你们想让我继续,还是你们不用我说也已经明白了?"

"我恐怕是明白了,"佐佑木说,"但还是继续吧。"

"那些小针头中的一个,现在被安装到了加尔为我制作的视觉装置中。它不需要电流,即使你们拆开我的眼睛,也无法知道哪个部件是炸弹。不过你们不会想这么做的,因为哪怕干扰一下我的眼睛也会引爆针头,其威力足以将这艘船前端一千米范围内都变成一个造价高昂但毫无用处的玻璃雕塑。杀死我,或者只要伤害到我,导致我的某些身体机能被损害,超过预设的限度,这个装置就会被触发。清楚了吗?"

"再清楚不过了。"

"很好。伤害帕斯卡尔,也会发生同样的事情:我可以通过执行一系列的神经指令有意触发它。当然,我也可以简简单单地杀死自己——结果没任何区别。"他双手合十,面带微笑,犹如一尊佛像,"那么,你们觉得,来一场小小的谈判这主意如何?"

佐佑木沉默了很久很久,什么都没说,毫无疑问是在琢磨西尔维斯特所说的话，琢磨每一个细节。最后他没有征求赫加齐的意见，径自说："我们可以……灵活处理。"

"很好。那么我期望你们热心肠一点，听听我的条件。"

"热情得都要烧起来啦。"

"多亏最近一些不愉快的事情，"西尔维斯特说，"让我对这艘船的性能有了合理的认识。并且我怀疑，那次小小的展示只发挥了它极其微小的一部分性能。我说得对吗？"

"我们确实拥有……很多能力，但你必须和伊利亚谈谈。你想要做什么？"

西尔维斯特笑了。

"首先，你们得带我去个地方。"

第十九章

2566 年，孔雀六太阳系

他们退回了舰桥。

西尔维斯特上次登船的时候曾参观过这个房间，而且在这里待了数百个小时，但这里的景象仍然令他动容。周围一圈圈的空座逐渐升高，直至天花板，让这里看起来更像是个法庭，某个重大案件即将在此进行审判，陪审员们即将在同心圆中他们各自的席位上就座。裁定结果尚未揭晓，即将被大声宣示。西尔维斯特扪心自问，没找到任何类似罪恶感的东西，所以他没有把自己放到被告的角色里。但他感觉自己肩负重担。那是有些法律工作人员可能会感受到的重负，他们即将在公众面前完成一项重任，而且要完成得尽可能优秀。如果他失败了，陷入危险境地的将远不只是他自己的尊严。一条漫长的链条将就此被切断，它由一系列环环相扣的事件构成，从遥远得不可思议的过去一路延伸到眼下。

他环顾四周，看到了矗立在房间几何中心的全息投影球，但他的眼睛几乎无法分辨出它正在显示的影像是什么，虽然有足够的线索能辅助他知道，那应该是复生星的实时图像。

"我们还在近地轨道上吗？"他问道。

"在我们抓到你之后？"佐佑木摇摇头，"那毫无意义。我们现在没必要再跟复生星打任何交道了。"

"你担心殖民者会有所企图吗？"

"我承认，他们有能力给我们带来些不便。"

他们沉默了一小会儿，然后西尔维斯特说："你对复生星一直都毫无兴趣，对不对？你不远万里完全是为了我。我认为，这种一根筋的劲头已经到了偏执狂的程度了。"

"就算是那样，也就是几个月的事。"佐佑木笑了，"当然，是从我们的角度看来的几个月。别自作多情地以为我已经追了你好几年了。"

"从我的角度看来，你当然就是追了好几年。"

"你的角度无效。"

"而你的有效？你是这个意思吗？"

"……也不尽然。你的角度也肯定有其意义。那么下面来回答你先前的问题吧。我们已经离开了近地轨道。自从你上船以来，我们一直在加速远离黄道平面。"

"我还没告诉你，我想让我们去哪儿呢。"

"不，我们的计划只是在我们和殖民地之间拉开一个天文单位的距离，然后在我们慎重考虑事情的这段时间里将飞船锁定于恒定推力模式。"佐佑木轻弹手指，让他身边的机器人座椅向下倾斜。他坐了进去，等待着另外四个分别提供给西尔维斯特、帕斯卡尔、赫加齐和甴利的座椅就位。"当然，在此期间，我们预计你会去帮助船长。"

"我说过我不会这么做吗？"

"没，"赫加齐说，"但你绝对还隐藏着些意想不到的细节条款。"

"我会尽力而为，但结果还是太糟糕的话也别怪我。"

"不会的，我们不会的。"佐佑木说，"但你把你的要求说得更清楚一点，应该也会对事情有所帮助。难道这不是很合情合理的吗？"

西尔维斯特的座位就在帕斯卡尔所在的座椅旁边。她现在正看着西尔维斯特，和那帮把他抓到这里的船员一样满怀期待。只不过她知道的内情要更多些，西尔维斯特默默想道。事实上，帕斯卡尔知道几乎所有能知道的，至少和他自己知道的一样多，虽然他们所知的实际上只是真相中微不足道的一角。

"我能坐在这里调出这个太阳系的星图吗？"西尔维斯特问，"我的意思是，原则上我当然可以，但你们会给我这样做的权力并指导一下该怎么做吗？"

"我们接近时绘制了最新的星图。"赫加齐说，"你可以从飞船的记忆库中检索星图，然后将其投射到显示器上。"

"那就告诉我怎么做。在未来一段时间里，我将不再只是一名乘客——你最好习惯这点。"

西尔维斯特花了一分钟左右才找到合适的星图，又花了半分钟将图像叠合起来，以他想要的形式投射到投影球中，复生星的实时影像也随之黯淡消失。投影出的图像状若太阳系仪，其中用精细的彩色线条标示出了这个太阳系中十一颗大行星、最大一批小行星和彗星的轨道，各个天体本身所显示的位置也和它们当前的相对位置对应。因为显示比例尺很大，类地行星，包括复生星被塞到了图像中央，在紧密围绕恒星孔雀六的几条同心圆轨道上运行。然后是小行星，再往外是气态巨行星和彗星，它们占据了这个太阳系的中间地带。接下来是两颗较小的亚木星气态行星，它们实在算不上巨行星；再往外是一颗类似冥王星的行星，实际上不过是一颗连壳带核被引力俘获的彗星，有两颗卫星伴随。该太阳系柯伊伯带那些原初彗星物质在红外波段可见，形状像是一片古怪地扭曲着的浅滩，有个末端指向中央恒星相反方向的凸起。再往前二十个天文单位，一直到距离恒星十多光年的范围内都没什么东西了。这里的物质——正如所有太阳系中这里的情形一样——只被恒星引力略微束缚。它们受到了恒星引力场的作用，但在这里的轨道周期长达几个世纪，遭遇其他天体时，运行很容易被打断。恒星磁场的保护作用也延伸不到这么远，这里的物质不断遭到银河系磁场的强力冲刷。那就像一场巨大的风暴，所有恒星的磁场都嵌于其中，仿佛巨大旋风中的微小旋涡。

但这片广袤的太空并非完全空空如也。一眼看过去，那里只有一个天体——但那是因为设置的比例尺太大，无法显示它其实分为两个部分。那东西位于柯伊伯晕带上的凸起所指向的方向，它自身的引力将原本是球形的晕带拉扯出了凸起构造，暴露了它的存在。这个天体本身靠肉眼是完全看不见的，除非靠近到一百万千米以内。但真要到了那个位置，人也不用操心看不看得见它了。

"你们应该知道这是什么，"西尔维斯特说，"虽然迄今为止你们可能对它都没怎么注意过。"

"这是颗中子星。"赫加齐说。

"很好。还记得别的什么不？"

"只知道它有一颗伴随行星，"佐佑木说，"当然，这并不意味着它有什么不同寻常。"

"当然，确实不是。中子星通常都会有行星——人们假设那是双星被蒸发的残余物质凝聚而成的。要不是这样，要不就是在比较大的恒星发生超新星爆发形成脉冲星之际，那颗行星不知怎么没有被摧毁。"西尔维斯特摇了摇头，"但确实，没什么不寻常的。所以，你们可能会问，我为什么会对它感兴趣？"

"这是个很合理的问题。"赫加齐说道。

"因为这里有桩不寻常的事。"西尔维斯特放大图像，直到那颗行星清晰可见——它正以快到显得滑稽的速度环绕中子星运行。

"这颗行星对阿玛兰汀人来说，有着异乎寻常的重要性。在他们文明晚期的人工制品中，随着大灭绝——那场灭绝了他们的恒星耀斑爆发——临近，这颗行星的形象也出现得越来越频繁。"

他相信自己现在已经成了船员们注意力的焦点。如果说威胁毁灭他们的飞船，只是从自我保护的层面上吸引了他们，那现在他已经完全虏获了他们的心智。他从未怀疑过这部分做起来会比面对殖民者时更简单，佐佑木的船员们先天就拥有地上的人们所不具备的宇宙视角。

"那这是为什么？"佐佑木说。

"我不知道。这就是你们得帮我弄清楚的。"

"你认为可能有什么东西在这个星球上？"赫加齐说。

"或者在它内部。除非我们靠近些，不然根本无法确定，不是吗？"

"这可能是个陷阱，"帕斯卡尔说，"我认为我们不应该排除这种可能性，尤其是如果丹对时序判断正确的话。"

"什么时序？"佐佑木说。

西尔维斯特摆出个尖塔式手势[①]。"这是我的一个猜测——不，不是猜测，是结论——阿玛兰汀人在灭绝之前发展到了可以进行太空旅行的程度。"

"从我在地表收集到的信息来看，化石记录中几乎没什么可以支持这种看法的证据。"

"但本来就不会有，不是吗？高技术制品天生不如更原始的物品耐久。陶器万古长存。微电路崩解成尘。此外，把整座城市埋在方尖碑下所需要的技术和我们现有的技术水平相当。如果他们有能力做到这件事，我们就没有理由认定他们不能到达太阳系的边缘，甚至可能到达星际空间。"

"你不会真的以为阿玛兰汀人还到达过其他太阳系吧？"

"是的，我不排除这种可能。"

佐佑木笑了。"那他们现在在哪儿？一种高科技文明被消灭得无影无踪，这我可以接受。但一种遍布多个世界的高科技文明不行。他们总会留下些东西的。"

"也许他们留下了。"

---

① 十指叉开，左右指尖两两相对，在身前呈锐角，表示自信的手势。

"那颗围绕中子星的天体？你认为你可以在那里找到问题的答案？"

"如果我知道的话，我就不需要去那里了。我的要求就是请你们让我知道，这就意味着带我去那儿。"西尔维斯特把下巴搁在他搭成尖塔的手指尖上，"你们得让我尽可能地靠近那颗行星，同时确保我的安全。如果这意味着要让这艘飞船上那些更为可怕的能力为我所用，那也没办法。"

赫加齐看上去既着迷又害怕。"你认为我们到了那里会遇到某些东西——我们需要动用武器来对付的东西？"

"有备无患，不是吗？"

佐佑木转向他的三人团同伴。有一阵子他们的样子就好像其他人都不在场，仿佛有什么东西在他们之间飞快地闪过——也许是在机器思维的层面。他们最后开口说话了，但这也可能只是为方便西尔维斯特而在重复讨论。"他说的装在自己眼睛里的装置——是可能的吗？我的意思是，就我们所知的复生星的专业技术水平而言，那些人能在我们留给他们的那段时间里装好这样一个植入装置吗？"

赫加齐想了好一会儿才回答："悠司先生，我认为，我们应该认真考虑这种可能性。"

伏尔约娃在医务舱的康复室里恢复了大部分意识。不用别人说她也知道，自己已经昏迷了好几个小时。她只需要检查一下自己的精神状态，那种一直深深沉浸于梦境之中的感觉——好像已经有几个世纪了——就可以知道，她受到的伤害，她康复的过程必定非同小可。有时候，一个人会极其短暂地打个盹，却在这段时间里做完了度过一生的梦。但眼下不会是那种情况，因为她这些梦和前技术时代那些最臃肿的童话一样冗长，充满了各种惊奇事件。她觉得仿佛重新经历了一遍自己漫无止境的流浪生活，那些本已尘封于记忆里的一幕幕画卷。

然而她能回想起来的很少。是的，她早先在飞船上，然后没在船上了，在别的地方，虽然她不清楚在哪里，然后发生了某些可怕的事情。她真正回忆起来的只有些声音，还有怒火。但它们意味着什么？她当时去了哪里？

她模模糊糊地想起来了，想起了复生星——起初模糊得让她担心这只是梦中的碎片。然后，慢慢地，事情的经过回来了，但并非如潮水一涌而上，也不像是山崩，纷至沓来，而是仿佛在吱吱嘎嘎地缓缓滑动，对过去开膛破肚。各个环节甚至没有按照时间顺序好好地依次返回。但按照自己满意的次序把这些环节安排好之后，她想起了出发的命令，是她自己说出来的，用听起来相当奇怪的声音宣布出发，离开太空轨道，前往在下面等着她们的世界。然后她想起了暴风中的等待，想起了她的内脏先是感到一阵可怕的灼热，然后是同样可怕的清凉，再然后看到萨迪奇站在她身前，居高临下，施虐于她。

房门打开了，安娜·崔利走了进来。只有她一个人。

"你醒了，"她说，"果然如此。我让电脑系统在你的神经活动超过意识思维相当的水平时，就通知我。真高兴看到你醒来了，伊利亚。我们这儿总算有些清醒的头脑可用了。"

"多久……"伏尔约娃把剩下的话咽了回去——她的声音听起来支离破碎，口齿不清——顿了顿又重新开口，"我在这里多久了？我们现在到了哪儿？"

"那次攻击之后已经十天了，伊利亚。我们——好吧，我待会儿再说那些。说来话长。你感觉怎么样？"

"我感觉更糟了。"然后她有些好奇自己为什么要说这句话，因为她想不起有哪次自己感觉这么糟糕，但似乎在这种情况下大家都会说这种话。"那次攻击是？"

"我想你记不太清了，是吗？"

"我刚刚还在问你，崔利。"

她走到伏尔约娃身旁，房间自动在床边挤出一张块状结构的椅子，让她可以舒舒服服地坐下。"萨迪奇，"她说，"我们在复生星上的时候，她想杀了你——你想起来没有？"

"没有。"

"好吧。我们下到地面，去把西尔维斯特带到飞船上来。"

伏尔约娃沉默了一会儿。那个男人的名字仿佛在她脑海中回响，带着一种特殊的金属质感，就像一把手术刀刚刚摔落到地板上。"西尔维斯特，是的。我记得我们正要去把他带回来。行动成功了吗？佐佑木得到他想要的了吗？"

"是，也不是。"扈利琢磨了一会儿之后才开口。

"萨迪奇呢？"

"她想杀你是因为纳戈尔尼。"

"我让有些人很不开心，是吗？"

"我想无论发生了什么，她总会找到借口的。她认为我也会站到她那边。"

"然后呢？"

"我杀了她。"

"那我大胆猜测，是你救了我的命。"伏尔约娃醒来后第一次把脑袋从枕头上抬起来，感觉就像是被弹力绳绑在了床上，"你真的得在上瘾之前戒掉这种行为啦，扈利。不过如果再出现死亡的话……你大概就可以等着佐佑木开始问东问西了。"现在她只能说这么多，不能再冒险了。她刚才发出的警告，正是每个资深船员都可能会对临时雇员发出的警告。对任何在一旁听到的人来说，这些话并不意味着伏尔约娃比三人团中的其他两位更了解扈利。

但这警告也完全是认真的。首先是训练室的杀戮……然后在复生星上又一起。在这两次事件中，挑起事端的都并非扈利，但如果她与这两起事件的关系紧密到足以让伏尔约娃感到困扰，那佐佑木肯定也会为此停下来思考一番。如果这位三人团首席真的开始动手调查，在他可能采用的手段中，单纯地问东问西多半算是最为温和的一种了。佐佑木很可能会选择酷刑……甚至可能是危险的深度记忆搜思。然后，如果他在这个过程中没把扈利的思维弄崩溃的话，他可能会得知她身为渗透者，登上飞船是为了窃取秘藏。接下来他几乎肯定会产生这样的怀疑：这情况伏尔约娃知道多少？如果他认为有必要也对伏尔约娃进行搜思……

绝对不要让事情走到那一步。她暗自想道。

一旦她身体条件允许，她一定要把扈利带到蜘蛛房去，在那里她们可以更自由地交谈。至于现在，纠结于她无法控制的事情是没有意义的。

"后来发生了什么事？"她问道。

"萨迪奇完蛋之后？一切都按计划进行。信不信由你。西尔维斯特仍然要被送上飞船，我和佐佑木没有受伤。"

她想象着此刻正身处飞船上某个地方的西尔维斯特。"那么佐佑木确实得偿所愿了。"

"不，"扈利小心翼翼地说，"他只是当时如此。但实际上略有不同。"

接下来的一个小时里，她把西尔维斯特被带回拥光船后发生的一切都告诉了伏尔约娃。都是全船尽人皆知的东西，没什么是佐佑木不希望她告诉伏尔约娃的。但伏尔约娃始终在不断提醒自己，她被告知的事件经过是按照扈利对事情的看法过滤出来的，不一定完整，甚至不一定可靠。有些船内政治的细节是扈利无法理解的。实际上，任何没有长年累月待在飞船上的人都无法理解。但整个听完之后，她感觉这陈述似乎也不太可能漏掉多少真相，哪怕是那些扈利本人也不知道的真相。然后伏尔约娃认为，这状况并不好，一点也不好。

"你认为他是在撒谎吗？"扈利问道。

"关于热尘弹的事？"伏尔约娃勉力耸了耸肩，"当然有可能。诚然，雷米里欧德确实向殖民地出售了热尘弹，我们已经看到了这方面的证据，但摆弄这种东西可绝非儿戏。假设他们在对菲尼克斯发起袭击之前都没动过手——这是很可能的——那么他们能把这东西安装到他眼睛里的时间实在不多。但是……认定他在撒谎的风险太大了。没有哪种远程扫描能够在不触发起爆扳机的情况下检测到热尘弹……这让佐佑木陷入了两难境地。他不能不认为西尔维斯特说的是实话。不想冒失去一切的风险，他就必须接受西尔维斯特的宣言。至少这样一来，风险还勉强算是没大到无可估量。"

"你是说西尔维斯特的要求带来的风险就是可以估量的吗？"

伏尔约娃想着那家伙的要求，为之咋舌。她这辈子还从来没遇到过这么古怪、让她感觉闻所未闻的事情。那里肯定有不少能让她有所进益的东西……

她肯定可以从中学到不少东西。西尔维斯特其实几乎不需要琢磨着使用威胁的……

"他本不该这么愚蠢的，居然向我们发出这么个诱人的邀约。"她说道，"你知道吗？从我们进入这个太阳系以来，我一直对那颗中子星很感兴趣。我在它附近发现了异常——一个微弱的中微子源。它似乎围绕着那颗行星运行，行星本身围绕着中子星运行。"

"什么会产生中微子？"

"有很多——但是这种能量级的，我只能想到机械。先进的机械。"

"阿玛兰汀人留下的？"

"有这种可能，不是吗？"伏尔约娃吃力地笑了笑。她确实是这么想的，但是像这样公开表达出自己的这种愿望本来是毫无意义的。"我想我们到那儿之后就可以搞清楚了。"

中微子是种基本粒子，半自旋轻子。它们诞生于核反应中时有三种形态或"味道"：电子中微子、μ 中微子或 τ 中微子，究竟是哪种取决于具体的核反应。但由于它们有质量——因为它们的运动速度比光速要慢一丁点——中微子飞行时会在不同的味道之间振荡。当飞船的传感器截获这些中微子时，它们会是三种可能味道状态的混合，纠缠在一起，难以分辨。但随着到中子星的距离缩短，也就意味着中微子离开其诞生状态后的振荡时间缩短，混合味道的其中一种越来越占据上风。信号源强度随着时间的变化现在也更容易跟踪和解读，让能谱解析变得更加容易。等飞船和中子星之间的距离缩小到五分之一天文单位——大约三千万千米——的时候，伏尔约娃对发出这束稳定粒子流的源头有了更清晰的认识，那里的中微子主要是最重的一类—— τ 中微子。

她所发现的情况让她非常不安。

但她决定，等他们靠得更近时再向其他船员说出自己的担忧。毕竟，眼下西尔维斯特仍然控制着他们，她的担心似乎不太可能有效劝阻他停止眼下的行动。

扈利已经习惯了死亡。

伏尔约娃那些模拟训练中有些地方让人很不适，其中之一就是在实际观察者都被"杀死"，或者至少已经受"重创"，无法对后续的事件有任何感受，更不用说对局势产生任何影响之后，模拟还在继续运行。这次也一样。刻耳柏洛斯上发射出了某种东西——某种面目不明的武器，具有极其霸道的破坏力——然后随随便便就把整艘拥光船给打得粉碎。在这样的攻击中没人能够幸存，但扈利四分五裂的意识仍然顽强地存在，观看着她们化作等离子体的内脏的粉红色光晕中，那些破碎的残片缓缓地四散飘开。她觉得，伏尔约娃喜欢用这样的方式戳人痛处。

扈利曾经问她："你没听说过鼓舞士气这种做法吗？"

"听说过，"伏尔约娃说，"但碰巧，我不怎么同意这种做法。你更喜欢快乐地死去，还是战战兢兢地存活？"

"但无论如何我到头来都要死的。为什么你这么确信我们抵达那边之后会遇到麻烦？"

"我只是在做最坏的打算。"伏尔约娃说话时情绪相当低落。

那之后的第二天，伏尔约娃觉得自己已经足够强健，可以和西尔维斯特夫妻谈谈了。他们俩进入医疗舱时，伏尔约娃正坐在床上，腿上放着一台平板电脑，滚动浏览着上面大量的攻击场景，那些都是她打算之后用来考验扈利的。她匆忙关闭了场景显示，以不那么凶恶的东西取而代之，尽管她不太相信她那些模拟程序的加密代码在西尔维斯特眼中看来是有意义的；即使对她自己来说，她那些草草写就的程序有时也像是一种私人语言，她自己使用起来也只能说勉强还算流畅。

"你现在痊愈了，"西尔维斯特挨着她坐下，帕斯卡尔坐在丈夫身侧，"这很好。"

"这是因为你关心我的健康，还是因为你需要我的专业技能？"

"显然是后者啊。我们对彼此都从来没有好感，伊利亚，那又何必假装着有呢？"

"我对此毫无幻想。"她把平板电脑放在一边,"我和扈利讨论过你。我,或者说我们得出的结论是,最好还是不要怀疑你的话。所以现在,可以说我认为你告诉我们的一切,"她用一根手指点了点自己的眉头,"都是真的。当然,我保留在未来任何时候改变这一判断的权利。"

"我认为对所有人而言,采用这种思路都是最好的,"西尔维斯特说,"我向你保证,作为一名科学家对另一名科学家保证,那些话全都是真的。不仅仅是关于我眼睛那些。"

"说说这个星球。"

"刻耳柏洛斯。是的。我猜他们给你做了简报吧?"

"你期望在那里找到些可能与阿玛兰汀人灭绝有关的东西。是的,这个我听他们说了。"

"你对阿玛兰汀人有所了解吗?"

"普遍接受的那套观点是有的,"她再次举起平板电脑,迅速拉出一批从居维叶城上传的文件缓存记录,"当然,这里头很少有你的作品。但我也拷贝了你的传记。其中传达出你的大量猜测。"

"透过一位怀疑论者的视角传达。"西尔维斯特朝帕斯卡尔投去一瞥——能知道这点其实是从他头部角度发生的明显变化,因为从他的眼睛根本无法判断他目光的方向。

"自然。但你想法的核心内容确实被传达出来了。在这样的模型当中……我同意,刻耳柏洛斯/哈迪斯系统确实值得关注。"

西尔维斯特点了点头。显然,伏尔约娃记得他们正在接近的行星/中子星双星系统的正确名称,这件事让他十分满意。"在阿玛兰汀人临近末日的那段时间,在那里有什么东西强烈地吸引着他们。我想搞清楚那是什么。"

"你就不担心这个东西可能与大灭绝有关吗?"

"是的,我也担心。"他的回答有些出乎伏尔约娃的意料,"但如果我们对此视而不见,那我会更加担心。毕竟,我们自身的安全也可能受到同样的威胁。如果我们对其有所了解，那我们至少会有点机会设法免遭同样的厄运。"

伏尔约娃若有所思地用一根手指轻点自己的下唇。"阿玛兰汀人当初可能也是这么想的。"

"那么，我们还是从权力的角度来分析局势吧。"西尔维斯特又看了看他的妻子，"老实说，你的到来简直如有天佑。居维叶城没有能力资助探险队前来此地，哪怕我能够说服殖民地相信其重要性也不行。即使他们有，他们所能准备的攻击火力也无法与这艘船相提并论。"

"我们那次对火力进行的小小展示真的是相当不明智啊，不是吗？"

"也许吧。但如果没有它的话，我可能永远都不会被释放。"

伏尔约娃叹了口气。"不幸的是，我的观点也正是如此。"

过了大半个星期之后，当飞船到达离刻耳柏洛斯/哈迪斯不到一千二百万千米的位置，然后开始围绕中子星运行时，伏尔约娃把全体船员和他们的客人都召集到飞船舰桥开会。她觉得，现在是时候告诉大家，她那极为深切的恐惧确实是有道理的了。做出这个决定对她来说颇为艰难，但西尔维斯特又会采取怎样的行动？她即将告诉他的事情不仅会证实他们正在接近某个危险的东西，同时也触及了对他个人来说具有重大意义的东西。她大多数时候都不擅长判断别人的性格——西尔维斯特这讨厌鬼也实在过于复杂，任何简单分析都不可能适用——但她看不出她的消息除了痛苦之外还能带来什么。

"我发现了些东西，"所有人的注意力都集中过来之后，她开始说道，"其实发现了有一段时间了——在刻耳柏洛斯附近有个中微子源。"

"多久以前发现的？"佐佑木说。

"在我们抵达复生星轨道之前。"看着对方的表情变得越来越阴沉，她补充了一句，"当时还没什么值得告诉你的，长官。那时我们甚至不知道我们会被打发到这里来。而且那个中微子源的性质也基本不明。"

"而现在？"西尔维斯特说。

"现在我有了……更清晰的认识。随着我们接近哈迪斯，事情渐渐清楚：

那个信号源发射出的是特定能谱的纯 τ 中微子；事实上，在所有的人类技术中，这个特征都是独一无二的。"

"那你在这里发现的，是人类制造的东西？"帕斯卡尔说。

"我认为是的。"

"联合体引擎。"赫加齐说道。伏尔约娃微微点头。"是的，"她说，"只有联合体引擎产生的 τ 中微子和刻耳柏洛斯附近这个中微子源的信号特征匹配。"

"那么是有另外一艘飞船在那儿？"帕斯卡尔说。

"我起初也是这么想的，"伏尔约娃说，听起来很不安，"事实上，这个看法倒也不全错。"然后她朝着自己的手环低声发出命令，让中央显示球开机，并且开始按她在会议前设定好的程序运行。"但重要的是，我们在靠到足够近之前，无法从视觉上分辨出信号源头。"

刻耳柏洛斯出现在显示球上。这个月球大小的行星跟复生星非常相似，只是更加缺乏吸引力：一片单调的灰色，陨石坑密密麻麻。周围黑乎乎的：孔雀六远在十光年之外，附近的另一颗恒星——哈迪斯——几乎不发出任何可见光。尽管这颗细小的中子星在超新星爆发中诞生时曾极度炽热，但它早已冷却到仅发出红外线的程度，肉眼只能在其引力场透镜将背景恒星变幻成光弧时才能发现它的存在。但是即便刻耳柏洛斯沐浴在阳光中，这里也没有任何迹象能表明，存在什么可能吸引阿玛兰汀人的东西。目前伏尔约娃的扫描手段中，最精细的也只能以低至若干千米的分辨率对星球表面进行测绘，所以在这个阶段几乎不能排除任何可能性。但是她对绕刻耳柏洛斯轨道运行的物体进行了更详细的研究。

她现在开始放大那东西的图像。起初它看起来只是群星映衬下的一块灰白色污迹，略呈长条状，从一侧可以看到刻耳柏洛斯的边缘。这就是几天前，在这艘船部署它所有的长基线观测仪之前，它在伏尔约娃眼中的样子。但即使在那时，她也已经发现很难将自己的怀疑置于一旁。随着更多细节的出现，想这样做也变得更加困难。

污迹现在呈现出明确的实体界限和形状。大体上呈圆锥形，像一块玻璃碎片。伏尔约娃制作了一个三维网格将该物体框在其中，显示出它的大致尺度。很明显，从一头到那头有几千米；很可能有三四千米。

"在这个分辨率下，"伏尔约娃说，"可以分辨出中微子射流有两个不同的源头。"她标示出了那两个中微子源：灰绿色的模糊斑块，位于圆锥比较粗的那头的两侧。随着画面中的细节逐渐增多，可以看到那两个模糊斑块是通过纤细的后掠翼梁附着在这小东西的主体上。

"一艘拥光船。"赫加齐说。他是对的，即使是在这个相对粗糙的分辨率下，这点也已毫无疑问。他们看到的是另一艘飞船，和他们自己的十分相似。两个发射中微子的源头来自安装在船体两侧的两台联合体引擎。

"发动机处于休眠中，"伏尔约娃说，"但即使没有在驱动飞船，它们仍然会释放出稳定的中微子流。"

"你能识别出那艘飞船吗？"佐佑木说。

"没必要。"西尔维斯特开口了。他声音中深沉的平静令所有人都感到惊讶。"我知道这是哪艘船。"

在显示球中，飞船的最后一批细节闪烁显形，图像开始扩大，直到飞船几乎占满了整个显示球。哪怕之前还看不太清楚，现在也可以看清楚了。飞船遭到了破坏，被开膛破肚：巨大的球形凹痕把它弄得坑坑洼洼，大片大片的船壳都被剥开，露出底下错综复杂的一层层内部结构，看着有些恶心。这些结构本来不可能暴露在真空中。

"这是？"佐佑木说。

"这是劳瑞恩号的残骸。"西尔维斯特说道。

第二十章

2566 年，前往刻耳柏洛斯 / 哈迪斯途中

加尔文在拥光船的医疗室中显露身形，依旧躺在他的老板椅上，哪怕这张带有顶篷的巨大椅子在这里显得很不协调。

"我们在哪儿？"他用手指揉了揉一只眼角，仿佛刚从一阵惬意的酣眠中醒来，"还在那个小破星球附近吗？"

"我们已经离开了复生星，"说话的是帕斯卡尔，她坐在西尔维斯特旁边的座位上，后者正斜躺在手术床上，衣着整齐，意识清醒，"我们位于孔雀六的太阳风层边缘，靠近刻耳柏洛斯 / 哈迪斯系统。他们找到了劳瑞恩号。"

"对不起，我想我应该是听错了。"

"不，你听得很清楚。伏尔约娃给我们看了——绝对是同一艘船。"

加尔文皱了皱眉头。他和帕斯卡尔以及西尔维斯特一样，也曾以为劳瑞恩号早就不在复生星太阳系附近了。复生星早期殖民时期，艾丽西娅和其他叛乱者偷走了它以图返回黄石星，那之后它就应该离开了这里。"怎么可能是劳瑞恩号？"

"我们也不知道，"西尔维斯特说，"我们所知的也就是刚才告诉你的那些。我们其他人跟你一样一头雾水。"在这种时候，他通常会在谈话中加入些针对加尔文的刻薄挖苦，但这次有些不一样的因素让他管住了自己的舌头。

"飞船是完整的吗？"

"肯定是遭到了什么东西的袭击。"

"有幸存者吗？"

"我深表怀疑。这艘船遭到了严重破坏……袭击它的不管是什么，来得必定很突然，不然他们会试着逃出攻击范围的。"

加尔文沉默了一会儿才答话："那么，艾丽西娅一定是死了。我很遗憾。"

"我们不知道那是什么武器，也不知道袭击是怎么发生的，"西尔维斯特说，"但我们可能很快就会有所了解。"

"伏尔约娃发射了探针，"帕斯卡尔说，"一个探测机器人，能够很快地飞到劳瑞恩号上。现在应该已经到了。她说机器人会进入飞船，找到任何幸存的电子记录。"

"然后呢？"

"我们就会知道是什么杀死了他们。"

"但这还不够，对不对？无论你从劳瑞恩号上了解到什么，都不足以让你回头，丹。我太了解你了。"

"只是你自以为了解而已。"西尔维斯特说。

帕斯卡尔站起身来，咳了两声。"我们现在能不能先别这样了？如果不能一起合作，你们俩对佐佑木而言就都没什么用处了。"

"佐佑木怎么看我无关紧要，"西尔维斯特说，"反正他还是得听我的。"

"他这话有道理。"加尔文说。

帕斯卡尔让房间生出一张书桌，上面附有复生星风格的控制面板和读数仪表。她又给自己布置了把座椅，在书桌的弧形象牙白楣板边坐下。然后她调出了这个房间里的数据连接图,并开始在加尔文的模块和房间里的医疗系统之间建立必要的连接。她看起来就像在虚空中编织着精致繁复的花绳图案。每建立一个连接,加尔文就加以确认,并告诉她是否要对某些途径的带宽做些增减,或者是否需要添加额外的拓扑结构。这个过程只持续了几分钟。当它完成之后,加尔文获得了操作医疗室伺服机械设备的能力,让大量尖端装着不同部件的合金臂从天花板向下伸出,那样子就像是尊蛇发女妖的雕塑。"你不会明白这是什么感觉,"加尔文说,"这是多年来我第一次能够对物理宇宙的一部分采取行动——自从我上回对你的眼睛进行修复之后就再没有过了。"在他说话的同时,那些多关节机械臂跳起了闪烁着微光的舞蹈,刀片、激光、钩爪、分子操纵器和传感器在空中竞相挥舞,犹如一团狂乱的银色旋风。

"太惊人啦,"西尔维斯特感受着拂过脸上的微风,"还请小心一点。"

"我可以在一天之内把你的眼睛复原,"加尔文说,"我可以把它们做得比以前更好。我可以让它们看起来跟真人的眼睛一样——见鬼,用这里的技术,我完全可以同样轻松地给你植入一双生物眼球。"

"我不想让你把它们复原,"西尔维斯特说道,"现在我全靠它们来对付佐佑木。只要修复法尔肯德动过的部分就可以了。"

"啊,是的——我都忘了这茬了。"加尔文全身上下保持不动,单单挑起了一边眉毛,"你确定这样做手术是明智的吗?"

"只要你下手戳过去的时候小心一点就好。"

艾丽西娅·凯勒·西尔维斯特是他的上一位妻子,在帕斯卡尔之前。他们是在黄石星上结的婚,当时他们正在筹备复生星的探险,计划做到每一个细枝末节,年复一年似乎拖个没完没了。他们并肩奠定了居维叶城的基础,在起初几年的发掘过程中也一直合作无间。她真的很聪明。也许就是因为太聪明了,所以无法安稳地待在西尔维斯特的轨道上。随着他们在复生星的日子进入第三个十年,自有独立思维的她开始与丈夫渐行渐远——在私人关系和工作关系两方面都是如此。艾丽西娅相信,他们对阿玛兰汀人已经了解得够多了,是时候让探险队——在本来的计划中，它就绝不会一直留在复生星——回到天苑四太阳系了。这么想的并不止她一个。毕竟，如果他们在三十年里都没有发现任何震撼人心的东西，那么没人能够保证接下来的三十年——或者接下来一个世纪——会有什么更惊人的发现。艾丽西娅和她的支持者们认为，阿玛兰汀人不值得再做详细研究，大灭绝只是一场不幸的意外，在宇宙尺度看来没什么意义。不难看出，这种想法自有合理之处。毕竟，人类已知的已灭绝智慧物种远不止阿玛兰汀人一支。人类探索到的空间还在不断扩大之中，其中完全有可能发现别的，等待着他们发掘其中所蕴含的考古宝藏的文明。艾丽西娅那一派认为，应该放弃复生星，殖民地最优秀的人才应该回到黄石星，选择新的研究目标。

当然，西尔维斯特这边用最激烈的语言表达了反对。到那时，艾丽西娅和西尔维斯特已经形同陌路，但即使在敌对状态，他们内心深处也还冷静地保有对彼此能力的尊重。爱情或许已经枯萎，但不带偏见的钦佩依然存在。

然后发生了那场叛乱。艾丽西娅的拥护者把他们一直以来的威胁付诸实践：他们抛弃了复生星。由于无法说服殖民地其他成员与他们一道航行，他们就偷走了停泊在轨道上的劳瑞恩号。叛乱并没有流血，但艾丽西娅派盗走飞船本身就对殖民地造成了巨大的潜在伤害。劳瑞恩号里收纳着所有的太阳系内的飞船和穿梭机，这意味着殖民者从此再也无法离开复生星表面。在几十年后雷米里欧德到来之前，他们甚至没有办法修复或升级通信卫星环带。在艾丽西娅离开后，机仆、复制技术和植入物都极度短缺。

但事实上，西尔维斯特派倒是更加幸运的一方。

"日志记录，"艾丽西娅的幻影在舰桥空中显出形体，开口说话，"离开复生星二十五天了。我们决定在离开的途中去中子星附近转转，尽管我判断不要这样更好。路线规划很方便，不会让我们偏离原计划前往天苑四太阳系的方向很远，我们的旅途会略有延长，但无论如何我们之后还得飞上好多年，净增加的这点时间相对来说微不足道。"

她的样子和西尔维斯特记得的不太一样。毕竟那之后已经过去很久了。西尔维斯特眼里的她已经不再可恨，她只是误入歧途。她穿着一身深绿色的衣服，叛乱之后居维叶城再也没人穿过这种衣服；她的发型让她看起来简直像是从古代戏剧中走出来的。

"丹坚信在这里有某些重要的东西，但一直缺乏证据。"

这话让西尔维斯特有些惊讶。她说话的时候，离发掘出那块古怪地刻有太阳系星图的方尖碑还有很久。自己对这里的执着在那时候就已经那么强烈了吗？完全有可能，但意识到这点感觉并不舒服。艾丽西娅说得没错。一直缺乏证据。

"我们看到了些不寻常的现象，"艾丽西娅说，"一颗彗星撞上了刻耳柏洛斯，那颗围绕中子星运行的行星。在离柯伊伯星群主体这么远的地方，这种撞击一定相当罕见。这自然引起了我们的注意。但当我们靠近了一些，得以检查刻耳柏洛斯表面之际，却发现那上面完全没有新撞击坑存在的迹象。"

西尔维斯特感到脖子后面汗毛倒竖。"然后呢？"他发现自己在低声发问，声音几不可闻，仿佛艾丽西娅真的就在舰桥中，正站在他们面前，而并非从那艘飞船残骸的数据中挖掘出来的投影。

"这个现象我们无法忽视，"她说，"哪怕它看起来不言而喻地支持了丹的理论——刻耳柏洛斯/哈迪斯系统中有些不寻常的东西。所以我们改变了航向，再靠近一些。"她停顿了一下，"如果我们有了重要发现……某些我们无法解释的东西……我想，我们在道德上别无选择，只能通知居维叶城。否则我们就再也不能昂首挺胸地以科学家自居了。反正我们明天就会知道了。到时候我们就进入可以发射探测器的范围了。"

"这还有多长？"西尔维斯特向伏尔约娃问道，"她的日志记录之后又持续了多久？"

"大约一天的时间。"伏尔约娃说。

她们此刻身在蜘蛛房中，可以免于被佐佑木和其他人窥视——或者说，伏尔约娃希望相信是这样的。她们还没有听完艾丽西娅说的每句话，因为筛选语音记录这一行为本身就很耗时，而且会让人情绪低落。然而，真相的基本状况正在浮出水面，而且前景实在不令人振奋。艾丽西娅的船员在刻耳柏洛斯附近遭遇了某些东西的袭击，突如其来，一锤定音。用不了多久，对于他们正被驱使着靠近何种威胁，伏尔约娃和她的船员们就会知道更多。

"你意识到了吗，"伏尔约娃说，"如果我们遇到麻烦，你可能要进入火控位。"

"我觉得这可未必是最好的做法。"扈利说。为了加强说服力，她又补充了一句："我们俩都知道，最近发生了一些与火控系统有关的、令人不安的事情。"

"是的。事实上……在我疗养期间，我渐渐说服自己，你知道的要比你坦白的更多。"伏尔约娃放松身子，躺进铺有栗色毛绒的座椅，把玩着自己面前古铜色的控制装置，"我认为，当你说你是个潜入者时，你对我说的是真话。但我认为，也就仅此而已。其余的都是谎言，目的是为了满足我的好奇心，同时还能阻止我把这件事告诉三人团中的其他人……当然，这套说辞确实行之有效。但有太多的事情你仍然没有给出让我满意的解释。比如说吧，那件秘藏武器。当它出问题的时候，为什么会指向复生星？"

"那是最近的目标。"

"抱歉，可这也太敷衍了。是在复生星上有什么吧，对不对？还有，其实你是在知道我们的目的地之后才决定潜入这艘飞船的……是啊，一个偏僻的地方会为你试图夺取秘藏武器的行动提供合适的场所——但那是不可能的。或许你足智多谋，扈利，但你绝不可能从我或别的三人团成员手中夺走那些武器的控制权。"她把下巴搁到一只手上，"那么——这里的问题显而易见。如果你最初的故事是不真实的，那么，你上船来究竟是要做什么？"她看着扈利，等待着答案。"你最好现在就告诉我，因为我敢发誓，下一个来问你的人会是佐佑木。你肯定也注意到了，佐佑木已经起了疑心，扈利——尤其是在基亚瓦尔和萨迪奇殒命之后。"

"那些跟我没有任何关系……"她的语气显得越来越没有信心，"萨迪奇本身对你满怀怨恨，那与我无关。"

"可是我已经把你的空天服的武器系统给关闭了。只有我才能解除这个命令，而我那会儿只有被杀的份，根本无力解除。你是如何越过封锁杀死萨迪奇的呢？"

"是另外的某个人干的。"扈利停顿了一下，又继续说，"确切地说，是另外的某件东西。就是那东西进入了基亚瓦尔的空天服，让她在训练中转而向我开火。"

"那并不是基亚瓦尔故意的？"

"不……应该不是的。我不认为我会是这宇宙中她最喜欢的人……但我完全可以肯定，她并没有打算在训练室里杀死我。"

这话可真的相当让人难以接受，哪怕最后确实感觉这就是事实。"那么，当时到底发生了什么？"

"我的空天服里的那东西必须要做些安排，以让我进入接回西尔维斯特的队伍。让基亚瓦尔出局是唯一的选择。"

是的，她几乎可以看出这其中的逻辑。她从来没有怀疑过基亚瓦尔的死法。船员中会有人朝扈利出手，这似乎完全是意料之中的，尤其是基亚瓦尔或萨迪奇。同样，用不了多久，这两者中肯定也会有一个背叛伏尔约娃。两件事都已经发生，但现在她才看出，它们都是另外某个事物的一部分……都是后者激起的涟漪，她不敢说自己已经明白了那是什么，但看得出它隐蔽在这些事件的水面下，在像鲨鱼般迅捷行动。

"去接回西尔维斯特的事有什么地方这么重要？"

"我……"扈利想要说些什么，但又踌躇起来，"我不确定现在的时机是不是恰当，伊利亚——当我们离摧毁劳瑞恩号的东西这么近的时候，恐怕不是。"

"以防万一再提醒你下，我带你来这里并不只是为了欣赏风景。还记得我提到过佐佑木吗？要么你现在就告诉我，现在这艘船上最接近于你的盟友或者朋友的人是谁；要么回头你就得去面对佐佑木，他会用上些你多半想都不敢想的硬件。"这话并没太夸张。佐佑木的搜思机使用的并不是那种最新的精细技术。

"那，我就从头说起吧。"伏尔约娃刚才说的话似乎起到了作用。那就好，否则她就得考虑解封她的强制手段了。"关于当兵的部分……都是真的。我是怎么到黄石星的……很复杂。到现在我也不知道其中有多少是意外，有多少是那女人干的。我只知道，她很早就为这次任务选中了我。"

"她是谁？"

"我也不太清楚。是个在渊堃城，也许在整个行星上都有很大权力的人。她自称大小姐。她非常小心，从来不用真名。"

"描述一下她。她或许是个我们的老熟人，某个过去和我们打过交道的人。"

"我怀疑。她不是……"扈利顿了顿，"她不是你们中的一员。也许曾经是，但现在不是。我有种感觉，她在渊堃城待了很久了。但直到融合疫之后，她才掌握大权。"

"她大权在握，可我却连她的名字都没听说过？"

"这正是她的权力最关键的特点。并不明目张胆，她要成事也不需要让她的存在广为人知。她只是让那些事'偶然'发生。她甚至并不富有，但她比那颗星球上的任何人控制的资源都多，全凭灵活的手腕。不过她所控制的资源还是不足以变出一艘飞船来——这就是为什么她需要你们。"

伏尔约娃点了点头。"你说她可能曾经是我们中的一员。你这话是什么意思？"

扈利犹豫了一下。"这个其实并不那么肯定。但那个为她工作的人——自称马努克先的男人——绝对曾经是个超空人。他透露出的线索足以表明，是他在太空中发现那个女人的。"

"发现——类似于救回来？"

"我听起来也觉得是这样。她还有些参差嶙峋的金属雕塑——至少我一开始以为它们是雕塑。后来我开始觉得它们看起来像失事飞船的零件。就好像她把它们放在身边，用来提醒自己某件事情。"

有什么东西在牵动着伏尔约娃的记忆,但她暂且把这个思绪按捺在意识的水面之下。"你清楚地看过她的样子吗?"

"不。我只看到了一个投影,但那当然不一定准确地反映了她本人的长相。她就像其他的密封人一样,住在一顶轿子里面。"

伏尔约娃对密封人略有所闻。"甚至根本就未必有那么一个人。轿子可能只是掩饰她身份的一种方式。如果我们能更加了解她的出身……这个马努克先还告诉了你什么别的没有?"

"没有,他想跟我说话——我看得出来——但他还是没法告诉我任何有用的信息。"

伏尔约娃俯身靠近。"你为什么说他想跟你说话?"

"因为他就是这么个做派。这家伙一直口若悬河,从来不停。在我被他驱使着跑东跑西的整个过程中,他一刻不停地给我讲他做过的各种事、认识的各位名人。唯独不说与大小姐有关的任何事。那个话题不对外开放。或许是因为他还在为大小姐工作吧。但谁都看得出来,他嘴痒得不行,一个劲想告诉我各种事情。"

伏尔约娃用手指叩击着楣板。"也许他找到了办法。"

"我不明白。"

"是的,我也不指望你明白。也并不在于他对你说了什么……但我想,他确实找到了向你透露真相的方法。"片刻之前她压下去的回忆过程确实挖出了一些东西。她想起了扈利被招募的时候,想起了把这个女人带上船后自己对她做的检查。"当然,我现在还不能肯定……"

扈利看着她。"你在我身上发现了一些东西,对不对?马努克先植入的东西?"

"是的。起初,那东西看起来没啥复杂的。幸运的是,我有一个奇怪的性格缺陷,我们这些沉迷科学的人身上很常见的缺陷……我从来,从来不会扔掉任何东西。"这是真的。把她找到的那东西处理掉,会比单纯地把它留在实验室里花费更多精力。当时看来进一步探究毫无意义,毕竟那只是一块碎片;但现在,她可以去给从扈利身体里取出的金属碎片做个成分分析。"如果我没想错的话,这就是马努克先干的,那它也许能告诉我们一些关于大小姐的事情。甚至可能告诉我们她的真身是谁。但你现在还是得告诉我,她到底要你为她做什么。我们已经知道,那应该多多少少和西尔维斯特有关。"

扈利点了点头。"确实如此。而且恐怕,你听到后不会喜欢的。"

"我们已经从目前的轨道上完成了对刻耳柏洛斯表面更详细的勘测,"艾丽西娅的投影说道,"仍然没有发现彗星撞击坑的迹象。是的,这里有大量陨石坑,但都不是最近的。这完全说不通。"她描述了他们之前做出的一个看似合理的假说,那就是彗星在撞击前就被摧毁了。即使这种解释,也意味着某种形式的防御技术被使用了,但至少它回避了地貌特征纹丝未变的矛盾。"但我们没有看到任何类似的迹象,而且也没有证据表明表面有任何高技术建筑。我们决定发射一队探测器到下面的地表。如果我们漏掉了什么,它们可以将其搜寻出来——埋在山洞里,或者潜藏在我们视野盲区的峡谷中的机器;而且如果下面存在全自动系统的话,它们可能会引发某种反应。"

是啊,西尔维斯特苦涩地想,它们确实引发了某种反应。但几乎可以肯定,绝不是艾丽西娅预料之中的。

伏尔约娃找到了艾丽西娅的下一段叙述。探测器已经部署完毕。这些微型自动航天器像蜻蜓一样脆弱,也像蜻蜓一样灵活。它们径直坠向刻耳柏洛斯的表面——这里没有大气层延缓它们的速度——只是在最后一刻才迅速喷出聚变火焰,放慢下降速度。有段时间里,从劳瑞恩号居高临下看过去,它们成了一朵朵明亮的火花,绽放在刻耳柏洛斯绵绵无尽的死灰色背景上。但这些火花一路变得越来越微小,提醒着人们,哪怕是这个微小的死寂星球,其尺度也比大多数人类造物要大上好几个量级。

"日志录入,"叙述间断了好久之后,艾丽西娅再度说道,"探测器正在回报,有些事情很不寻常——现在才刚刚接收完成。"她望向侧面,查看着投影范围之外的一个显示屏,"地表的地震活动。这种活动在我们的预料之中,但地壳截止到目前一直没有任何运动迹象，尽管行星的轨道还没有完全正圆化，它还是应该受潮汐引力作用。这几乎就像是地震波完全是由探测器触发的，但这实在是相当荒唐。"

"并不比一颗行星从自己表面抹去了彗星撞击的所有证据更荒唐。"帕斯卡尔说。然后她看了看西尔维斯特。"顺便说一句，我这并不是要批评艾丽西娅。"

"也许你没有，但效果是一样的。"西尔维斯特说完后转向伏尔约娃，"除了艾丽西娅的日志记录外，你还恢复了什么吗？肯定包括探测器发回的遥测数据……"

"我们拿到了数据，"伏尔约娃谨慎地说道，"我还没有整理好。那东西有点原始。"

"把数据给我连接上。"

伏尔约娃对她一直戴着的手环轻声吐出一串命令，舰桥燃烧起来，然后消失不见。接二连三的同步感觉切换让西尔维斯特的感知有些混乱。他正沉入艾丽西娅的一个探测器发回的数据中——勘测仪完全和伏尔约娃预判的一样原始。但西尔维斯特对会发生什么事情多多少少有些预想。这种转换只是让他有些不舒服，而没有让他痛苦难忍——这种情况也是很容易发生的。

他飘浮在一片大地之上。有多高很难判断，因为分形的地表细节——火山口、裂缝和凝固的灰色熔岩河——在任何距离看起来都非常相似。但勘测仪告诉他，他在刻耳柏洛斯上方仅仅五百米高的位置。他低头看着下方的平原，搜寻着艾丽西娅提到的地震活动的迹象。刻耳柏洛斯看起来亘古未变，仿佛这里几十亿年来什么都没发生过。这里仅有的一丝动静还是来自聚变喷射引擎无人机，它们在空中游荡，从他所在的位置向四周投出辐射状的一条条阴影。

这些无人机看到了什么？肯定不在可见光波段内。西尔维斯特摸索着进入感知中枢——就像戴上一只陌生的手套——找到了访问其他数据通道的神经指令。他先是转向热传感器，但平原的温度没有波动迹象。整个电磁波谱中也没有任何异常。中微子和奇特粒子通量仍然稳定地处于预期范围内。然而当他切换到引力成像仪通道的时候，他就知道刻耳柏洛斯这里出现了重大异常。他眼前的视野被叠加上了一套半透明的彩色引力等值线。那些等值线在移动。

某种东西——巨大到足以在质量感应器上引发反应的东西——正在地下迁移，以钳形运动的方式汇聚到他盘旋位置的正下方。有那么一瞬间，他强迫自己相信，这些移动的形体只是掩藏在地底的巨大熔岩流，但这种令人安心的错觉只持续了不到一秒钟。

这绝非自然现象。

平原上出现了一根根线条，以刚才的焦点为中心形成了一幅星形的曼荼罗图。他隐隐约约意识到，在他感知的极限距离上，其他探测器的下方也有类似的星形图案正在展开。地上的裂纹加宽，打开，形成一条条可怕的黑色裂缝。透过这些裂缝，西尔维斯特一瞬间看到了下面发着光，大概有几千米深的地方。盘绕的机械形体在蠕动，那些滑动着的蓝灰色卷须比山谷还宽。它们在忙忙碌碌地运动着。那是精心安排的、有目的的、机械式的运动。他产生了一种特殊的恶心感觉。就好像咬了一口苹果，然后里面露出一群正忙碌地蠕动着的蛆虫的那种感觉。他现在明白了。刻耳柏洛斯根本不是一颗行星。

这是一个机械装置。

然后，那些盘卷着的怪物从平原上的星形洞穴中喷涌而出，形体模糊不清地冲向他，仿佛要把他从天空中抓住，拖下去。一瞬间，到处都是可怕的白光，他的每种感知视野中都是白茫茫一片，然后伏尔约娃提供的感官反馈尖啸着骤然结束，西尔维斯特的自我意识猛然坍塌，回到了舰桥上的身体中，这种存在感的剧变让他差点就惨叫起来。

他恢复知觉之后，还来得及看了艾丽西娅一眼，看到她无声地嘟囔着什么，看到她的脸上刻满了或许是恐惧，也同样可能是沮丧的神情——在死到临头的那一瞬间，才明白自己一直都错了的那种沮丧。

然后她的形象就崩解成了静电噪声。

"现在我们至少知道他是疯的，"几个小时之后扈利说道，"那种事情都不能说服他不要再接近刻耳柏洛斯，我想是没有什么能说服他的了。"

"很可能它起的效果恰恰相反。"伏尔约娃说。尽管蜘蛛房提供了相对安全的对话环境，但她的声音还是放得很轻。"现在西尔维斯特确实知道这里有些东西值得调查，而不仅仅是怀疑如此了。"

"外星机器？"

"显然。而且，或许我们甚至能猜到那东西的目的。刻耳柏洛斯显然并不真的是一颗行星。退一万步说，它是的，那也是个有人造地壳的行星，外面被一层机器包裹着。这就解释了为什么一直都找不到彗星撞击坑——地壳大概是在艾丽西娅那些船员靠近之前就自行修复了。"

"某种伪装？"

"看来是这样。"

"那为什么要对那些探测器发起攻击，这样岂不是会吸引来访者的注意力？"

伏尔约娃显然事先考虑过这个问题。"那种以假乱真的幻象显然无法在不到一千米的距离上还能毫无破绽。我猜，探测器在被摧毁之前马上就要发现真相了，所以这个世界发动攻击并没有任何损失，还顺便获得了些额外的原材料。"

"不过，为什么呢？为什么要用假地壳来包裹住一颗行星？"

"我不知道，我怀疑西尔维斯特也不知道。所以他现在更加坚持要再靠近点。"她压低了声音，"事实上，他要求我设计个行动计划出来。"

"做什么的计划？"

"让他进到刻耳柏洛斯里面去的计划。"她顿了顿，"他知道秘藏武器的事，这是自然的。他推测那些玩意足以削弱行星地壳上某个区域的机械，让他得以达成目的。当然，仅仅这样是不够的……"说到这里她的语调略有变化，"你认为，你那位大小姐不会早就知道他的目标会是这里？"

"她说得很清楚，绝不可以让那男人登上飞船。"

"那是大小姐在你加入我们之前告诉你的？"

"不，是在那之后。"她告诉伏尔约娃，自己脑袋里装有植入装置，为了任务目标，大小姐把一个分身下载到了她的头颅中。"她很烦人，"扈利说，"但她让我对你的忠诚疗法免疫，这点我觉得还是应该感谢她。"

"疗法的效果正如预期啊。"伏尔约娃说道。

"不，我只是假装的。大小姐告诉我该说什么，该在什么时候说，而且我猜她做得还算不赖，否则我们就不会有这样的讨论了。"

"她不能排除治疗方法部分起作用的可能性吧？"

扈利又耸了耸肩。"这有什么关系呢？事到如今，什么样的忠诚才有意义？你事实上等于跟我直说了，你在等着佐佑木做出错误的举动。现在还能把这群人维系在一起的只有西尔维斯特的威胁——如果我们不按他的要求做，他就会把我们全都杀了。佐佑木是个自大狂，也许他本该仔细检查一下他在你身上使用的忠诚疗法效力如何。"

"当萨迪奇想杀我的时候，你阻拦了她。"

"没错，我是那么做了。但如果她告诉我她是听命行事，主使者是佐佑木，甚至仅仅是那个蠢蛋赫加齐，我就不知道我会怎么说了。"

伏尔约娃花了好一会儿才抚平自己内心的矛盾纠结。

"好吧，"她最后说道，"我想谈论忠诚问题确实没意义。那个植入装置还为你做了什么？"

"当你把我挂载到武器系统上的时候，"扈利说，"她通过接口把自己，或者说是自己的复制体注入火控系统中。一开始我认为，她只是想尽可能多地掌握这艘船的控制权，而火控系统是她唯一的切入点。"

"系统架构不会允许她到达那之外的地方。"

"确实没有。据我所知，她从未掌控过飞船上其他任何部分——除了那些武器。"

"你是说那件秘藏武器？"

"当时正是她在控制那件暴走的武器，伊利亚。我当时不能告诉你，但我知道发生了什么。她想在我们到达复生星之前用这个武器远程杀死西尔维斯特。"

"我想,"伏尔约娃用无可奈何的语气说,"这虽然实在很古怪,但是能说得通。不过,动用那样的武器只是为了杀死一个人……我说,你必须要告诉我,她为什么这么想让那家伙死。"

"答案你不会喜欢的。尤其是现在,在西尔维斯特正想做那种事的情况下。"

"只管说就是了。"

"我会的,我会的,"扈利说道,"但这里还有另外一个东西——另外一个让问题更加复杂的因素。它叫盗日者。我想你可能对它相当熟悉。"

伏尔约娃看上去就像刚刚痊愈的内伤复发,身体上仿佛被撕开了无数条血淋淋的伤口,好似衣裳被扯烂。"啊,"她最终说道,"又是这个名字。"

第二十一章

> 2566 年,前往刻耳柏洛斯 / 哈迪斯途中

西尔维斯特一直都知道这天迟早会来的。但今天之前,他一直设法把这件事隔离在自己的思想之外,承认它的存在,却并不投以心力去琢磨它实际意味着什么——就像一个数学家在求证一个问题的过程中,可能会忽略一个站不住脚的环节,直到其余部分经受住了严格检验,被证实不仅没有明显的矛盾,而且没有丝毫的错误。

佐佑木坚持只有他们俩一道前往船长层,禁止帕斯卡尔或任何船员与他们同行。西尔维斯特没有争辩,虽然他更希望妻子能和他在一起。这是他来到无限眷念号后第一次单独和佐佑木相处。当他们乘电梯朝着飞船下方而去的途中,西尔维斯特搜肠刮肚地想要寻找些谈资:除了前面等待着他们的那桩恶心事情,别的什么都好。"伊利亚说她在劳瑞恩号上的机器还需要三四天,"佐佑木说,"你确定你希望她继续下一步?"

"不做他想。"西尔维斯特说。

"那我也别无选择,只能遵从你的意愿。我已经权衡了证据,决定相信你的威胁。"

"你以为这种事我到现在还不清楚吗?我太了解你了,佐佑木。如果你不相信我的话,你就会趁着我们还在复生星附近的时候强迫我救治船长,然后悄悄地把我处理掉。"

"不会的,不会的。"佐佑木的声音里有种忍俊不禁的味道,"你低估了我的纯粹好奇心。我觉得,我放纵你做到这个程度,只是想看看你的故事中有几分是真的。"

这种话,西尔维斯特认为一点都不能相信。但同样,他也觉得没有必要去争论。"你现在看到了艾丽西娅的信息之后,还留有多少怀疑呢?"

"但那很可能是伪造的。她的飞船遭到毁坏可能是她自己的船员造成的。我不完全相信那些说法,除非真的有东西从刻耳柏洛斯里头跳出来攻击我们。"

"我倒觉得,你的愿望会成真的,"西尔维斯特说,"再过个四五天。除非刻耳柏洛斯真的死掉了。"

在抵达目的地之前,他们再也没说话了。

当然,这并不是西尔维斯特第一次见到船长——即使是这次登船之后也不是。但这个人变成了这般模样,整个看起来还是让人震惊。每次他都感觉,恍如之前曾亲眼见到过这场景一般。诚然,这是他在加尔文利用舰上先进的医疗能力更新了他的眼睛之后,第一次到船长所在的这层来,但造成这种印象的不止于此。另一个因素是,自从上次之后,船长已经发生了变化。现在这种变化肉眼可见了——仿佛他的传染速度正在加快,仿佛就在飞船向刻耳柏洛斯飞驰的同时,他也在朝着未来某种无可揣度的状态奔去。西尔维斯特觉得,或许自己此来算是赶上了拯救船长的最后机会——如果现在还有任何干预措施能帮得到船长的话。

有种相当吸引人的思路:这种加速或许有其内在含义,甚至可能象征着什么。毕竟，这个人已经病了——如果可以正确地称这种状态为病的话——好几十年了，却刚好选择在这个时候进入这种疾病的新阶段。但这种看法是错误的。这段时间必须要从船长的角度来考虑，相对论速度飞行让这"几十年"被压缩成了寥寥数年。他最近的暴发可能并没有看上去那么严重，这并非什么不祥之兆。

"该从哪里入手？"佐佑木问道，"我们是否还按照上次的程序进行？"

"问加尔文，负责的人是他。"

佐佑木缓缓点了点头，仿佛他之前都没考虑到这一点。"你应该对事情有发言权，丹。他得透过你来执行操作。"

"这也正是你不需要考虑我的感受的原因——我根本就不会在场。"

"这话我可一点都不信。你会在的，丹，而且我记得，从上次的经过来看，你意识完全清醒。也许事情不是由你主控，但你会参与其中。而且你不喜欢这样——我们上次就知道了。"

"你瞬间变成了个大专家啊。"

"如果你不憎恶这种事，为什么要躲着我们？"

"我没有。我也没有任何逃跑的能力。"

"我并不只是在说你被囚禁的那段时间。我说的是，你一开始为什么来到这里，来到这个太阳系。如果你不是在逃避我们，那又是在做什么？"

"也许我有必须来这里的理由。"

有那么一小会儿，西尔维斯特怀疑佐佑木要进一步探究这个话题。但这一小会儿很快过去了，这位三人团成员看起来是默默摒弃了这一问询线路。也许是这个话题让他感到厌烦了。这让西尔维斯特忽然想到，佐佑木是个活在当下、主要考虑未来的人，对他来说，过去没什么诱惑力。他对筛选可能的动机或可能的经过不感兴趣。这或许是因为，在某种意义上而言，佐佑木并没有真正把握这种问题的能力。西尔维斯特听说，佐佑木曾拜访过图式幻戏藻——他自己在飞向天幕人之前也曾这么做过。人类会拜访图式幻戏藻的原因只有一个，那就是让自己经受他们的神经改造，在心灵中开启新的、人类科学无法获得的意识模式。有种说法，也许该说是流言，没有哪种图式幻戏藻的改造是没有缺陷的，没有哪种对人类心灵的重塑不会导致某些既有能力的丧失。毕竟，人类大脑中的神经元数量是有限的，相应地，神经元间可能产生的连接数量也是有限的。图式幻戏藻可以重新连接神经元网络，但无法不破坏旧有的连接途径。或许西尔维斯特自己也已经失去了某些东西，但如果是这样的话，他也无法定位缺失所在。佐佑木身上缺少的是什么可能较为明显。这个男人缺失把握人性本能的能力，几乎到了自闭症的地步。他的谈话中有种枯燥乏味的感觉，但这得在投以一定注意力的情况下才看得清楚。在加尔文当年在黄石星上建造的实验室里，西尔维斯特曾经和一个作为历史文物保存下来的早期计算机系统进行过对话，那个系统是在超升觉悟前好几个世纪，人工智能研究第一次蓬勃发展的时候被创造出来的，据称可以模仿人类的自然语言。最初确实如此，它在回答时看起来能明白所输入的问题。但这种幻觉只能持续几个来回。最终人们会意识到，这台机器正在将对话从自己身上引开，以一种斯芬克司式的无动于衷来转移问题。佐佑木还远远没有那么极端，但回避的感觉同样明显。甚至手法也没有多么巧妙。佐佑木完全没有努力掩饰自己对这些事情的冷漠，他身上没有反社会人格那种表面的人性光辉。毕竟，佐佑木有什么必要去费事掩盖自己的本性呢？他没有什么可失去的，而且他并不比其他船员更异常，只是他异常的方式有所不同。

最终，很明显佐佑木不打算再追问西尔维斯特来复生星的原因了，他向飞船发出了指令，要求飞船召唤加尔文，并将他的模拟影像投射到船长所在的这层。那个身影几乎立刻就连同他的座椅一起出现了。像往常一样，加尔文向他的观众提供了一段短暂的默剧，表演了下意识清醒的样子：他在座位上伸了个懒腰，环顾四周，但不带丝毫真正的兴趣。

"我们就要开始了吗？"他问道，"我就要进入你的身体了吗？丹啊，我在你眼睛上用的那些机器就像是香甜的诱饵，让我愈发饥渴——时隔多年，我头回想起了我这么久一直错过的东西。"

"恐怕不是，"西尔维斯特说，"这只是一次——该怎么说呢？试探性发掘？"

"那何必要召唤我？"

"因为我现在处境不妙，需要你的建议。"正在他说话时，一对机仆从走廊边的黑暗中冒了出来。两台架设在履带上的笨重机器，上半身长着大量闪闪发光的专用操纵器和传感器。它们经过防腐处理，高度抛光，但款式看起来仿佛有上千年的历史，就像是刚从博物馆里爬出来一般。"里面没有任何融合疫可以触及的东西，"西尔维斯特说，"没有哪个组件会小到不能用肉眼看见，没有任何可以复制、自我修复或变形的东西。所有的微电子装置都在别处——几千米外的飞船上方，与这两台无人机之间只有光学连接。在使用伏尔约娃的逆转录病毒之前，我们不会让任何可复制的东西碰到他。"

"考虑周全。"

"当然，"佐佑木说，"那些精细活还得你自己拿着手术刀干。"

西尔维斯特摸了摸自己的眉心。"我的眼睛可没有那样的免疫力。你得非常小心，加尔。如果瘟疫触及它们……"

"相信我，我会小心到不能再小心的。"加尔文靠在自己座位的一体式栏杆上，把脑袋往后一仰，大笑起来，活像个被自己讲的笑话逗乐了的醉汉，"如果你的眼睛完蛋了，那连我也没机会安排后事了。"

"你能领会其中风险就好。"

那对机仆缓缓驶向前方，接近化作破碎天使的船长。那东西看起来不再像以前那样，从他的低温舱中以冰河般的缓慢速度爬出来，而是好像火山般凶猛地爆发而出，只是在一道闪光中又被冻结了起来。他平行于墙壁朝着各个方向辐射蔓生，远达走廊两端，长达数十米。在最靠近他的地方，那些蔓生物由树干粗细的圆柱体组成，颜色像水银，但质地犹如表面镶满宝石的泥浆，闪烁不停，暗示着其中潜藏着极为忙碌的活动。在更远的地方，在他的外围，那些"树枝"分化出一个类似支气管的网状结构。这张网在最边上变得非常细微，那些要用显微镜才看得到的末梢无缝融入了下面飞船本身的基底结构之中。这东西表面就像水面上的油膜一样，由于衍射图样而光彩夺目。两台银色的机器似乎融入了船长构成的银色背景之中。它们驻足于船长心脏部位的低温休眠装置残骸外壳的两侧，距离那副被侵蚀的躯壳不超过一米。那里的温度仍然很低，如果西尔维斯特碰触到船长低温舱上的任何部分，他的血肉就会粘到上面，很快就会融入瘟疫形成的那一大团嵌合体中。当操作正式开始时，他们必须给船长升温才行。那时他的扩张速度会加快，更确切地说，瘟疫会抓住机会提高其转化率；但不这样就没办法对他进行治疗，因为在眼下这样的低温状态下，除了那些最粗糙的工具外，所有的医疗设备都会自动失去工作能力。

机器人现在伸出了顶端装有传感器的吊臂，核磁共振成像仪可以窥视到瘟疫深处，将那些曾经是一个人的一层层机械、有机物和嵌合体区分开来。西尔维斯特让无人机将他们所看到的东西传到他的眼前，形成染上丁香色的图层，叠加到船长身上。他好不容易才看清了变成这个样子的人类本体残余的轮廓，那样子就像是在重复利用的画布上呈现出的画面之下那些鬼魅般的轮廓。但随着核磁共振扫描的继续进行，细节逐渐明显，人体被瘟疫扭曲的解剖结构也渐渐清晰。与此同时，这图景中的恐怖气氛再也不可能被无视。但西尔维斯特只是瞪大眼睛看着。

"我们——我是说你，准备从哪里开始？"他朝加尔文问道，"我们这算是给人治病，还是在给机器消毒？"

"都不是，"加尔文故作淡然地说道，"我们是要修复船长，我恐怕他应该说已经超越了这两个分类。"

"你理解得很伟大，"佐佑木说，他站在这冰冷的舞台上靠后的位置，免得阻碍西尔维斯特的视野，"这已经不是治疗的问题，甚至都不是修理的问题了。我更愿意把它视为重建。"

"给他升温。"加尔文说。

"什么？"

"你没听错。我想给他升温——只是暂时的，我向你保证。但要足够长，能进行几次活检。我知道伏尔约娃将自己的检查范围局限于这片鬼玩意的外围。她做得很辛苦，做得很漂亮，而且她所获得的样本提供了生长模式的宝贵指标，而且当然了，没有这些样本，她也不可能设计出她的逆转录病毒。但现在我们需要深入到核心地带，到还有活肉的地方。"他看到佐佑木脸上闪过一丝厌恶之情，带着毫无疑问的愉悦笑了起来。所以，也许那颗心里还有点对人的同理心，或者至少是曾经有过，虽然现在只剩下枯萎的残桩，西尔维斯特默默想道。一瞬间他甚至感觉和这位三人团成员有几分亲近。

"是什么让你这么感兴趣？"

"当然是他的细胞。"加尔文用指尖抚摸着座椅两边弧形的扶手，"人们认为，融合疫会破坏我们体内的植入装置，通过扰乱它们的复制机制，让它们和血肉混为一体。我认为它所做的不止于此。我认为它在试图进行杂交——试图在活人和微电子元件之间构建某种和谐状态。毕竟，它在这里就是这么做的——试图将船长与属于他自己的电子元件和飞船杂交，并没有什么其他的恶毒目的。几乎可以算是良性的，几乎可以算是种艺术，几乎可以算是目的明确。"

"如果你处于他现在的位置，你就不会这么说了。"佐佑木说。

"当然。这就是为什么我想拯救他。也是我需要仔细检查他的细胞的原因。我想知道融合疫有没有触及他的DNA——那东西有没有试图劫持他的细胞组织。"

佐佑木朝着那片冰寒伸出一只手。"这样的话就动手吧。我允许你给他升点温。但时间仅限于完成取样所需。然后我就要让他回到极低温状态，直到动手术的时候。还有，我不希望取到的样品被带离这里。"

西尔维斯特注意到，这位三人团成员伸出的手在颤抖。

"这一切都和一场战争有关。"扈利在蜘蛛房里说，"这点我是明确知道的。他们管它叫作黎明战争。那是很久以前的事了。几百万年前。"

"你怎么会知道？"

"大小姐给我上了一堂银河系历史课，好让我明白利害攸关所在。这堂课确实有用。你现在是不是也同意，跟着西尔维斯特走并不是个好主意？"

第二十一章

"我从来都没有过这种想法。"

这话骗鬼呢,扈利想。即使现在明知道其中存在着危险因素,伏尔约娃对刻耳柏洛斯/哈迪斯仍然充满了孩子气的好奇。事实上,她的好奇心更强了。以前谜团还只是一个异常的中微子信号。而现在,她透过艾丽西娅的记录亲眼看到了外星机器。是的,从某些方面来说,伏尔约娃和西尔维斯特一样,对这个地方着了迷。和西尔维斯特不同的是,她仍然可能被说服。伏尔约娃内心深处仍存留着几分理智。

"你觉得我们有机会说服佐佑木,让他相信风险巨大吗?"

"不多。我们对他隐瞒太多了。就为这他也会杀了我们的。我还是担心他会对你进行搜思。你要知道,他刚才又提到了你。我设法转移了他的注意力,但是……"她叹了口气,"不管怎么说,现在牵线操盘的是西尔维斯特。佐佑木想要或者不想要怎么样几乎无关紧要。"

"那我们就得去说服西尔维斯特。"

"没用的,扈利。现在任何理性的争辩都无法动摇他的决心,而且我恐怕,你告诉我的这些作为争辩的证据都还远远不足。"

"但你相信了这个说法。"

伏尔约娃举起了手。"我相信其中一部分,扈利,但那并不是一码事。我目睹了一些你自称清楚内幕的事情,比如秘藏武器事件。而且我们知道,有些外星力量在某种程度上确实参与其中,这让我很难完全否定你的黎明战争故事。但对于现在的整体状况,我们仍然没有任何概念。"她停顿了一下,"也许等我分析完那个碎片后……"

"什么碎片?"

"马努克先埋在你体内的那个。"然后伏尔约娃把剩下的事情告诉了她——自己是如何在招募扈利后对她进行体检时发现这块碎片的,"当时我只是以为,那是你当兵的时候留在体内的一块弹片。然后我有些好奇,为什么你们自己部队的医护人员早先没把它取出来。我想,我当时本该意识到它有些地方不对劲……但它显然不是有什么特殊功能的植入装置,只是一块参差不齐的金属而已。"

"然后至今你也没弄清楚那到底是什么？"

"是的，我……"扈利了解到，事情确实如此。那块小小的碎片比表面上看到的要复杂得多。合金的成分相当异乎寻常，即使是在一个曾与许多非常奇怪的合金打交道的人看来也是如此。另外，伏尔约娃还说，它有些看起来很奇怪的制造缺陷，但这些缺陷很可能是金属长期以来承受应力的结果，诡异的纳米级金属疲劳痕迹。"不过，我还是快研究出结果了。"她说道。

"也许它能告诉我们些我们所需要的东西。但有件事不会改变。那件真能让我们摆脱这些麻烦的事情，我是不能去做的，不是吗？我不能杀死西尔维斯特。"

"确实不能。但如果风险越来越大——如果局面已经非常清楚，他必须去死——那么我想我们必须开始考虑需要做什么。"

伏尔约娃这话的真正含义，得花点时间才能明白过来。

"自杀？"

伏尔约娃闷闷不乐地点点头。"在此之前我都必须尽我所能完成西尔维斯特的愿望，否则就会让我们所有人陷入危险之中。"

"你还是没明白，"扈利说，"我并不是说如果对刻耳柏洛斯发起的攻击不成功，我们都会死——你似乎是这么认为的。我是说，即便攻击成功，也会发生某些可怕的事情。这才是大小姐想要他死的原因。"

伏尔约娃抿紧自己的嘴唇，缓缓摇头，那样子完全就像是个在告诫孩子的父母。

"我不能凭着一些模糊的预感就发动武装叛乱。"

"那或许我只好自己发动。"

"小心点，扈利。你真得非常小心。佐佑木是个比你想象中更危险的人。他只是在等待着找到借口，然后他就会砸开你的脑袋，看看里面有什么。或许他甚至会不等借口。而西尔维斯特是个……我搞不懂他。要我说的话，对付他之前还是多考虑下为好。尤其是现在他已经有所察觉的情况下。"

"那我们就得间接地跟他对话。通过帕斯卡尔。你明白我的意思了吗？如果觉得她能让她丈夫恢复理性的话，我就会把一切和盘托出。"

"她不会相信你的。"

"如果你支持我的话，她可能会相信的。你会的，对吗？"扈利看着伏尔约娃。这位三人团成员也凝视着她，一直看了很久，然后就在她似乎正准备回答的时候，她的手环叫了起来。她拉开袖口，看了看显示。有人在叫她到飞船上段去。

和往常一样，舰桥相对其中的寥寥数人而言似乎太大了，他们稀稀拉拉地散落在这舱室巨大到显得多余的各处空间。真可悲啊，伏尔约娃想道。然后有那么一瞬间，她在想要不要召唤些她喜欢的死人，至少可以把这里稍微填满一点，并且给这个场景增加点仪式感。但那样太有失身份了，而且说到底，现在她也完全没觉得有什么值得庆祝的，尽管她在这个项目中花费了大量的心思。如果说之前她对这整个规划还有一星半点的积极情绪残余未去，最近与扈利的讨论也已经将其尽数扼杀了。当然，扈利是对的——仅仅是靠近刻耳柏洛斯/哈迪斯，他们就已经冒上了难以想象的风险——但她对此也无能为力。不仅仅是冒着飞船被摧毁的风险么简单。按照扈利的说法，相比让西尔维斯特成功进入刻耳柏洛斯内部，他们的飞船被摧毁还更好些。这艘船和上面的船员也许能幸存下来……但他们短期的好运只是个序曲，后面发生的事情会非常非常之糟糕。如果扈利告诉她的关于黎明战争的事情有一半是事实的话，那后果真的是糟糕透顶，不仅仅是对复生星——不仅仅是对这个太阳系——而且对整个人类而言都是如此。

她即将做出她职业生涯中大概算是最糟糕的一个错误决策，但确切地说那也并不算是错误决策，因为她在这件事上并无选择权。

"哎，"赫加齐坐在自己的座位上，居高临下地对她说道，"我希望这是值得的，伊利亚。"

她也有这个疑虑，但她最不愿意做的事就是让赫加齐感知到她的任何不安情绪。"务必谨记，"她对所有人说道，"一旦我们走出这一步，就不会再有退路。这叫任何人来看都会觉得是个坏消息的。我们也许会诱发行星立刻做出反应。"

"或许根本不会，"西尔维斯特说，"我已经反复告诉过你了，刻耳柏洛斯不会做任何无端引来关注的事情。"

"那我们最好指望你的理论是对的。"

"我觉得我们可以相信这位好大夫，"佐佑木在西尔维斯特侧边说道，"他和我们其他人一样容易受到伤害。"

伏尔约娃有种想把事情赶紧了结的冲动。她点亮了之前黑乎乎的全息投影球，把劳瑞恩号的实时图像填充到里面。残骸上没有任何发生变化的迹象，还是他们第一次发现它时那副样子——船体上仍然布满了可怕的伤口，正如他们现在所知道的那样，那些伤口是刻耳柏洛斯攻击并摧毁探测器之后造成的。但在飞船内部，伏尔约娃的机器这段时间一直在忙碌。起初它们只有一小群，是她派去寻找艾丽西娅的日志记录的机器人繁衍而出的。但这个群体迅速成长壮大，消耗飞船中的金属来加速自身的扩张，与飞船本身可以自我复制的维修和再设计系统进行对接——这些系统大部分在遭到刻耳柏洛斯攻击后都未能重新启动。随之而来的是机器数量的再度增长，然后，在第一次繁衍后的一天左右，它们开始进行正式工作：改造飞船的内部和外层。在一个漫不经心的观察者看来，这些活动都没有什么明显迹象，但任何生产制造活动都会产生热量，于是在过去的几天里，失事飞船的外层已经变得稍微暖和了一点，透露出内部正在进行着激烈的活动。

伏尔约娃点击她的手环，仔细检查所有的指标是否正常。片刻之后行动就会开始。现在她已经无法中止这个进程了。

"老天啊。"赫加齐说道。

劳瑞恩号正在发生变化：它在蜕皮。受损的飞船外壳正整片整片地剥落，慢慢朝周围扩散的碎片形成了一个巨茧，把飞船本身包裹其中。下面露出来的形体和之前受损的飞船一样，但外壳光滑，就像一条蛇，蜕去旧皮，露出新皮。强制劳瑞恩号发生转变真的相当容易——与无限眷念号不同,它不会用自己的自复制病毒进行反击,不会反抗她的雕琢之手。如果说重塑无限眷念号就像是在试着雕琢烈火,那么另一艘飞船在她的手中犹如柔软的黏土。

随着碎片的脱落,劳瑞恩号开始围绕其长轴转动,图像的角度也发生了变化。依旧连在船身上的联合体引擎开始工作——现在她已经控制了它们,具体操作交由她的手环完成。它们可能永远也恢复不了足够多的功能,无法驱动飞船达到接近光速的高速,但伏尔约娃的目的本来也并不在此。它要进行的旅程——它将进行的最后一次旅程——对这样的飞船来说,简直短暂得像是在侮辱它。而且现在它基本上中间是空的,内部的材料都被紧压到了加厚的圆锥形船壳内壁之中。锥体的底部是敞开的,这艘飞船就像个巨大的尖头顶针。

"丹,"她说,"我的机器发现了艾丽西娅的尸体,当然,还有其他船员的。大部分叛乱者一直都处于低温休眠中……但即便如此他们也没能在攻击中幸存。"

"你想说什么?"

"如果你愿意的话,我可以把他们送回这里。当然,这会耽搁点时间,我们得派一架穿梭机过去把他们运回来。"

西尔维斯特的回答来得比她预想的要迅速许多。她本以为他会考虑在这上面花上个把小时的。但他却说:"不,现在不能再耽搁片刻。你说得没错——刻耳柏洛斯会察觉这些活动的。"

"那尸体呢?"

他说话的语气就好像这个回答是唯一理所当然的做法。"他们得跟着飞船一起冲下去。"

第二十二章

> 2566年，孔雀六日球层顶，刻耳柏洛斯/哈迪斯轨道

开始了。

西尔维斯特十指搭成尖塔式坐着，面前是占据了宿舍相当一部分空间的发光内视投影。帕斯卡尔躺在他们的床铺上，半边身子沉没在阴影中，看起来像是一连串抽象雕塑曲线。他自己盘腿坐在榻榻米垫子上，在几分钟前喝下几毫升船供蒸馏伏特加的美味报复中摇摇晃晃。经过多年强制戒酒之后，他对酒精的耐受力极低，这在眼下反倒有着明显的好处：加速他忽略外界一切的过程。伏特加并没有平息他内心的声音，要说有什么效果的话，只是让他退入内心世界中创造出一个回声室，在这个回声室里那些声音显得越发顽固。有个特别的声音凌驾于这片喧嚣之上。这个声音在大胆地发问，他到底希望在刻耳柏洛斯找到什么，那东西客观上究竟具有怎样的意义。而他对此一无所知。对这个问题他没有答案，这感觉就像在黑暗中下楼梯，又数错了台阶数。本以为落脚处

是楼层地板，却骤然间感到心惊肉跳的眩晕。

西尔维斯特伸出手指，就像萨满在空中勾勒出精灵般动了几下，让投射在他前方的星象仪开始活动起来。内视幻象所显示的是包含哈迪斯的那一小片太空的示意图，其中包括刻耳柏洛斯的轨道以及——在图像的最边上——正在靠近它的那堆已经放弃把自己伪装成一颗小行星的人类机械。在图像的几何中心是哈迪斯本身，一团炽热的红色丑陋脓肿。这颗小小的中子星直径只有几千米，却主宰着周围的一切，它的引力场犹如激烈的旋涡。

距离中子星二十二万千米的天体，每小时会环绕它运行两次。在对艾丽西娅留下的证据进行了更彻底的调查之后，他们知道另一架遥感探测器曾在那个点附近被摧毁了，所以西尔维斯特在这个半径处标出了红色的死亡界线。刻耳柏洛斯毁灭了那架探测器，仿佛这颗小小的行星要坚决保护好哈迪斯的秘密，就像保护自己的幸福一样。又一个谜团——这种行为可能会有什么益处呢？西尔维斯特曾竭力寻求答案，但失败了。不过，这告诉他一件事：在这个地方，发生任何事都是不可预测的，甚至是不合逻辑的。如果把这两条真理牢记在心，他可能会有机会在那些愚蠢的机器——以及他的妻子——当年的折戟沉沙之地取得成功。

刻耳柏洛斯在离中子星更远的地方运行，距离哈迪斯九十万千米，其轨道每四小时六分钟绕行一次。他用冷色调的祖母绿标记了它的轨道——这里似乎是安全的，至少在离行星本身太近之前是安全的。

此刻，伏尔约娃的武器——曾经的劳瑞恩号——已经靠着自身的动力移到了一条更低些的轨道上。目前为止，它还没有牵动刻耳柏洛斯做出反应。但西尔维斯特丝毫也不怀疑，下面的那东西知道他们在这里。那东西盯上了那件在轨道里待命的武器。它只是在等着看接下来会发生什么。

他让星象仪图收窄范围，直到那艘拥光船处于适合观察的位置。它距离中子星有两百万千米，仅仅六光秒的距离，完全可能处于能量武器的打击范围内，尽管那些武器得非常大才能达成效果：光是瞄准阵列就得有几千米宽，才能分辨出目标飞船。在这个范围内，任何实物武器都无法触及它们，除非是一大群相对论速度武器展开无差别攻击,但这也是不太可能的。由劳瑞恩号的遭遇得出经验,这颗星球会采取迅速而谨慎的行动,而不会去粗手粗脚地展开大量火力,那样将破坏精心伪装起来的地壳。

哦,是的,他想,一切都可以恰如其分地预测到。而这正是陷阱所在。

"丹,"帕斯卡尔被动静惊醒了,"已经很晚了。你需要在明天之前休息一下。"

"我大声说话了吗?"

"声音大得像个真正的疯子。"她的视线紧张地在房间里移动了一圈,最后落在了内视星图上,"那件事真的会发生吗?这一切感觉太不真实了。"

"你说的是这个,还是船长的事?"

"我觉得都有吧。我们又没法把它们截然分开。两件事之间互相关联。"她不说话了,西尔维斯特从垫子上移到床边,抚摸着妻子的脸庞,深埋在过去的记忆在心中激荡,一些他被囚禁在复生星的这些年里神圣不容侵犯的记忆。帕斯卡尔回应了他的爱抚,几分钟后,他们就开始轻怜蜜爱,效率极高,人们在划时代的大事前夕总会这样——他们知道这样的时刻很可能今后不会再有了,因此每一秒钟都越发显得弥足珍贵。

"阿玛兰汀人已经静静等待了这么多年,"帕斯卡尔说,"那个他们希望你能拯救的可怜家伙也是。我们就不能让它们继续等下去吗?"

"我为什么要那样?"

"因为我不喜欢这一切对你造成的影响。你不觉得你是被逼到这里来的吗,丹?你不觉得走到这一步完全不是出于你自己的意愿吗?"

"现在要停下来已经太晚了。"

"不!还不晚,你也知道的。告诉佐佑木,让他现在就回头。如果你愿意的话,可以尽力为他的船长提供些帮助,但我相信他现在对你已经怀有足够深的恐惧了,他会答应你提出的任何条件。在刻耳柏洛斯/哈迪斯让我们落得和艾丽西娅同样的下场之前离开这里吧。"

"他们对遭到攻击毫无准备。我们会做好准备的,而这将会让一切都大不相同。事实上，我们将会抢先发动攻击。"

"不管你希望在里面找到什么，它都不值得这样冒险。"帕斯卡尔用手捧着他的脸，"你还不明白吗，丹？你已经赢了。你已经得到了平反。你已经得到了你一直想要的东西。"

"这还不够。"

帕斯卡尔觉得很冷，但她还是一直陪伴在不断地坠入浅梦，而后又惊醒的丈夫身边。西尔维斯特似乎压根就没有真正睡着。帕斯卡尔是正确的。阿玛兰汀人不需要在他的脑海中群集穿梭，一晚上都不可以。帕斯卡尔想让他永远忘记它们。不，这从来就不是可能的选择，现在更是如此。他甚至无力让它们暂且离开几个小时。他睡着时做的全都是关于阿玛兰汀人的梦。而在他频频醒来之际，在他妻子玲珑有致的身影后方，墙壁上有交错纠缠的翅膀在活动，带着不祥意味的翅膀，它们在等待着。

等待着即将开始的事情。

"你不会有多少感觉的。"佐佑木说道。

这位三人团之首说得没错，至少起初是这样。搜思过程刚开始时，扈利没什么感觉，只觉得从头盔上传来轻微的压力。那东西将自己紧紧锁定在她的头皮上，以便其扫描系统能够最大限度地准确定位。她听到些微弱的咔咔声和呜呜声，但也仅此而已，甚至没有她原本做好准备要迎接的刺痛感。

"这是不必要的，长官。"

佐佑木正在一个老旧得有些荒唐的控制台上输入指令，对搜思机进行参数微调。扈利头部的截面——低分辨率的快照——飞快地在他周围涌现。"那你也就没什么好怕的，对吧？根本没什么好怕的。这是在你被招募时就应该对你执行的程序，扈利。当然，我的同事反对这个主意……"

"那现在为什么？是我做了什么让你要这么做吗？"

"我们正在接近关键时刻，扈利。如果我对自己的任何一名船员不能寄予完全的信任，其后果都会令我无法承受。"

"但如果你把我的植入装置弄坏了,我对你就一点用处都没有了!"

"哦,你不要太在意伏尔约娃那些吓人的小故事。她只是想对我保守她小小的商业秘密,以防哪天我判定可以自己去做她的那些工作,并且做得一样好。"

现在她的植入体出现在扫描图像上。一个个几何形状的小岛,整整齐齐地浸泡在神经结构的无定形汤汁中。佐佑木敲入命令,扫描图像在其中一个植入体上聚焦放大。扈利感到头皮阵阵发麻。植入体的结构被一层层剥离,一连串令人眼花缭乱的画面不断放大,暴露出它越来越复杂的内部架构。这就像一颗间谍卫星凝视着一座城市,先是分辨出各个大区,然后是街道,最后是建筑物的细节。大小姐模拟程序的根源数据就在这错综复杂结构的某处,归根结底,它必然是存储在某个物理单元之中。

大小姐最后一次显现已经是很久以前的事了。在复生星的风暴中,她告诉扈利,自己快死了,她正在输掉与盗日者之间的战争。在那之后,盗日者是否已经获胜?抑或大小姐的持续沉默,仅仅是证明她把所有的精力都投注在拖延那场战争之中了?当盗日者在纳戈尔尼的脑海中占据主导之际,后者就陷入了疯狂。这种命运是否也在前方等待着扈利?抑或盗日者对她的占据会更加隐蔽?或许,他已经从纳戈尔尼所犯的错误中吸取了教训——这种想法实在令人不安。在佐佑木做完搜思之后,这些问题有多少会被他看出来?

他把扈利从宿舍抓到了这里。赫加齐当时也在,为他提供支援。另一位现在已经走了,但即便佐佑木是一个人来,扈利也不会考虑抵抗。伏尔约娃已经警告过她,佐佑木比他看起来更强大。而且尽管扈利算是善于近身搏斗,可她几乎毫不怀疑,佐佑木会比她强。

搜思室这里的气氛像是刑讯室一般。这里曾经发生过恐怖的事情——也许几十年都没有了,但这种气氛是很难抹去的。里面的搜思设备很古老,就跟扈利迄今为止在船上看到的其他东西一样,笨重而丑陋。即使这套装备经过巧妙的改造,比原本的规格更好用,其先进程度也绝不可能赶得上她在斯凯先手星那边的情报部门所拥有的那种设备。佐佑木的搜思机是那种扫描时会沿路留下神经损伤的类型,就像个破门而入之后手忙脚乱把房屋翻得乱七八糟的窃贼。它完全不比加尔·西尔维斯特在八十子惨案中使用的破坏性扫描机器更先进……也许甚至还不如。

但佐佑木现在抓住了她。佐佑木已经在了解她的植入体……解析它们的结构,读出其中的数据。一旦他掌握了这些,他就会调整搜思机来解析大脑皮层的活动模式,抓出她颅骨之内的神经元连接网络。鼠利认识些情报部门的人,从他们那儿知道了很多关于搜思机的知识。人类的这些神经元拓扑结构中蕴含着长期记忆和个性特征,紧紧纠缠在一起,难以分离。尽管佐佑木的设备不是最好的,他却很可能拥有用于分离记忆痕迹的优秀算法。许多个世纪以来,人们用统计模型研究了上百亿人类头脑中的记忆存储模式,在结构与人生经历之间建立了关联。某些特定的印象往往会体现为类似的神经结构——"主观感受质",它们是基础功能模块,可以组合成更复杂的记忆。除了极少数例外情况之外,不同大脑的这些模块基本上都不会完全一样,它们的编码方式也不会完全不同,因为自然界在解决问题时永远不会过多偏离最小能量路线[①]。统计模型可以非常有效地识别出这些感受质的模式,然后绘制出它们之间的联系,而记忆正是在这些联系中成形。佐佑木要做的就是识别出足够多的感受质结构,在它们之间定位出足够多的层级联系,然后让他的算法将这些统统咀嚼一番,接下来,从原则上而言,对于鼠利的事他已经能够无所不知了。他可以等有空的时候再去对那些记忆进行筛查。

一阵警报声响起。佐佑木抬头看了看显示窗口,那上面鼠利的植入体此刻正闪动着红色的光芒。那片红光正在渗入周围的大脑区域。

"发生了什么事?"鼠利问道。

"感应热[②],"佐佑木满不在乎地说道,"你的植入体有点发热了。"

"你是不是该停下来?"

---

① 指物理学上的"最小作用量原理"。
② 电磁感应导致导体内部产生涡流从而产生热量。

"哦，暂时还不用。我想伏尔约娃应该会把它们强化到足以硬扛电磁脉冲攻击。区区一点过热不会造成任何不可逆的损害。"

"可是我的头很痛……感觉很不对劲。"

"我相信你能承受得住的，扈利。"

偏头痛的压力不知从何而来，但她现在真的难以忍受，感觉就像佐佑木拿台钳夹住了她的脑袋，用力越拧越紧。她颅骨内热量积聚的状况，一定比扫描结果所显示的要严重得多。毫无疑问，佐佑木一定很少把自己客户的最大利益放在心上，他肯定是事先调校过显示窗口，让它们不会显示出足以致命的脑部温度，直到为时已晚……

"不，悠司先生。她承受不住。把她从那装置里弄出来。"

这个奇迹般的声音来自伏尔约娃。佐佑木看向门外。他肯定比扈利更早就知道对方进来了，但即使是现在，他也只是做出一副厌倦而冷漠的表情。

"怎么了，伊利亚？"

"你很清楚怎么了。在你杀死她之前把搜思机停下来。"伏尔约娃现在走进了扈利的视野。她的语气是命令式的，但扈利看得出她没带武器。

"我还没发现什么有用的东西，"佐佑木说，"我还需要继续扫几分钟……"

"再继续扫几分钟，她就会死了。"伏尔约娃以她一贯的实用主义态度又加了一句，"她的植入体会遭到无法修复的破坏。"

后者大概比前者更让佐佑木担心。他对搜思机做了一个小小的调整。那块红色渐渐变淡，成为没那么吓人的粉红色。"我本以为这些植入体会经过适当的强化。"

"它们只是试用型号，悠司先生。"伏尔约娃走近那些显示窗口，自己观察了下。

"哦，不……你这个蠢货，佐佑木。你这个该死的蠢货。我敢发誓，你很可能已经把它们弄坏了。"她的口气仿佛是在自言自语。

佐佑木静静地等了一会儿。扈利不知道他是不是会发动突然袭击，在一眨眼间就以凶猛的动作杀死伏尔约娃。但之后这位三人团之首只是满脸没好气地把搜思机的各个控制开关全都打到了关机状态，看着那些显示窗口纷纷消失不见，然后把头盔从崑利的头上提溜了下来。

"刚才你的语气，还有你选择的措辞，都很不合适，我的伙伴。"佐佑木说道。崑利看到他的手滑进裤袋，捏住了某个东西——乍看起来像是个皮下注射器。

"你差点毁了我们的火控官。"伏尔约娃说道。

"我和她之间的事还没完呢。这点上你也一样。你在搜思机上加装了什么东西，对吗，伊利亚？某个一旦它运行起来就提醒你的东西？很聪明啊。"

"我这么做是为了保护飞船上的一项宝贵资源。"

"是的，当然……"佐佑木没有说完，其中的威胁意味不言自明。然后他安静地走出了搜思室。

第二十三章

> 2566 年，孔雀六日球层顶，刻耳柏洛斯/哈迪斯轨道

西尔维斯特觉得，眼下的局面有种古怪的对称感。在几个小时内，伏尔约娃的秘藏武器就会开始对抗刻耳柏洛斯埋在地下的免疫系统：以牙还牙，以毒攻毒。而在这里，就在那次攻击的前夕，西尔维斯特则在准备对融合疫开战，后者正在吞噬——或者，换个角度也可以说是怪异地扩增——伏尔约娃那位饱受折磨的船长。这种对称似乎暗示着某种潜在的秩序，他对其只能略微窥见一二。他不喜欢这种感觉。这就像在参与一个游戏，到了半途才意识到，游戏规则远比他之前一直以为的要复杂得多。

为了让加尔文的贝塔级模拟程序能够透过他发挥作用，西尔维斯特必须坠入一种类似于梦游的状态：半梦半醒，同时还保有行动能力。加尔文会将他变作傀儡，直接通过西尔维斯特自己的眼睛和耳朵接受感官输入，同时直接向他的神经系统输入信号来做出动作。他甚至会透过西尔维斯特发声说话。神经抑制药剂将西尔维斯特一脚踢进了让人恶心的全身瘫痪状态。这感觉和他记忆中上一次的经历一样难受。

西尔维斯特把自己想象成一台机器,而加尔文即将成为这台机器里的幽灵[①]……

他的双手操作着医学分析工具,从长出来的那些东西的边缘绕过。离心脏太近是很危险的,瘟疫传染到他自己的植入装置中的风险太高了。在某些时候——要不这个疗程,要不下个疗程——他们将不得不涉足核心地带。这是不可避免的,但西尔维斯特现在真的不想去考虑这个问题。在目前,当他们需要近距离操作时,加尔文会使用简单而愚钝的无人机,这些无人机完全由船上其他地方远程控制,但即便是这样的工具也会遭到感染。有一架无人机在靠近船长时出了故障,现在都还被病灶伸出的细长纤维状卷须重重缠缚。尽管这台机器不含任何非金属成分,但它似乎对这病灶仍有用处,仍能被船长的转化基质消化,成为他升温的燃料。加尔文现在不得不退而使用更粗糙的仪器,但这只是权宜之计:到某个时候——毫无疑问,要不了多久——他们将不得不使用唯一能真正对这瘟疫起作用的东西去打击它,一种和它本身非常相似的东西。

西尔维斯特能感觉到,在他自己思维进程背后的某处,加尔文的思维进程正在翻腾搅动。那东西还没资格可被称为意识,正在掌控他身体的模拟程序仅仅是在模仿着人类意识,但在那东西和他自己神经系统的交互界面上……真的好像出现了什么东西,那东西正在跨越那混沌的边界。理论和他自己的先入之见理所当然地要否认这种感觉,但西尔维斯特所感受到的这种自我割裂感还能有什么别的解释吗?他不敢问加尔文是否有类似的体验,就算问了,无论他听到什么答案,也都未必会信。

"儿啊,"加尔文说,"有件事我一直等到现在才讨论。这事让我相当不安,但我不想当着,嗯……当着我们客户的面讨论它。"

西尔维斯特知道,只有他能听到加尔文的声音。他必须在心中默念回

[①] "机器里的幽灵"是对身心二元论的比喻性描述。出自吉尔伯特·赖尔《心的概念》。

应——加尔文暂时把发声控制权让给了自己的宿主。"现在也不是时候。如果你没注意到的话我提醒一下，我们正在做手术呢。"

"我想说的正是关于手术的事。"

"那样的话，说快点。"

"我觉得我们注定不会成功。"

西尔维斯特观察到，在最近这次交流中，他的双手——在加尔文的驱使下——并没有停止工作。他察觉到伏尔约娃就站在附近，随时等待指示。他默默回应："你到底在说什么？"

"我觉得佐佑木这家伙十分危险。"

"很好——我们俩在这点上意见一致。但这并没有阻止你和他联手合作。"

"我刚开始是很感激他的，"加尔文承认，"毕竟是他救了我。但后来我开始好奇，从他的角度来看，这件事应该会是怎样的。我开始怀疑他或许疯得不止一点。我突然想到，任何一个还有理智的人都会在几年前就放手，让船长安息。上次我认识的佐佑木虽然忠心得过火，但至少当时他坚持奋斗还有点意义。至少那时我们还有希望救回船长。"

"现在没有了？"

"感染他这种病毒，整个黄石星系倾尽全力也未能抵抗。诚然，整个太阳系都遭受了同一种病毒的侵袭，但前几个月还有些孤立的飞地幸免于难。这些地方的人和我们拥有同样先进的技术，他们苦苦挣扎，努力寻找解药，然而从未成功。不仅如此，我们甚至不知道他们蹚过的路径哪些是死胡同，也不知道如果他们有更多的时间，哪些方法或许可以接近成功。"

"我告诉过佐佑木，他需要一个创造奇迹的人。他不信我的话，那是他的问题。"

"问题是，我觉得他其实相信你的话。我说我们注定不会成功，正是在这层意义上说的。"

西尔维斯特此刻的视线正对着船长——加尔文巧妙地安排了视角。面对眼前这堆东西，他骤然有种顿悟的感觉。这一瞬间他明白了，加尔文说得完全正确。他们可以完成治疗船长的最初步骤——按部就班地确定这个人的肉体到底已经腐坏到了什么程度——但也就到此为止了。无论他们尝试什么办法，无论那办法看起来多么聪明，理论上有多么高妙，都不可能取得成功。或者，更重要的是，不会被允许成功。后面这个想法是最令人不安的，因为它来自加尔文，而不是西尔维斯特。他看出了某些东西，某些之前在西尔维斯特眼中还不太清晰，而现在似乎很明显的东西。这实在令人震惊。

"你觉得他会阻挠我们？"

"我想他已经动手了。我们都观察到，自从我们上船后，船长的扩增速度加快了，但我们先前对此视而不见——要么当作巧合，要么认为纯属我们的想象。但我现在不这么认为了。我认为是佐佑木提高了他的温度。"

"是的……我自己也得出了这个结论。还不止于此，对吧？"

"活检——我要求取得组织样本。"

西尔维斯特知道这指向什么。他们派去提取细胞样本的无人机现在已经被瘟疫消化了一半。"你不会认为那真的是机器故障吧？"

"你认为是佐佑木做的。"

"佐佑木，或者他手下的某个船员。"

"比如她？"

西尔维斯特觉得自己的身体朝那个女人看了一眼。"不，"加尔文说话时带上了一种毫无必要的喃喃低语的音效，"不是她。这并不意味着我信任她，但我不认为佐佑木的那些自动走狗中会有她。"

"你们在讨论什么？"伏尔约娃走近他们问道。

"别靠太近。"加尔文通过西尔维斯特说道。这一段时间里，后者连在心中默念自己想说的话都办不到。"我们的调查可能会释放出瘟疫孢子——你不会想吸进它们的。"

"它伤害不了我，"伏尔约娃说，"我是个'娇气人'[①]。我身体里没有能给融

[①] 原文此处为俄语。

合疫腈的东西。"

"那你为什么看起来这么僵硬？"

"因为太冷了，猪猡。"她顿了下，"等一下。我到底是在和你们中的哪一个说话？是加尔文，对不对？我想我应该对你多一点尊重——毕竟要挟我们的不是你。"

"你为人真好。"西尔维斯特听到自己在说。

"我相信你们现在已经确定了治疗策略？如果佐佑木长官怀疑你们没有遵守约定的话，他可是不会高兴的。"

"三人团之首佐佑木，他本身很可能也是问题的一部分。"加尔文说道。伏尔约娃又走近了些，她身上没穿西尔维斯特那样的保暖服，已经肉眼可见在瑟瑟发抖了。"我不太明白你这句话。"

"你真的认为他想让我们把船长治好吗？"

她看上去就像被这句话狠狠抽了一耳光。"他为什么不想？"

"有很长一段时间，他已经习惯自己发号施令了。你们这个所谓三人团是场闹剧——佐佑木就是你们的船长，只是没有那个头衔，而你和赫加齐对此都心知肚明。不经一战，休想让他放弃这种地位。"

伏尔约娃回答得太过匆忙了，听起来有些缺少说服力。"如果我是你的话，就会专心于手头的工作，而不去操心三人团成员的意愿。毕竟是他把你弄到了这里。他为了获得你的服务，不远光年而来。这可不是不想看到他的船长复职的人会干出的事。"

"他将确保我们失败，"加尔文说，"但在我们归于失败的过程中，他会找到另一丝希望。只要他能找到某个人或者某样东西，就可以治愈船长。你会在不知不觉间，开始下次长达一个世纪的探索。"

"如果是这样的话，"伏尔约娃说得很慢很慢，仿佛生怕被导入陷阱，"那为什么佐佑木一直没有杀死船长呢？这样他的地位就绝对有保障了。"

"因为那样他就得给你找到用武之地。"

"用武之地？"

"是的，考虑一下吧。"加尔文松手放开医疗工具，从船长身边退开几步，活像个准备进入聚光灯下朗诵独白的演员，"救治船长，是你唯一能够尊奉的神谕。也许曾经有一段时间，它是为了达到目的采取的手段……但那个目的始终没有实现，过了那段时间之后，它甚至已经不再重要。你拥有这艘船上的武器，那些东西我都知道，甚至包括你不太喜欢谈论的那些。现在，它们唯一的用途就是，当你们需要像我这样的人，一个可以采取行动治疗船长，而实际上却无法带来任何真正改变的人时，增加讨价还价的能力。"加尔文停了几秒钟没说话，这让西尔维斯特很高兴，因为他需要喘口气，润润自己的口舌。"现在，如果佐佑木突然成了船长，他接下来要做什么？你依然拥有武器，但你能用它们来对付谁？你得重新制造一个敌人。也许对方甚至没有任何你想要的东西——毕竟，你们才是拥有拥光船的人。你们还需要什么呢？意识形态上的敌人？这很难，因为在你们中间，我没发现你们对任何东西有意识形态级的依恋——除了你们自己的生存。不，我想佐佑木内心深处知道会发生什么。他知道，如果他当上了船长，你迟早会因为存在那些武器而不得不使用它们。我指的不是你在复生星上展示的那种最低限度的干预。你必须全力以赴，把所有这些恐怖的武器都派上用场。"

伏尔约娃反应很快，西尔维斯特一直对此印象深刻。"这样的话，我们岂不是应该感激佐佑木长官，不是吗？他没有杀死船长，从而让我们远离了危险。"但她说话的方式，就像是在背诵一个魔鬼的辩护士[①]的论点，把它大声说出来只是为了更好地显示此乃异端邪说。"是啊，"加尔文的语气显得大惑不解，"我感觉你说得很对。"

"你说的话我完全不信，"伏尔约娃突然火冒三丈，"如果你是我们队伍中的一员，那仅仅心生这些想法就已经等同叛乱了。"

"随你便吧。但我们已经发现佐佑木想要破坏手术的证据了。"

伏尔约娃的表情中一瞬间闪出一丝好奇心，但又被她以同样的高效反应压

[①] 原指天主教中辩论时负责站在"魔鬼"一边提出反对意见的辩护士。后也指挑刺抬杠者。

制了下去。"我对你的偏执不感兴趣，加尔文——假定正在和我谈话的是加尔文。我对丹只有一个义务，那就是让他进入刻耳柏洛斯。而我对你也只有一个义务，那就是协助治疗。讨论其他任何话题都是不必要的。"

"那么，我想，逆转录病毒你应该带来了吧？"

伏尔约娃把手伸进夹克，拿出她一直带着的小瓶。"它对我分离出来并成功培养的融合疫样本有效。对眼前这东西能不能有效完全是另一个问题。"

西尔维斯特感到自己的手猛地向前一伸，接住了她丢过来的小瓶。这个小小的玻璃无菌容器让他想起了自己婚礼前带着的那个小瓶，虽然只是一瞬间。

"和你打交道真是让人愉快。"加尔文说道。

在清楚地教会对方如何使用那管拮抗剂之后，伏尔约娃离开了西尔维斯特——或许是加尔文，或许是丹，她一直都没能完全确定自己在和谁打交道。她觉得，自己和那男人的关系就像是药剂师与大夫：她配制了一种在实验室里能起作用的血清，而且能就施药方式提供大体的指导，但最终的决定，真正生死攸关的问题还是得大夫决定，而且她也不想插手干预。毕竟，如果施用药物的方式并非至关重要，那当初根本就没必要将西尔维斯特弄上船。而她的逆转录病毒只会构成治疗过程中的一环，尽管或许最终被证明是决定性的一环。

她搭乘电梯回到舰桥，一路上努力不去琢磨加尔文（那肯定是他吧？）对她说的那些关于佐佑木的话。但这很难。他说的那些话太符合逻辑了——听起来太有道理了。还有所谓对治疗过程进行破坏，这点她又该如何看待呢？她几乎已经要大胆地发问核实了，但最后还是退缩了，也许是太害怕听到某些她无法反驳的东西。正如她所说的那样，仅仅心生这些想法就已经等同叛乱，从某种程度上说，也确实如此。

但从很多意义上而言，她已经做出了叛乱之行。

佐佑木开始对她产生怀疑了。这点很明显。在虞利是否应该被搜思的问题上与他意见相左是一回事。私下操控搜思设备，让它在被佐佑木启动时发出通知，那可完全是另一个性质的问题——这并不是一个人对其下属表现出正常的职场关切，而是表露出一种沉淀于心的偏执、恐惧以及深沉的憎恶。幸好她及时赶到。搜思并没有造成任何持久的伤害，而且佐佑木多半并没有来得及对足够体量的神经网络进行足够精细的定位，他能提取到的顶多就是点模模糊糊的印象，而不会捕捉到能作为证据的罪行记忆。她觉得，之后佐佑木会更加谨慎些：这个时候失去他们的火控官可不好。但如果他把怀疑的焦点转向伏尔约娃本人呢？她也是可以被搜思的。除了会彻底摧毁他们之间还残存的那点平等感之外，佐佑木对这么做不会有任何顾虑。她体内无疑也没有会被损毁的植入物。更何况，随着劳瑞恩号上的工作进入自动运行阶段，她对佐佑木最有用的时期在某种程度上也已经过去了。

她查阅了下自己的手环。她从扈利身上拔出的那块小碎片带来的麻烦，比她想象的还要严重。在大致确定其成分和应力纹样之后，她已经要求飞船把样本和它记忆库中的资料进行比对。这是马努克先有意为之的，她的预感看起来没错，因为这块碎片显然并非源自斯凯先手星。但飞船一直在搜索，朝着它的记忆库深处越搜越深。现在它正在查阅近两个世纪前的科技数据。搜索这么古老的资料实在荒唐……不过，话说回来，现在有什么理由停下来呢？在几个小时内，这艘飞船就会一路比对到殖民地的建立，比对到后美利坚时代留存下来的那寥寥数条记录。她至少可以告诉扈利，搜索工作已经毫无遗漏——哪怕结果徒劳无功。

她独自一人进入了舰桥。

这间巨大的舱室中一片幽暗，只有显示球投出些许光芒。它被定格在了显示整个孔雀六－哈迪斯双星系统示意图的状态上。现在这里没有别的船员（还活着的船员也没几个啦，她想道），此刻也没有死者从身后的档案中被召回，以现在几乎没人会说的语言分享他们的观点。孤独正适合伏尔约娃。她没有任何和佐佑木打交道的意愿（非要跟人打交道那也最好不是佐佑木），也并不怎么希望有赫加齐陪伴在身边。她甚至不想和扈利说话，至少现在不想。和扈利在一起会让她想起太多问题，迫使她把心思放到眼下不该去关注的问题上。现在，伏尔约娃至少有几分钟的时间可以独处，待在自己的小天地内，可以忘掉——哪怕这样十分愚蠢——一切将秩序化作混乱的威胁。

可以和她精妙绝伦的武器待在一起。

结构大变的劳瑞恩号,已经降到了更低的轨道上,离星球表面只有一万千米,并未引起刻耳柏洛斯做出什么反应。她已经为这个巨大的圆锥形物体取了个新名字"桥头堡",因为它的功能正是如此。对其他人而言,如果他们实在需要给这东西一个称呼的话,也只会是"伏尔约娃的武器"。这东西长达四千米,几乎和诞下它的拥光船一样长。它身上几乎没什么地方是实心的,连墙壁上都满是蜂窝状的细孔,里面躺着多个门类的军用电子病毒,其结构类似于即将用在船长身上的拮抗剂,随时可以被激活。墙壁上还有更大些的孔洞,里面设置着能量武器或是投射武器。这东西被套在几米厚的超金刚石中,后者会在撞击时脱落,牺牲自己保护主体。撞击地表时的冲击波会从前往后扫过整个桥头堡,但压电晶体隔层会吸收冲击波的能量,然后逐渐放出,这些能量还可以被重新导入武器系统。而且不管怎样,撞击的速度都相对较慢——每秒不到一千米,因为桥头堡在刺入地壳之前会急剧减速。并且地壳强度也会被事先削弱。除了桥头堡自己的正面火炮之外,伏尔约娃也会尽可能地动用些她敢于动用的秘藏武器火力。

她透过手环对那件武器进行了几轮盘诘。这对话算不上多出彩。该设备的控制人格相当简单,这么个仅仅几天大的东西你也指望不了更多。从某种意义上来说,这样也好。这东西最好就是头脑简单容易上当,不然它可能会开始产生僭越之想。而且,就像她提醒自己的,桥头堡能享有知觉的时间大概本来就长不了。

球体中跳动的数字告诉她,桥头堡已经完全准备好了。她必须相信统计系统告诉她的结论,因为这件武器的很多方面她都并不了解。她只是勾勒出了自己的基本要求,但那些烦琐的枝节工作都是由自动设计程序完成的,而它们并没有大发慈悲地告知她一路上碰到的每一个技术问题和解决方案。不过,尽管她对桥头堡确实近于无知,但这与一个母亲在不知道每条动脉和神经的精确位置,甚至不了解新陈代谢的确切生化机制的情况下设法创造出一个孩子,并没有太大的区别。桥头堡依旧是她的造物——依旧是她的孩子。

一个被她置于死地的孩子。它注定要早早地、不光彩地死去，但这死亡绝非毫无意义。

她的手环鸣叫起来。她低头看去，本以为是来自桥头堡的技术消息：重新设计布局的更新简报，告诉她在飞行的最后时刻，其中心仍在运行的复制系统已经完成了哪些工作。

但完全不是。

这条信息来自飞船，它已经找到了与那块碎片相匹配的资料。为此它不得不回溯到两个多世纪前的技术文件，但最终还是找到了匹配对象。除了应力纹样——那肯定是在碎片制造出来之后才出现的——之外，两者在测量的误差范围内完全吻合。

舰桥上现在还是只有伏尔约娃一个人。"把它显示出来。"她说道。

显示球中出现了一块放大的碎片图像，以可见光波段呈现。接着出现了一系列的放大图像，打头的是电子显微镜灰度视图，显示出碎片遭受重创的晶体结构，收尾的则是原子级分辨率的原子力显微镜图像，被染上了花里胡哨的彩色，一个个原子糊成一团。X 射线晶相图和质谱图分别从不同的窗口里蹦出来，与成片的技术摘要数据一道争夺着她的注意力。伏尔约娃根本没去注意这些结果。它们对她来说全都是已知的，因为其中大部分测试就是她自己做的。

她只是等待着，等到所有的显示窗口飞到一侧。另一组一一对应的图形在边上出现，中心是一小片形状相类的材料，和碎片图像在原子分辨率上是相同的，但没有显示出任何应力纹样。两者成分、同位素比例和晶格特征都是相同的：大量的富勒烯编织成结构配位体，串联成一个复杂得让人头晕目眩的矩阵，其中夹杂着金属层，还有些古怪的合金。钇元素和钪元素急剧增多，伴随着好些种痕量"稳定岛"超铀元素，大概碎片的整体特性中那不可思议的弹性就源于此。不过，伏尔约娃想到，这艘飞船上还有些物质比这碎片更加奇怪，其中还有几样就是她自己动手合成的。这块碎片很不寻常，但很明显出于人类的技术；事实上，其中的巴基管丝状体具有典型的民主全权主义者特征，而稳定岛超铀元素的应用则曾在二十四至二十五世纪间广泛流行。

实际上，这块碎片看起来很像那个时代会被用在飞船船壳上的东西。

这艘飞船似乎也这么认为。扈利体内为什么会埋着一块飞船船壳碎片？马努克先这样做是想传递什么样的信息？也许她错了，这并不是马努克先干的，只是一个意外。除非那是一艘非常特殊的宇宙飞船……

看起来正是如此。这种技术在那个时代很典型，但在每一个细节上，这碎片都有些独特之处——制造容差比军用设备要求都严格。事实上，随着伏尔约娃对分析结果的消化吸收，情况越来越明显，这块碎片只可能来自一种飞船：西尔维斯特天幕研究所的接驳飞船。

通过同位素比例的微指纹可以确认，它来自特定的一艘飞船：那艘将西尔维斯特运到拉斯凯尔天幕边缘的接驳飞船。伏尔约娃一时之间觉得，发现至此也就到头了。这证据形成了闭环，证实了扈利那位大小姐确实与西尔维斯特有某种联系。但这点扈利之前就知道……这就意味着，这条信息一定还在告诉他们某些隐藏得更深的东西。当然，伏尔约娃其实已经看出了它必然的指向。但她一时之间不禁因这个结论的巨大影响而感到畏缩。不可能是那个女人，是吧？在拉斯凯尔天幕附近发生了那些事情之后，她不可能幸存下来的。但马努克先确实告诉扈利，他在太空中找到了他的女雇主。而且她完全有可能是伪装成一个密封人，以掩盖她真正受到的伤害，比融合疫所能造成的任何后果都更暴烈的伤害……

"让我看看卡琳娜·勒菲弗。"伏尔约娃说。她终于想起了那个应该已经死在天幕附近的女人的名字。

那个女人凝视着她，那脸庞巨大得犹如女神。她很年轻，脸部以下可见的部分不多，但能看出她穿着入时，那打扮出自黄石星的美好时代，融合疫之前那个灿烂的黄金时代。她的面孔看起来很眼熟，虽然不至于说非常熟悉，但足以让伏尔约娃知道自己曾经见过这个女人。她曾在十几份历史文献中见过这个女人的面孔，而每一份记载中，人们都认为她早已死去，被人类无法理解的外星力量所杀死。

当然了。造成那种应力纹样的原因现在已经很清楚了。是拉斯凯尔天幕周围的引力波动在挤压物质，直到将它们压成稀泥。

每个人都以为卡琳娜·勒菲弗也是这样死的。

"畜生。"三人团成员伊利亚·伏尔约娃说道。现在，真相已再无疑问。

自孩提时代起，扈利就注意到，有时候会发生一种奇怪的现象。比如当她接触到太热的东西，就像是刚发射完子弹的步枪枪管时，会有种预先到来的痛感一闪而过，但极为短暂，几乎不算是真的痛感，更像是对即将到来的真正疼痛发出的警报。然后预先到来的痛感会消退，会有一个完全没有什么感觉的瞬间，而她在那一瞬间会用力抽回自己的手，远离那个灼热的东西。但为时已晚，真正的疼痛正在来临，她已经无法改变这个结果，只能为它的到来做好准备，就像预先得知客人即将到来的管家一样。当然，这种疼痛从来都不会太严重，她通常都来得及将手从痛感的源头上收回，事后甚至通常不会留下任何疤痕。但这一直都让她颇为奇怪。如果前兆痛感足以说服她移开手——事实上它们总是能做到——那滞后于此的真正的疼痛山呼海啸而来的意义又在哪里？说到底，既然她已经收到了警告信息，将自己的手移开，远离了伤害，这痛感又何必照样到来？后来，她发现这两次警告之间的延迟有合理的生理学解释，但这种情形仍然像是在故意折磨人。她现在的感觉也正是如此。她正和伏尔约娃一道坐在蜘蛛房里，伏尔约娃刚刚告诉了她自己认为那张脸是属于谁的。卡琳娜·勒菲弗。她说出了这个名字。这时有种前兆的震惊感一闪而过，就像一道来自未来的回声，告诉她真正的震惊会是什么样子。真的只能算是非常微弱的回声，然后——刹那之间——什么感觉都没有了。然后这次的震惊显示出了真正的力量。

"怎么会是她？"扈利过了一会儿说道。那种震惊感此时依旧没有完全消退，而是成了她情绪背景噪声的正常组成部分。"这不可能。这完全不合理。"

"我认为这再合理不过了，"伏尔约娃说，"我认为这跟所有的事实都对上了。我认为，这是个不容我们忽视的问题。"

"但我们都知道她死了！不仅黄石星上，整个人类殖民宇宙的一大半都传遍了。伊利亚，她死了，死得很惨烈。那不可能是她。"

"我认为是可能的。马努克先说他在太空中发现了那个人。也许事情确实如此。也许他本来是想从西幕研设施的残骸中捞点什么东西出来，然后发现卡琳娜·勒菲弗飘荡在拉斯凯尔天幕附近，他把她救了出来，带回了黄石。"伏尔约娃停了下来，但还没等崑利说话，甚至崑利还来不及想到要说点什么，她就又开始气势如虹地继续往下说，"这很合理，不是吗？我们至少终于找到了那女人和西尔维斯特之间的联系，甚至可能发现了她想要那家伙去死的原因。"

"伊利亚，我读到过她的遭遇。她被天幕周围引力潮汐产生的应力撕碎了。不会剩下任何东西让马努克先带回家的。"

"是的……当然不会。除非西尔维斯特在撒谎。别忘了，我们看到的全是西尔维斯特的说法，到底发生了什么全都是他说的——没有一个记录系统能在这次相遇事件中幸存。"

"你是说，她其实没有死？"

伏尔约娃抬起一只手。当崑利没能准确地理解她的心思时，她总会这样。

"不……不一定。也许她确实是死了，只是死法并不是像西尔维斯特所描述的那样。还有，也许她的死亡跟我们理解中的死亡不太一样。又或者，其实她现在并非真的是个活人——哪怕你好像看到了活着的她。"

"我其实并没有真的见到她，不是吗？只看到了那个箱子，她走到哪里都躲在里头。"

"你以为她是个密封人，因为她乘坐的东西就像是顶密封人的轿子。但这可能是她在有意误导。"

"她应该被撕成碎片了。这点无法改变。"

"或许天幕并没有杀死她，崑利。也许她有过某些极为可怕的遭遇，但之后有什么东西让她活了下来。也许有什么东西救了她。"

"西尔维斯特应该知道内情。"

"哪怕他自己不承认。我觉得，我们必须和他谈谈——就在这里，在这里我们不用担心佐佑木。"伏尔约娃话音刚落,她的手环就叫唤起来,上面的屏幕被一张人脸塞满,脸上眼睛的位置只有两个白色的圆球。"说魔鬼魔鬼到,"伏尔约娃小声念叨了一句,"怎么了,加尔文?你是加尔文,没错吧?"

"目前是,"那人说道,"虽然恐怕我对于佐佑木的用处,可能会有一个不光彩的结局。"

"你在说什么?"伏尔约娃飞快地又加了一句,"我有些事要和丹商量下,事情比较紧急,请你通融一下。"

"我想,我要说的事更加紧急,"加尔文说,"是有关你的拮抗剂,伏尔约娃。你编写的逆转录病毒。"

"它怎么了?"

"它起的作用似乎与预期不同。"他往后退了一步,露出了身后的船长。崑利瞥见一团闪着银光的黏液,就像一尊雕像,上面不知多少道蜗牛爬过的足迹重重叠叠。"事实上,这东西似乎在更快地杀死他。"

第二十四章

> 2566 年，孔雀六日球层顶，刻耳柏洛斯 / 哈迪斯空域

西尔维斯特等了没多久，伏尔约娃就到了。伏尔约娃身边还带着扈利，那个在地面上救了她一命的女人。如果说伏尔约娃是西尔维斯特计划中一个不受控制的变数，那么扈利更是如此，因为他至今还没有确定这女人效忠的究竟是谁。是伏尔约娃，或者是佐佑木，又或者她根本就是效忠于另外的某人。但现在他和加尔文一样急切，只能姑且压下自己的顾虑。

"你说'在更快地杀死他'是什么意思？"

"就是字面意思，"加尔文没给这两个女人缓口气的工夫，径自控制着他说道，"我们是按照你给出的建议施用的。但看起来我们就像是给瘟疫狠狠地来了一剂强心针。它的传播速度比以往任何时候都快。如果我脑子不够好的话，我大概会说你的逆转录病毒实际上是在帮它的忙。"

"该死的，"伏尔约娃说，"抱歉，但请原谅。这几个小时真是让人心力交瘁。"

"你没有别的话想说了吗?"

"我用从病灶上分离出来的小块样本进行了拮抗剂测试,"她自我辩护道,"它能有效地对抗它们。我不能保证它在对付瘟疫主体时还会同样有效……但至少,退一万步说……我觉得总还是会有一定的效果,无论多么有限。瘟疫必须耗费一些资源来应付拮抗剂。这是无法避免的。它必须将一些通常用于扩张的能量调用于抵抗药剂。我希望最好是能杀死它——扰乱它,我是说,把它变到一种我们可以操纵的状态;但即便在我最悲观的时候,我也认为融合疫会有些伤风感冒,会明显地放慢速度。"

"我们看到的并非如此。"加尔文说。

"但她说得有道理。"扈利说。然后西尔维斯特觉得自己瞪了那女人一眼,仿佛在质疑她为什么会在这里。

"你们看到了什么?"伏尔约娃问道,"你们明白吧,我现在好奇得厉害。"

"我们已经停止了用药。"加尔文说,"所以眼下增长速度已经又稳定下来了。但当我们给船长注射拮抗剂时,他扩散得更快了。就好像他将拮抗剂融入自身基质中的速度,比他直接转化飞船基质的速度还快。"

"但这太荒唐了,"伏尔约娃说,"这艘飞船甚至根本就没有抵抗融合疫的能力。要想让他扩散得更快……那就意味着拮抗剂在主动投入他的怀抱,自己转换自己,速度比瘟疫渗透的速度更快。"

"就像前线士兵甚至还没听到任何宣讲就倒戈相向。"扈利说。

"完全正确。"伏尔约娃说。西尔维斯特第一次感觉到,这两个女人之间有某种东西,某种疑似相互尊重的东西。"但那是不可能的。要做到这一点,融合疫必须在几乎没有尝试的情况下劫掠其复制轨迹,差不多就像它们是自愿被劫掠的。我得告诉你,这是不可能的。"

"那你自己试试好了。"

"不用了,谢谢。不是我不相信你,而是你也得从我的角度来想想。从我的角度看来——并且这该死的东西就是我设计的——这实在很没道理。"

"有个可能。"加尔文说。

"什么？"

"这会不会是人为破坏所致？我跟你说过的，我们认为有人不希望这次行动成功。你知道我说的是谁。"他这会儿在绕着弯说话，他不愿意当着扈利的面，或是在佐佑木的监听范围内说得太多，"会不会是你的拮抗剂被人动了手脚？"

"我得好好想想。"伏尔约娃说。

西尔维斯特并没有将伏尔约娃给的整瓶药全部打完，所以她还能对这一样本和留在实验室里的那几批药剂进行检测，使用她用来检测扈利体内碎片的那套设备来比对其分子结构。她把样品和实验室留样一一比较，结果两者在精确到量子级的范围之内都完全相同。加尔文给船长使用过的药剂样本完全是她所设计的样子，甚至在所有成分中最无关紧要、最小的那些分子当中，将最不重要的那些原子连接在一起的那些最微小的化学键，也都毫无二致。

伏尔约娃对照自己的记录，又检查了一遍拮抗剂的结构，注意到它并没有偏离她在脑海中设计了好几年（她的主观时间）的蓝图。一如她的计划。她的病毒没有被篡改，它的爪牙并没有被拔去。加尔文的人为破坏理论至此宣告破产。她感到一阵欣慰，她真的不愿意相信佐佑木其实是要阻碍整个治疗过程。佐佑木可能有意识地延长船长的病程，这样的想法太可怕了。她很高兴看到，对拮抗剂的检查表明，她完全有理由将人为破坏论从自己脑海中清除出去。当然，她对佐佑木仍抱有疑虑，但至少现在没有证据表明他已经变成了那么可怕的怪物。

但还有另外一种可能。

伏尔约娃离开实验室，回到船长身边，心中暗骂自己怎么没早点想到这个可能，那样就不必跑来跑去了。西尔维斯特问她这会儿在做什么。她看着对方，久久不曾开口。是的，她十分确信，此事必定和拉斯凯尔天幕有关。这或许纯粹是大小姐在复仇——为了报复西尔维斯特的懦弱，或者背叛，或者另外的不知什么差点在天幕边缘杀死她的行为？又或者，这行为的目的还不止于此，在某种程度上还关系到那些外星人本身，拉斯凯尔在他飞越天幕的过程中触及的那些闭关自守的古老灵魂？他们此刻面对的是人类的怨恨，还是像天幕人本身一样异样而古老的某种既定程式？她有很多事情需要和西尔维斯特进行讨论，但那必须在能提供安全庇护的蜘蛛房中进行。

"我需要再取份样本，"她说，"从感染区边缘，你施用拮抗剂的位置。"然后她掏出自己的激光刮取器，熟练地完成了激光切割，然后把样本——感觉像一团金属的疮痂——弹进了一个准备好的无菌容器里。

"拮抗剂分析得怎么样？它是不是被篡改过？"

"它没被改动过。"她说完就把刮取器的出力调低，用它在飞船的墙体上飞快地画出一行小字，位置就紧挨在船长的侵蚀线前。

佐佑木不会有机会看到这行字的，早在那之前很久船长就会像潮水一样漫过它所在的位置，把它抹去。

"你在做什么？"西尔维斯特说。

但她没再等男人继续问什么就走掉了。

"你说对了。"伏尔约娃说。此时他们安全地待在无限眷念号的船体之外，趴在它的外船壳上，就像是胆大包天的钢铁寄生虫。"那是人为破坏。但不是我最初设想的那种。"

"你这话是什么意思？"西尔维斯特说道。虽然不情愿，蜘蛛房的存在还是让他大为吃惊。"我还以为你对逆转录病毒与你先前对瘟疫的小样本起作用的那批进行了交叉比对。"

"我比对过了，而且正如之前说过的，没有任何差别。这就只剩下一种可能了。"

房间里陷入了一片沉默。最后还是帕斯卡尔·西尔维斯特打破了寂静。"肯定是有人给他——它——接种了疫苗。一定是这样，对吧？肯定是有人偷了一批你的逆转录病毒，并对其进行灭活——去掉了它的杀伤力，它的复制趋向——然后施用在融合疫上。"

"这是唯一可能的解释了。"伏尔约娃说。

"你认为是佐佑木干的,对吗?"扈利朝着西尔维斯特问道。

他点了点头。"加尔文早就预言过,佐佑木会试图把手术搞砸。"

"我不明白,"扈利说,"你们是在说船长被接种了疫苗——那不是好事吗?"

"在这个案例里不是;而且确切说,被接种的并不是船长,而是占据他身体的融合疫。"这次答话的是伏尔约娃,"我们一直都知道,融合疫具有超高的适应性。一直以来这都是麻烦所在——我们向它投去的每一种分子武器最终都会被它适应,被它遏制,最后被它整合到自身吞噬一切的攻势中。但这次,我本来指望我们能有个抢跑优势。逆转录病毒的能力强得异乎寻常,按融合疫通常情况下的侵蚀路径,它有可能更胜一筹。但现在发生的事情是,融合疫在实际遭遇有行动能力的敌人之前,就已经窥见了它的状况。它在拮抗剂对它构成威胁之前就获得了将其分解、了解其底细的机会。于是,当加尔文给它用药的时候,它已经知道了对手所有的伎俩。融合疫已经找出了办法来解除病毒的武装,并说服它加入己方,在这个过程中甚至不需要消耗任何能量。所以船长蔓延的速度更快了。"

"谁能做出这种事?"扈利问道,"我觉得,这艘船上只有你一个人有能力完成像这样的事情。"

西尔维斯特点了点头。"虽然我还是认为佐佑木正试图破坏治疗……但这看起来实在不像是他的手笔。"

"我同意,"伏尔约娃说,"佐佑木完全没有完成这件事所需的专业技能。"

"那另一个男人呢?"帕斯卡尔问道,"那个嵌合人。"

"赫加齐?"伏尔约娃摇摇头,"你可以忽略他。如果我们中的任何一个人要实施反对三人团之首的行动,他可能会成为需要面对的问题。但和佐佑木一样,对他来说,这件事不在其能力范围之内。不是他。在我看来,飞船上只有三个人可以办到这件事,而我就是其中之一。"

"另外两个是谁?"西尔维斯特问道。

"其中一个是加尔文,"她说,"在这种状况下,他反而可以免于怀疑。"

"那另一个呢?"

"这就是最恼人的地方,"她说,"唯一可能对电子病毒做出这种事的人,就是我们一直在努力治愈的那个人。"

"船长?"西尔维斯特说。

"他是能做到的——我是说,就理论上而言。"伏尔约娃吃吃笑了几声,"要不是他已经死了的话。"

扈利有些好奇西尔维斯特对此会有什么反应,但他似乎毫不动容。"是谁并不重要——如果不是佐佑木本人,那就是替他做事的人。"然后他对伏尔约娃说,"我想现在你该信了吧。"

她点点头表示赞同。"很遗憾,是的。这对你和加尔文来说意味着什么?"

"对我们?"这问题似乎让西尔维斯特有些惊讶,"对我们没有任何意义。我一开始就没承诺过能治好船长的病。我告诉过佐佑木,我认为这任务是不可能完成的,我当时并不是在夸大其词。加尔文也同意我的看法。老实说,我甚至不确定佐佑木是否有必要搞破坏。即使你的逆转录病毒没有失活过,我也很怀疑它能给瘟疫带来多大麻烦。那和现在又有什么不同吗?加尔文和我将继续假装要治好船长。到了某个时候,大家自然能看出我们是无法成功的。我们不会让佐佑木知道我们已经知道他的破坏行为了。我们不想和那个男人发生冲突,在即将对刻耳柏洛斯发起攻击的现在尤其如此。"西尔维斯特平静地笑了笑。"而且我想,佐佑木得知我们的努力全部徒劳无功也不会特别失望。"

"你是说,什么都没有改变,是吗?"扈利看着在场的其他人,想要寻求支持,但他们脸上表情莫测,"我可不相信。"

"船长对他来说并不重要,"帕斯卡尔·西尔维斯特说,"你还看不出来吗?他去治疗船长只是为了遵守他和佐佑木之间的约定。对他来说,重要的只有刻耳柏洛斯。那就好像是一块吸引着丹的磁铁。"她说话的样子就好像她丈夫根本就不在场似的。

"没错，"伏尔约娃说，"嗯，我很高兴你讲到了这个，我和扈利有件事需要和你们俩讨论。关系到刻耳柏洛斯的事。"

西尔维斯特一脸鄙夷。"你们对刻耳柏洛斯有多少了解？"

"太多了，"扈利说，"该死的，真太多了。"

为了解释清楚，她不得不从很久之前讲起。最开始是她在黄石星上醒来，在影戏中充当杀手，然后是大小姐如何招揽她，并且提出了让她很难不去接受的提议。

"那女人是什么人？"等这段铺垫说完之后，西尔维斯特问道，"还有，她要你做什么？"

"我们会讲到那些的，"伏尔约娃说，"耐心点。"

扈利接着往下说。她把不久之前告诉伏尔约娃的那个故事，给西尔维斯特也讲了一遍，却感觉这两次复述恍如隔世。她是怎么混进飞船的，以及她是如何被伏尔约娃欺骗的，后者需要一个新的火控官，至于对方是否自愿担任这一职位不在她的考量之内。大小姐是如何一直待在扈利的脑海中，只在必要的时候才透露些信息给她。伏尔约娃是如何将扈利接入火控系统的，以及大小姐又是怎样察觉到在那系统中潜伏着某个东西的，那东西——一个软件生命——自称"盗日者"。

帕斯卡尔看着西尔维斯特。"这个名字，"她说，"它……代表着什么。我以前听到过这名字。我敢发誓。你记不记得？"

西尔维斯特看着她，但什么也没说。

"不管是什么，"扈利说，"这个东西之前就试图从火控系统里跑出来，它钻进了伏尔约娃上次招募的那个可怜虫的脑袋瓜里，把他弄疯了。"

"我不明白这和我有什么关系。"西尔维斯特说。

于是扈利告诉了他："大小姐研究判定，这个东西肯定是在某个特殊的时间点进入火控系统的。"

"很好，继续。"

"也就是你上次登上这艘船的那个时间点。"

她曾经很想知道,怎样才能让西尔维斯特闭嘴,或者至少能让他脸上那种自以为是的傲慢神情消失。现在她知道了,并且意识到,尽管发生了这一切,但生活中还是会有些小小的、意料之外的乐趣,比如现在这个成就就是其中一种。西尔维斯特以令人钦佩的自制力打破了魔咒,开口说道:"这话是什么意思?"

"就是你以为的意思,只是你不愿意往那方向去想。"话语从她嘴里翻涌而出,"不管它是什么,总之是你带上船的。"

"某种神经寄生虫,"伏尔约娃从扈利那边接过了继续解释的担子,"它和你一起登上飞船,然后就近转移到了飞船系统中。它可能搭乘于你的植入装置中,或者,也许不依赖于任何硬件,直接寄生于你的大脑本身。"

"这太荒谬了。"但他的语气中带着几分不自信。

"如果你对此毫无察觉的话,"伏尔约娃说,"那你可能已经携带它有好些年了。甚至也许你回来后就一直带着它。"

"从哪里回来?"

"拉斯凯尔天幕。"扈利说道。她的话再度犹如一阵倾盆冷雨,狠狠地泼向西尔维斯特:"我们查过年表,正好对得上。不管那东西到底是什么,它在天幕周围进入了你的身体,然后就跟着你,直到你来到这里。甚至它也许没有离开你,只是分出一部分到船上,对冲风险。"

西尔维斯特站了起来,示意让他妻子也起来。"我不会再待在这里继续听这些疯话了。"

"我想你该继续听,"扈利说,"我们还没有告诉你大小姐是怎么回事,也没有告诉你她要我做什么。"

西尔维斯特只是看着她,一副拔脚便走的样子,满脸厌恶的表情。然后,过了大概一分钟,他回到自己的座位上,等着扈利继续往下说。

第二十五章

> 2566 年，孔雀六日球层顶，刻耳柏洛斯 / 哈迪斯空域

"很遗憾，"西尔维斯特说，"但我不觉得这位先生还能被治愈。"

现在跟他在一起的，除了船长本人，还有三人团中除伏尔约娃之外的另两名成员。

离得最近的佐佑木正双手叉腰站在船长面前，好像是在鉴赏一幅惹人争议的现代壁画，连偏头的角度都很像。赫加齐对融合疫则持敬而远之的姿态，拒绝走到距离船长那堆最近格外活跃的赘生物最外缘三四米的范围之内。他尽量让自己看起来淡定自若，但哪怕他脸上零落可见的部分不多，可恐惧掠过其间，犹如一片文身。

"他死了吗？"佐佑木问道。

"不，不，"西尔维斯特急忙说道，"完全没有。只是我们的所有治疗方法都失败了，我们本以为最有机会成功的疗法没能治愈他，反倒造成了更多伤害。"

"你们以为最有机会成功的疗法？"赫加齐鹦鹉学舌般的声音在舱壁间回荡。

"伊利亚·伏尔约娃的拮抗剂疗法。"西尔维斯特知道，现在必须非常小心，如果让佐佑木意识到他的破坏行为已经曝光那可大事不妙，"不知什么原因，拮抗剂没有按照她预期的方式起效。我并不是在责怪伏尔约娃——她用来研究的只是些微小的样本，怎么能预测得到融合疫主体会有怎样的表现呢？"

"到底怎么了？"佐佑木大声说道。西尔维斯特从这几个字里就可以断定，他恨眼前这个男人，那恨意犹如死亡般无可更改。但他同时也知道，佐佑木是个可以合作的人，尽管他很鄙视这家伙，但这里发生的一切都不会对攻击刻耳柏洛斯产生任何影响。事实上或许还更好，好得多。现在他确定佐佑木并不想见到船长痊愈——恰恰相反——那么就再也没有什么能阻止西尔维斯特将全部注意力转移到即将发动的攻击上。也许他不得不继续忍受加尔文存在于他的大脑中，再忍受一小段时间，直到这场戏演完为止，但这代价并不大，他觉得自己完全可以承受。此外，现在他反而欣然接受加尔文的侵入。发生的事千头万绪，需要消化的信息实在太多，因此目前来说，能有第二个思维寄生在他自己的头脑中拼凑模型并进行推论是件好事。

"他是个满口谎言的浑蛋，"加尔文对他窃窃私语，"我以前也曾怀疑过，但现在我确定了。我希望融合疫吞噬掉这艘飞船的每一个原子，把他也一并吞噬掉。他就该有那种下场。"

西尔维斯特对佐佑木说："这并不意味着我们已经放弃希望。只要你允许，我和加尔就会继续努力……"

"尽你所能吧。"佐佑木说。

"你还想让他们继续？"赫加齐说，"在他们差点把他弄死之后？"

"你对此有意见？"西尔维斯特说话的同时，感觉现在他们就像是在演戏，对话全是程式化的，导向的结论也同样是预先注定的，"如果我们不冒风险……"

"西尔维斯特说得没错,"佐佑木说,"谁能说得清船长对哪怕最轻微的干预会做出何种反应?这瘟疫有着自己的生命,没有一套它必然会服从的逻辑规则,所以我们的每个行为都有一定的风险,哪怕是用磁场对它进行扫描这样看似绝对无害的事。融合疫可能会把它当成一种刺激,转入新的生长阶段,或者它可能导致整个病灶在几秒之内化为尘埃。不论哪一种情况发生,我都很怀疑船长能不能幸存。"

"这样看来,"赫加齐说,"我们不如现在就放弃吧。"

"不,"佐佑木说话的语气如此平静,让西尔维斯特有些担心对方的心理健康,"这并不意味着我们要放弃。这只是意味着我们需要一种新的范式——要超越手术干预的范畴。这里有自超升觉悟之后诞生的最优秀的神经机械学专家,也没人比伊利亚·伏尔约娃更擅长摆弄分子武器。飞船上的医疗系统是现在最先进的。但我们还是失败了。原因很简单,我们正在对付的敌手比我们想象中更强大、更敏捷,适应性更强。我们一直怀疑的事是真的,融合疫源于外星人之手。而这就是为什么它一直能打败我们。前提是,我们与之交战时还继续按照我们的方式,而不是用它自己的方式。"

西尔维斯特觉得,现在这出戏已经自动运行到接近尾声了,虽然结局并没有写在台本上。

"你想到了什么样的新范式?"

"唯一合乎逻辑的答案,"佐佑木说话的样子,仿佛他马上要揭示一个近在眼前人们却一直视而不见的事实,"能治外星病的只有外星疗法。而那就是我们下一步要寻找的东西。无论我们要花多长的时间,飞多远的路途。"

"外星疗法,"这几个字赫加齐说得很慢,仿佛在试着熟悉它们,也许他觉得以后自己会相当频繁地听到这个词,"你现在想到的外星疗法是什么呢?"

"我们先试试图式幻戏藻。"佐佑木有些心不在焉,仿佛这里没有别人,他只是在随口说说,"如果他们也不能治好船长,我们就再继续探寻。"他的注意力忽然间又回到了西尔维斯特身上:"我们也去拜访过他们,你知道的,船长和我一起。你不是唯一一个在他们的海洋中尝过盐水味道的人。"

"除非绝对必要,否则我们别跟这个疯子多待了,一秒钟也不要。"加尔文说道。西尔维斯特在心中默默点头,表示同意。

伏尔约娃又检查了一下她的手环,这是一个小时内第六或第七次了,尽管这东西告诉她的信息几乎是一成不变的。它在告诉伏尔约娃——而她也早已知道——桥头堡和刻耳柏洛斯的灾难性"联姻"将在不到半天的时间里发生,而且看起来没人会提出任何反对意见,更不用说采取行动来试图阻止这场结合了。

"你哪怕隔一秒就看一眼那玩意,也改变不了什么啊。"扈利说道。她和伏尔约娃、帕斯卡尔都还留在蜘蛛房里。在最近几个小时当中,她们大部分时间都在飞船的外壳之外,只冒险进去过一次,好把西尔维斯特送回船内,让他能去见三人团的另外两位成员。佐佑木没有问伏尔约娃为什么缺席:毫无疑问,他以为她正在自己的宿舍里,忙着对她的攻击计划做最后的微调。但再过一两个小时,如果她还想不被怀疑的话,就必须露面了。过了不多久,她就得开始削弱地壳,动用秘藏武器的可怕威力轰炸刻耳柏洛斯上桥头堡预定到达的那个点。她不由自主地再度瞥向手环时,扈利问她:"你希望看到什么?"

"武器出些意料之外的问题,比如说严重故障,那就很好。"

"所以你其实不希望这件事成功,是吗?"帕斯卡尔说,"几天前你还在为此得意扬扬,好像那会成为你的高光时刻。这还真是一百八十度大转弯啊。"

"那是在我知道大小姐是谁之前。如果我早点知道的话……"伏尔约娃发现自己接下来完全无话可说。现在很明显,使用这件武器的行为鲁莽得难以置信,但早点知道那件事又会改变什么呢?她会不会觉得自己还是必须制造出这件武器,只是因为她可以,只是因为它够精巧。她想让她的伙伴们看看,从她的脑海里能蹦出何等绝妙的造物,何等复杂得不可思议的战争兵器。想到她可能会这样她就感到嫌弃,但这种想法是自洽的,是完全合理的。她还是会让桥头堡诞生,还是会指望自己以后能在某个时刻阻止它完成自己的使命。简而言之,她还是会处于现在所处的这种境地。

桥头堡——完成转变后的劳瑞恩号——此刻正在接近刻耳柏洛斯，边前进边减速。等它和刻耳柏洛斯接触时，它的速度不会比子弹更快，但这将是颗质量达数百万吨的子弹。如果桥头堡以这种速度撞上普通的行星表面，它的动能大部分都会被转化为热能：会发生一次巨大的爆炸，她的玩具会在一瞬间被摧毁。但刻耳柏洛斯不是一颗普通的行星。她认为——无休无止的模拟结果也支持她——武器那巨大得可怕的体积，将足以推动它穿过掩盖这世界内部的那层薄薄的人工地壳。一旦它戳到下面，一旦它刺入了这个世界之内，接下来会遇到什么，伏尔约娃就不知道了。

　　而现在，这让她害怕得无以复加。让西尔维斯特走到今天这一步的是知识分子的虚荣心，或许还有其他因素，但毫不犹豫地服从了同样的冲动的她也没法问心无愧。她真希望自己之前对这个项目没那么认真，从而降低桥头堡成功的可能性。想到如果她的孩子没有辜负她的期望之后会发生什么，她就感到害怕。

　　"如果我早知道……"她最终只好说，"我不知道自己会怎么做。但我当时不知道，所以，会怎么做又有什么关系呢？"

　　"如果你肯听我的就好了，"扈利说，"我告诉过你，我们必须停止这种疯狂的行为。但我的言辞还不够有力，你还是非要把事情搞成这样。"

　　"我很难凭着你在火控系统中看到的幻象，就去跟佐佑木作对。我敢肯定，那样的话他一定会杀死我们俩的。"但同时，她想，现在无论如何都要起来反对佐佑木了——她们在蜘蛛房里能做的实在不多，大概很快就必须走出下一步了。

　　"你可以早点决定相信我的。"扈利说。

　　伏尔约娃心里在想，要不是眼下这种状况，说到这里她可能已经冲着扈利打过去了。但她嘴上却温和地回应道："在你没有继续就如何登上我的飞船这个问题说谎欺瞒之后，你可以向我谈及信任，但那之前不行。"

　　"你要我怎么办？我丈夫在大小姐手上。"

　　"真的在吗？"伏尔约娃向前倾身，"你确定吗，扈利？我是说，你真的见到他了吗？还是说，那只是大小姐的又一个小小骗局？植入记忆是很容易的，不是吗？"

扈利现在的声音很轻柔，仿佛她们两人之间的对话从来都不曾有过半点火气。"你是什么意思？"

"我的意思是，也许他根本就不在大小姐手上，扈利。你有没有考虑过这个可能？也许正如你先前一直以为的，他就从来没有到过黄石星。"

帕斯卡尔把脑袋塞进她们俩之间。"听着，别再争吵了，行吗？前途危殆之际，我们最不该自己人内部闹分裂。顺便提醒一下，我是这艘飞船上唯一一个既没有要求上船，也压根不想上船的人。"

"是啊，你这运气可真不好。"扈利说。

帕斯卡尔瞪了她一眼。"好吧，也许我刚才说的并不全是真的。我也有自己的目的。我跟你一样有丈夫，我不希望他为了自己太过想要的东西而伤害自己——或者身边的人。所以我现在需要你们——你们俩，因为这里似乎只有你们两个会和我有同样的感觉。"

"什么样的感觉？"伏尔约娃问道。

"一切都不对劲，"她说，"从你提到那个名字的那一刻起就不对劲。"

伏尔约娃不需要问帕斯卡尔"那个名字"指的是什么。"从你的表现来看，你似乎知道这个名字。"

"确实知道——我们两个都知道。盗日者是阿玛兰汀文化中的一个名字，是他们的某位神明，或神话人物，甚至也可能是个真实的历史人物。但丹简直长了个榆木脑袋，或者也许是太害怕了，以至于不敢承认。"

伏尔约娃又检查了一下手环，但上面还是没有新消息。然后她听着帕斯卡尔讲她的故事。她讲故事很有一套，无须前言绪论，不用设置场景，帕斯卡尔讲述出自己精心挑选的几个事实，伏尔约娃就发现所有关键内容都仿佛已历历在目，事件的勾勒很有艺术性。她现在明白，为什么是帕斯卡尔负责编纂西尔维斯特的传记了。她正在说的是阿玛兰汀人的事，这种已灭绝的鸟类后裔生物曾生活在复生星上。船员们之前已经从西尔维斯特那里获取了足够多的知识，可以正确地理解这个故事的意义。但发现事情会与阿玛兰汀人有联系，还是令人困惑。毕竟，伏尔约娃觉得自己的麻烦居然与天幕人有关，已经够让人困惑的了。但至少那里的因果关系还够清晰。但这一切怎么又会和阿玛兰汀人扯上关系呢？这两个截然不同的，都早已从银河舞台上退场消失的物种，它们之间怎么会有联系呢？它们甚至连存在的时间段都差得很远：按照拉斯凯尔告诉西尔维斯特的说法，在阿玛兰汀人进化出智慧头脑之前好几百万年，天幕人就已经消失了——大概是撤入了被他们重构的时空领域之内——带着他们收集的遗宝和技术，那些东西太危险了，不能留下来让不成熟的物种接触到。毕竟，这就是促使西尔维斯特和勒菲弗前往天幕边缘的原因：诱人的知识宝库。在人类经验中，没有任何东西比天幕人的形态更加怪异——他们是些多肢的甲壳类怪物，简直像是从噩梦中酝酿而出的。相比之下，阿玛兰汀人的祖先是鸟类，他们四肢双足的身体结构就不会怪异到如此令人震惊。

然而盗日者却显示出二者之间是有联系的。这艘飞船之前从未访问过复生星，上面从来没有人显示出对阿玛兰汀人的任何方面有所了解，然而盗日者已经成为伏尔约娃生活的一部分，按行星时间已经有几十年，按她的主观时间也有好几年了。西尔维斯特显然是其中的关键，但伏尔约娃无论怎么努力也看不出其间逻辑上的联系究竟在哪里。

帕斯卡尔继续往下说，与此同时，伏尔约娃脑海中有一部分向前急速奔驰，竭力要将事情整合进某种框架之中。帕斯卡尔在说那座被埋葬的城市，西尔维斯特被监禁期间发现的一片巨大的阿玛兰汀建筑群。那座城市正中心的标志性建筑物，一个巨大的尖塔，那上面有个生物雕像。这个生物的形象和阿玛兰汀人不太一样，但看起来就像是阿玛兰汀人心目中的天使——只不过这个天使的设计者极为严谨地遵循了解剖学限制——一个看起来几乎真的能飞起来的天使。

"那就是盗日者？"扈利敬畏地问道。

"我不知道，"帕斯卡尔说，"我们只知道，最初的盗日者只是一个普通的阿玛兰汀人，却建立了一个离经叛道的群体——如果你愿意的话，也可以说是一个离经叛道的社会分支。我们认为，他们是一群用科学实验研究世界本质的人，是一些会去质疑神话的人。丹提出了一个假说，盗日者对光学感兴趣，他制造出了反射镜和透射镜。正如字面所示，他盗取了太阳的光辉。他也可能实验过飞行，尝试过打造简单的机器和滑翔机。不管是什么，都是些异端之行。"

"那么，那尊雕像是怎么回事？"

帕斯卡尔告诉她们剩下的部分：这群离经叛道者后来被人们称为被放逐者，他们实际上从阿玛兰汀人的历史中消失了数千年之久。

"如果允许的话，我想在这里插入一个假设，"伏尔约娃说，"被放逐者有没有可能是躲到了星球上某个安静的角落里，然后发展出了高科技？"

"丹也这么认为。他认为他们一路向前发展，直到他们有能力全体离开复生星。然后有一天——在大灭绝发生前不久——他们又回来了，但那时他们和留在星球上的人相比，宛若神明。这就是那雕像的意义所在——为尊崇新的神明所建。"

"变成天使样子的神？"扈利问道。

"基因工程，"帕斯卡尔信誓旦旦地说，"哪怕他们给自己安上了那双翅膀，他们也永远飞不起来。但话说回来，他们已经超越了重力，成了星际航行种族。"

"发生了什么事？"

"很久以后——几百年后，甚至几千年后——盗日者的人回到了复生星。离末日很近。我们靠考古学无法分辨具体的时间点，太接近了。但好像那就是他们带来的。"

"带来了什么？"扈利说。

"大灭绝。不管那是什么，总之它终结了复生星的生命。"

走道地板上的污水淹到了脚踝，她们吃力地涉水前行。扈利开口说道："有什么办法能阻止你的武器到达刻耳柏洛斯吗？我是说，你现在还能控制它，不是吗？"

"安静！"伏尔约娃嘘了一声，"我们在这下面说的话……"她越说声音越小，最后沉默地指向墙壁，可能是在暗示这里隐藏着各种监测装置。她相信这些都是佐佑木所控制的监视网的一部分。

"可能会被传回三人团的其他成员那里。但那又如何？"扈利把声音压得很低——没必要冒无谓的风险，但她还是继续说话，"局面照这样发展下去，我们过不了多久就会公开和他们敌对。何况，我猜佐佑木的监听网并不像你想象的那样无处不在，萨迪奇就是这么说的。就算它无处不在，佐佑木现在也多半无暇顾及。"

"危险，非常危险。"但伏尔约娃也许还是承认扈利说得有道理，在某个迫在眉睫的时候，诡计将不得不变成反叛。她搂起外套袖口，露出了她的手环，那上面有若干发光的图表，其中数字正在缓缓更新。"有了这个，我几乎可以控制一切。但那样做对我有什么好处？如果佐佑木认为我在试图破坏这次行动，他就会杀了我——武器偏离预定路线的瞬间他就会知道。而且别忘了，我们所有人都处于西尔维斯特的绑架要挟之下，我不知道他在这种情况下会做何反应。"

"我估摸会很糟糕，但也并不会改变什么。"这时帕斯卡尔开口了，"他不会把他一直以来的威胁付诸实施。他告诉过我，他的眼睛里没有炸弹。但丹说他肯定这招会成功的，因为佐佑木永远都没法确认——这确实是有可能的。"

"你就绝对肯定他那不是在骗你？"

"这是什么鬼问题？"

"一个在这种情况下完全合情合理的问题。我害怕佐佑木，但如果需要的话，我可以用武力对抗他。你的丈夫则不同。"

"那是绝对不可能的，"帕斯卡尔说，"相信我吧。"

"好像我们还有别的选择似的。"扈利说。她们走到了一部电梯门口。门开了，她们必须抬起脚来才能踏上电梯厢底板。扈利用脚踢向墙壁磕掉靴子上的黏液，同时开口说道："伊利亚，你必须让那东西停下来。如果它到了刻耳柏洛斯那里，我们都会死的。大小姐一直以来都知道这点，这就是她想要杀死西尔维斯特的原因。因为她知道，那个男人无论如何都会试图到达那里。现在我还没把事情完全弄清楚，但有件事我是知道的。大小姐知道，西尔维斯特的成功对我们大家来说都会是个坏消息。我是说，糟糕透顶的坏消息。"

电梯已经在上升了，但伏尔约娃没有说明她们的目的地。

"简直好像是盗日者在驱使着他，"帕斯卡尔说道，"往他的脑海里灌输想法，塑造他的命运。"

"什么想法？"扈利问道。

"比如说当初来这里——来到这个太阳系的想法。"这话题激发了伏尔约娃的谈兴，"扈利，你记不记得我们当时从飞船存储的资料中找到了西尔维斯特的那段录像，他上次登船时那段？"扈利点了点头。她记得很清楚：她记得自己看着录像中西尔维斯特的眼睛，想象着如何杀死真人。"还记得他当时无意中流露出的只言片语，显示他已经在考虑远赴复生星探险的事吗？而且当时这让我们很困扰，从逻辑上讲，他当时没有任何得知阿玛兰汀人的途径才对。好吧，现在这一切都说得通了。帕斯卡尔说得没错。是那时候就已经潜在他脑海中的盗日者驱使着他前来此地。我不觉得他本人知道自己脑子里所发生的一切，盗日者才是真正的控制者，一直都是。"

扈利说："就好像盗日者和大小姐在互相争斗，但双方只能利用我们来进行战斗。盗日者是某种软件实体，而大小姐被限制在黄石星，在她的轿子里……所以他们一直在从背后操纵我们，把我们当作互相争斗的傀儡。"

"我想你是对的，"伏尔约娃说，"我现在更担心盗日者。非常担心。自从上次秘藏武器暴走之后，我们就再没有他的消息了。"

扈利什么也没说。据她所知，在上一次她登入火控系统的时候，盗日者钻进了她的脑袋。后来，大小姐在最后一次现身探望她的时候告诉她，盗日者正在消灭自己。再过几个小时，最多几天大小姐就会不可避免地被击败。然而那已经是好几周前了。根据大小姐估计的败退速度，她现在应该已经死了，而盗日者则取得了胜利。但什么变化都没有。如果非要说有什么的话，她的脑袋里现在比在黄石星附近复活后的任何时候都要安静。没有该死的影戏植入装置发出临近讯号,没有该死的大小姐半夜显灵。就好像盗日者在获得胜利的那一刻就死去了。扈利当然不相信会有这种好事,那家伙彻底销声匿迹反倒让压力倍增,让等待显得越发煎熬,直到他出现——扈利确信这是必定会发生的。而且不知怎的,她有种感觉,这家伙会比之前她脑袋里的住客更令人不快。

"他为什么要露面?"帕斯卡尔说,"毕竟,他就快赢了。"

"是快赢了,"伏尔约娃表示同意,"但我们马上要做的事情可能会让他插手干预。我想我们应该做好这种准备,尤其是你,扈利。你知道,他也找到了进入鲍里斯·纳戈尔尼脑内的方法,然后,我可以向你发誓,这场相识对他们双方来说都不怎么愉快。"

"也许你应该现在就把我关起来,免得为时已晚。"扈利这话没经过太多思考,但她说得非常非常认真,"我这话是认真的,伊利亚。我宁愿你把我关起来,而不是在之后被迫开枪打死我。"

"我很想这么做,"她的指导者说道,"如果我们在人数上已经明显压倒了对手的话,但现在并不是那种状况。眼下是我们三个人要对抗佐佑木和赫加齐,而且到时候天晓得西尔维斯特会选择哪一方。"

帕斯卡尔什么也没说。

她们到达了战档库。虽然在到达之前什么也没说,但伏尔约娃其实早已在心中定好了这个目的地。扈利从没有来过飞船上的这一区域,但她不用介绍也知道这里是干什么的。她以前进过很多兵工厂,这里和那些地方有种相同的氛围。

"我们这是真的要上些狠家伙了啊。对吧?"她问道。

这个巨大的长方形房间是战档库的展示和配发区域,其中有上千件武器堆放在架子上,随时可以取用。还有数万件武器都可以在短时间内按蓝图进行制造,直接在飞船全息图所对应的部位组装出来。

"是的,"伏尔约娃的语气里有种离欢喜近得可怕的情绪,"在目前的局势下,我们最好有一些使人闻之色变的高效火力在手上。所以,运用你的技能和判断力，扈利，把我们武装起来。而且要快一点——我们可不希望还没达到来这里的目的，就被佐佑木锁在外头。"

"你其实很喜欢现在这样，对吧？"

"是的。你知道为什么吗？不管是不是自寻死路，我们总算是在做点什么了。这可能会让我们送命，也可能结果毫无益处，但至少如果事情到了那一步，我们也是力战而亡。"

扈利缓缓点头。确实，伏尔约娃这些话说得没错。战士天生就绝不能允许事态顺其自然地恶化下去而不加干预，哪怕努力注定徒劳无功也是一样。伏尔约娃很快就向她演示了如何使用战档库的基础功能——幸运的是，操作几乎全都相当直观——然后拉着帕斯卡尔的胳膊转身离开。

"你们要去哪儿？"

"舰桥。佐佑木想让我去那里，开始削弱地壳的行动。"

第二十六章

2566年，孔雀六日球层顶，刻耳柏洛斯/哈迪斯空域

西尔维斯特已经好几个小时没看到自己的妻子了，现在看来，甚至在他为之奋斗至今的事业达到高潮之际，帕斯卡尔还是很可能不会到场。距离伏尔约娃的武器冲击刻耳柏洛斯只剩下十个小时了，再过不到一个小时，她的第一轮削弱攻击就将开始。这一刻本身也具有重大意义，然而眼下看来，他必须在没有帕斯卡尔的陪伴下见证这场面了。

舰上的摄影机从未遗失过这件武器的踪影，即便现在它也在舰桥的显示屏上晃动着，仿佛离他们只有几千米，而不是相隔百万千米之遥。他们看到的是它的侧面，因为它已经开始从特洛伊点[①]接近行星，而这艘飞船则保持朝向它

[①] 三角拉格朗日点（L4和L5）的别称。天体系统中的拉格朗日点有5个，以字母L表示：L1、L2和L3在两个天体的连线上，是不稳定点；L4和L5即三角点，位于以两个天体连线为边的等边三角形的顶点，是稳定点。

的三点钟方向，沿着哈迪斯和它行踪鬼祟的行星伴侣之间的连线行动。二者都不在真轨道①上，但刻耳柏洛斯的引力场十分微弱，这也就意味着它们只要消耗非常小的一点点修正推力就能维持现在的轨道。

佐佑木、赫加齐和西尔维斯特在一起，沐浴在显示球洒出的红光中。现在所有的东西都是红色的。哈迪斯离得很近，以至于它成了一团肉眼可见的猩红色光芒，而孔雀六也向围绕它运行的一切天体投射着赤红色的光辉，虽然很微弱。由于房间里只有显示球这一个光源，所以有些红光从里头漏到了舰桥上。

赫加齐说："见鬼，那个娇气婆娘伏尔约娃去哪儿了？我觉得她现在该用行动向我们展示她的恐怖库存了才对。"

这个女人真的去做那些不能说出口的事情了吗？西尔维斯特暗自想道。难道她真的决定把这次攻击搞砸，哪怕整个事情都是她一手筹划的？如果是这样的话，那他就是严重误判了她。她把自己的疑虑加在他身上，屄利那女人的妄想又给她火上浇油，但她应该没有把那些鬼话当真吧？她肯定一直在扮演魔鬼的辩护士，试探他信心的极限吧？

"你最好希望是这样，儿子。"加尔文说道。

"你能读出我的想法了？"西尔维斯特大声说道，没什么好瞒着聚集在他身边的那两个三人团成员的，"这招挺厉害的，加尔文。"

"请叫它神经叠合的渐进适应过程，"对方的声音说道，"所有的理论都表明，如果你允许我在你的头脑中停留足够长的时间，就会发生像这样的事情。实际上，只不过是我在此过程中，构建起了一个越来越真实的你的神经路径模型。一开始我只能把我读到的东西和你的回答联系起来。但现在我甚至不用等你真的回复，就能猜到你要说的是什么。"

那就读读这个：快滚。西尔维斯特想道。

"如果你想摆脱我的话，"加尔文说，"几个小时前就可以办到了。但我觉得，你开始更乐意让我待在老地方了。"

---

① 天文测量学名词。指天体（无须外加动力即可维持）的自然运动轨道。

"暂时是这样，"西尔维斯特说，"但别习以为常啊，加尔文。因为我并不打算让你永久性地跟我待在一起。"

"你的这一任妻子让我很担心。"

西尔维斯特看了看那两位三人团成员。他忽然不希望自己的那半段对话被公之于众，所以他转而在心里想着自己会说些什么。

"我也在担心她，但这事压根轮不到你操心。"

"当伏尔约娃和扈利试图说服她时，我看到了她的反应。"

是的，西尔维斯特想，可说实话，谁有资格为此责怪她呢？当伏尔约娃像丢一枚深水炸弹般把盗日者的名字扔进谈话中时，他自己也相当为之动摇。当然，伏尔约娃并不知道这个名字有多重要——西尔维斯特一度希望自己的妻子忘了在哪里听过这个名字，甚至不记得她以前听到过这个名字。但帕斯卡尔太聪明了。他爱自己的妻子，一部分原因也正在于此。"这并不意味着她们成功了，加尔。"

"我很高兴你这么有信心。"

"她不会试图阻止我。"

"那就要看情况了，"加尔文说，"你看，如果她设想，你正让自己投身险地，并且如果她对你的爱就像我以为的那么多，那么阻止你对她而言就同时符合逻辑和爱。也许更多。这并不意味着她突然决定恨你，甚至能从粉碎你的野心中得到乐趣。事实上，恰恰相反。我觉得那更可能同样会给她带来痛苦。"

西尔维斯特又看了看显示球。看着伏尔约娃的桥头堡，看看这个精雕细刻的巨大圆锥。

"我认为，"加尔文最后说道，"事情可能比表面上看起来更复杂。我们应该谨慎行事。"

"我几乎没法再谨慎了。"

"我知道，我也深有同感。仅仅是这里面可能蕴藏着危险的事实本身就很吸引人，几乎足以诱使人不能不更进一步。这就是你的感觉，不是吗？他们能用来反对你的每一个论据，都会坚定你的决心。因为你求知若渴，这种饥渴是你无法抗拒的，哪怕你明知道自己正在大口享用的东西可能会让你一命呜呼。"

"我自己也没法比这说得更好了。"西尔维斯特说话时感到有些佩服，但也只是一瞬间。然后他就转过身去，大声对佐佑木说道："那个该死的女人到底去了什么见鬼的地方？难道她没有意识到我们有正事要做吗？"

"我在这儿。"伏尔约娃边说边走进舰桥，帕斯卡尔紧随其后。她无声无息地唤出一对座椅，然后两位女性升入了房间的中央，停在和其他人离得不远的地方，那里最适合观赏显示球中映出的奇观。

"那就让战斗开始吧。"佐佑木说。

伏尔约娃琢磨着要怎么使用秘藏武器。自从那次武器暴走事件后，她还是第一次访问这些恐怖的东西。

在她的脑海深处有个念头，这些武器中随时都可能有某一件做出同样的事情：凶狠地将她从控制回路中驱逐出去，掌握行动自主权。她不能排除这种可能性，但她做好了承担这种风险的准备。而且如果扈利说的是真的，那么当时控制暴走秘藏武器的大小姐现在已经死了，被盗日者无情地吞并了，那么至少她不会再试图引导武器起来造反了。

伏尔约娃选择了几件秘藏武器：这种情况下适合使用的，（她认为并希望）破坏力算是最低的那几件，它们的破坏力与飞船上原有的武器差不多。六件武器纷纷启动，在她的手环上显示出它们各自的准备进度：几个可怕的骷髅图标在闪闪跳动。这些装置开始通过轨道网移动，缓缓地一路通过秘藏室，进入较小的转运舱，然后把自己部署在船体之外，让飞船实际上看起来成了一艘装着巨炮的机械风小船。除了地狱级武器共有的根本设计特征之外，这六件武器装置中没有任何两件彼此相似。有两件都是相对论速度弹丸发射器，因此无疑存在一定的共通之处，但顶多也就是为满足相同的要求所建造的两件原型机这种水平，还是来自彼此竞争的不同设计团队。它们长得像是古代的榴弹炮：炮管细长，附有显眼的复杂管线和癌症肿瘤般的辅助系统。另外四件武器令人不快的程度也难分轩轾，其中包括一件伽马射线激光炮（比飞船自己的同类装置威力高一个数量级），一件超对称粒子束炮，一件反物质弹投射器，还有一件夸克①解离机。它们没有任何一件的威力能与那件足以毁灭星球的暴走武器相提并论，但话说回来，也绝不会有人希望其中任何一件瞄准自己，或者确切地说，是瞄准自己所立足的星球。更何况——伏尔约娃在心中提醒自己——他们的计划并不是要肆意伤害刻耳柏洛斯，并不是要摧毁它，而只是要敲开它的外壳，这就需要一定的手腕才行。

哦，是的……手腕。

"现在，给我件新手能用的家伙，"扈利在战档库的配发装置前踌躇着说道，"不过我说的可不是玩具，它得有真正的停止力。"

"女士，波束的还是实弹的？"

"造把低当量波束武器吧。我们可不希望帕斯卡尔在船壳上打出些窟窿来。"

"噢，了不起的选择，女士。我去找找什么东西符合您的专业要求，这段时间您要不要歇歇脚？"

"只要你不介意的话，女士还是想站着。"

正在为她服务的是负责配发的伽马级模拟人，外表呈现为一个满脸阴郁假笑的全息头像，投影在和她胸部齐平的高度，位于顶上开槽的柜台上方。起初她把自己的选择限制在沿墙陈列的那些武器当中，它们被摆放在玻璃后面，玻璃上附有发光的小牌子，牌子上详细说明了每件武器的操作方法、起源年代和使用历史。大体来说挺好的。她很快就为自己和伏尔约娃挑选了一对轻便武器，选的是针弹枪，和她在影戏中使用的装备设计相类似。

伏尔约娃之前曾颇为不祥地提到过火力更强的军械，扈利也专门注意了此类武器，但展示品中这种武器不是很多。其中有一把不错的高射速等离子

---

① 组成强子的更基本的粒子。有上、下、奇异、粲、底和顶六种夸克及对应的反夸克。

步枪，制造于三个世纪之前，但绝没有过时，上面的神经馈信瞄准系统肯定会让它在近距战斗中非常合用。重量也很轻。她试着举起这把枪，然后马上产生了熟稔的感觉。它的黑色皮革保护套看起来也极为诱人：沧桑斑驳，油光锃亮，还被剪出了若干小窗，让控制装置、读数器和连接点露出来。这把枪很适合她，但她能给伏尔约娃带把什么回去呢？她在货架上浏览了尽可能长的时间（但不敢超过五分钟），虽然这里的器械不乏有趣，甚至堪称眼花缭乱，但没有任何东西完全符合她心中所想。

她转而开始研究战档库的存储档案。扈利被精确告知，这里的手持武器样本超过四百万件，跨越了十二个世纪的枪械制造史，从最简单的以火花点燃、投射弹丸的喇叭枪，直到你能想象出的最残忍的致力将目标导向死亡的高科技制品。

但即便武器样品种类如此繁多，它们与战档库的全部潜力相比也相形见绌，因为战档库还可以进行全新创造。只要给定具体规格，战档库就能在其蓝图库中进行筛选，然后将现有武器最好的特性进行优选融合，直到打造出全新的、高度定制化的设计。只要再给它几分钟，它就能将其合成出来。

合成完毕之后，就像现在它造好了扈利为帕斯卡尔构想的那把小手枪之后，台面上的出货口会嗖嗖打开，武器成品会由一个毡顶小盘子托着从中升起。经过超净消毒后的它闪闪发光，还带着制造时的余热，暖烘烘的。

她拿起帕斯卡尔的手枪，沿着枪身方向仔细看了看，感觉了下平衡手感，又试了试粒子束当量设置——用嵌在手柄凹陷处的一个螺栓进行调节。

"很适合你，女士。"配发机器说道。

"这不是给我准备的。"扈利边说边把枪收到口袋里。

伏尔约娃的六件秘藏武器启动各自的引擎，按既定航向迅速远离飞船，复杂的航线将会让它们最终抵达可以攻击撞击点的位置——尽管是斜对着的。而桥头堡则继续缩短自己与地表之间的距离，同时一直减速。她完全相信，下面的世界应该已经认定有个人造天体正在接近自己，而且那是个大家伙。这星球甚至可能会认出接近它的这东西就是曾经的劳瑞恩号。毫无疑问，在那个布满机器的地壳下面，有某个地方正在进行某种形式的辩论。有些组件正在主张说，最好现在就发动攻击，最好在那步步逼近的东西真正带来麻烦之前就先发制人。另一些组件则会强调要谨慎行事，指出那东西离刻耳柏洛斯还很远，现在对它发起的任何攻击都必须规模庞大，以确保在它能够还击之前就将其消灭，而这种公开展示实力的行为可能引来其他地方的更多注意。而且和平主义体系还可能会进一步表示，到目前为止，这个物体并没有做出什么明确带有敌意的行为。它甚至可能并没有怀疑刻耳柏洛斯是人工制造的。它可能只想闻闻这个世界的味道，然后就不顾而去。

伏尔约娃不希望主张和平主义的一方获胜。她希望主张大动干戈先发制人的那边赢，而且她希望这结果赶快发生，不要等到下一分钟。她想观测到刻耳柏洛斯突然发动袭击，抹除桥头堡的存在。那会解除他们所面临的难题，而且因为西尔维斯特前妻的探测器已经遭遇了类似的事情，他们的处境并不会比现在更糟。也许仅仅是诱使刻耳柏洛斯发动反击，并不会构成大小姐竭力要阻止的那种干扰。毕竟那样就没人会进入那个地方。然后他们就可以承认失败，掉头回家了。

只是这些都不会发生。

"这些秘藏武器，"佐佑木朝着显示球点了点头，"你打算从这边部署和开火吗，伊利亚？"

"没理由不这样做吧。"

"我本以为会是扈利从火控室控制它们。毕竟，她的岗位就是干这个的。"他转过身去冲着赫加齐耳语，声音大得所有人都能听到，"我开始怀疑我们为什么要招募那人了——还有，我为什么会允许伏尔约娃停止搜思。"

"我想她应该有她的用处吧。"那嵌合人说道。

"扈利在火控室里，"伏尔约娃撒了个谎，"当然啦，作为预备措施。但除非绝对必要，我不会叫她动手。这很合理，不是吗？这些武器也同样属于我——当局面像眼下这样完全受控之际，你不该看我使用它们就嫉妒不满。"

她手环上的读数——部分也反映在舰桥中央的显示球上——告诉她,三十分钟后,那些秘藏武器将抵达距离飞船约二十五万千米的指定开火位置。到那时候就再没有合理的借口能够不开火了。

"很好,"佐佑木说,"我一度还担心你对我们的这项事业不肯全心投入。不过这听起来倒似乎像是我们亲爱的老伏尔约娃身上的闪光之处。"

"这真是太令人欣慰了啊。"西尔维斯特说道。

第二十七章

> 2566 年，孔雀六日球层顶，刻耳柏洛斯/哈迪斯空域

秘藏武器的黑色图标朝着开火点蜂拥而去。它们的可怕威力蓄势待发，等待着被释放到刻耳柏洛斯上。在这段时间里，那个星球没有任何反应，没有半点迹象表明它并非看起来那么简单。它只是挂在那里，灰蒙蒙的，布满缝线，就像一颗摆出偏头祈祷姿势的颅骨。

最终，那一刻终于到来了，但投影球只发出了一声轻柔的鸣响，倒计时数字短暂归零，然后开始无休无止地向上计数。

西尔维斯特是第一个开口说话的人。他转向看起来好几分钟都一动不动的伏尔约娃。"不是应该有些大事发生吗？你那些该死的武器不是应该已经开火了吗？"

伏尔约娃抬起头来，没再盯着之前吸引了她全部注意力的手环读数，像是从恍惚状态中清醒过来一般。

"我从来没有下达命令,"她说,声音很轻,需要有意识地集中注意力才能听清她在说什么,"我从来没有告诉那些武器要开火。"

"你能再说一遍吗?"佐佑木说。

"你已经听到我说什么了,"她回答的音量越来越大,"我没有下令开火。"

佐佑木再一次用绝对冷静的态度表现出比任何夸张言行都更强的威胁性。"还有几分钟,这段时间里仍然能发起攻击,"他说道,"也许在局面变得无法挽回之前,你最好再考虑下动用那些武器。"

"我认为,"西尔维斯特说,"局面无法挽回已经有段时间了。"

"这是三人团内部的事,"赫加齐开口了,他的包钢指关节在自己的座位底架旁闪闪发光,"伊利亚,如果你现在下达指令,也许我们可以……"

"我不打算那么做,"她说道,"如果你们愿意,可以称之为哗变,或者叛乱。我不在乎。但我对这疯狂行径的参与到此为止。"她看着西尔维斯特,眼神出人意料地愤怒:"你知道我的理由,所以别假装不知道。"

"她是对的,丹。"

此时帕斯卡尔加入了谈话,一时间吸引了所有人的注意力。

"你知道的,她说的都是真的。无论你多么渴望,我们都不能冒这么大的险。"

"你也听信了鼠利那些话。"西尔维斯特苦涩地说。尽管他的妻子已经走到伏尔约娃一边这件事并不令人惊讶,带来的苦涩比他本以为的要少。他意识到自己此刻的感情不太正常,但还是相当钦佩妻子会这样做。

"她知道些我们不知道的事。"帕斯卡尔说。

"鼠利与这一切到底有什么关系?"赫加齐不耐烦地问道,他朝佐佑木瞥了一眼,"她只是个大头兵。我们不能把她排除在讨论之外吗?"

"很遗憾,不能,"伏尔约娃说,"你所听到的一切都是真的。还有,把这件事继续做下去的话,我们真的会犯下我们任何人所能犯下的最严重的错误。"

佐佑木让自己的座位从赫加齐身边移开,靠近伏尔约娃。"如果你不打算下达攻击命令,至少要把秘藏武器的控制权交给我。"然后他伸出一只手,示意伏尔约娃解下手环递过来。

"我认为你应该照他说的做，"赫加齐说，"否则你可能会很不好受的。"

"对此我毫不怀疑。"伏尔约娃说。她飞快地把手环从自己手上掰了下来。"它对你完全没有用，佐佑木。秘藏武器只听我和鼠利的。"

"把手环给我。"

"我要警告你，你会后悔的。"

但她还是把手环递了过去。佐佑木一把抓住它，就好像抓过一个珍贵的金质护身符。他略为把玩了一下，然后就把手环扣到了自己手腕上。他看着上面的小显示屏重新点亮，刚才系在伏尔约娃手腕上时闪过的同样的图表数据满布其中。

"我是三人团首席佐佑木，"他每说一个字都会舔下嘴唇，像是在品味着手中的力量，"我不确定目前所需的确切协议，所以我要求你配合。但总之我想让那六件部署好的秘藏武器开始——"

佐佑木话说到一半忽然停住了。他低头看着自己的手腕，脸上起初满是困惑，然后不久就变得近乎恐惧。

"你这狡猾的老东西，"赫加齐惊叹道，"我猜到你可能会耍弄诡计，但我从未想到你会把它摊到明面上老老实实说出来。"

"我是个非常拘谨的老实人。"伏尔约娃说。

佐佑木的脸上现在满是僵硬的痛苦表情，不断收紧的手环已经明显地切进了他的手腕里。他那只被紧锁的手此刻五指大张，一片惨白，毫无血色，跟白蜡似的。他果敢地用那只自由的手抓住了手环，但伏尔约娃能看出，这是徒劳的。卡扣现在已经牢牢封死，随着手环中的记忆塑料聚合链缠绕得越来越紧，接下来只会是个痛苦而缓慢的截肢过程。从被他戴到手腕上的那一刻起，手环就知道他的DNA不正确，与伏尔约娃的DNA序列不匹配。但直到他试图发出命令时，手环才开始收紧。伏尔约娃觉得，这代表着她对敌人还抱有几分仁慈。

"让它停下，"佐佑木挣扎着说，"让它停下……你这个该死的女人……拜托……"

伏尔约娃估计，在手环切下他那只手之前，他还剩下一两分钟的时间。过了这一两分钟之后，房间里最响亮的声音将会是骨头的碎裂声——只要它能盖过佐佑木的悲号。

"这么无礼是行不通的，"她说，"哪有你这样求人的？你应该知道现在是该有些礼貌的时候才对。"

"别说了，"帕斯卡尔说，"我求你了，拜托了，不管发生了什么，都不值得这样……"

伏尔约娃耸了耸肩，对赫加齐说："你不妨把它弄下来，伙计，赶在它搞得太过血腥之前。我相信你有自己的手段。"

赫加齐举起自己的一只钢爪打量了下，仿佛要让自己确信这双手已经不再是血肉组成的。

"快！"佐佑木尖叫起来，"把它给我弄掉！"

赫加齐把他的座椅定位在另一名三人团成员身边，开始工作。这过程给佐佑木带来的痛苦似乎反而比手环的紧缩造成的更多。

西尔维斯特什么也没说。

赫加齐把手环弄开了。当他完成时，他的金属义手上已经沾满了人类的鲜血。手环的残余部分从他的铁指上落下，坠到下方二十米处的甲板上。

整个过程中一直在呻吟的佐佑木嫌恶地看着自己惨遭破坏的手腕。他的手还在，但骨头和肌腱都狰狞地暴露在外面，红色的血珠抽动着涌出，化作一条细细的猩红长绳，隐隐约约一直连到甲板上。他将疼痛不已的残肢压向自己的腹部，试图止住失血。最后，他终于不再发出任何声音。沉默了一阵之后，他那张苍白的面孔转向伏尔约娃，张开了嘴。

"你会为此付出代价的，"他说，"我发誓。"

就在这时，鸢利进入了舰桥，开枪射击。

当然了，扈利一直都会在心里预定一个作战计划，虽然并不是十分详细。但当她开始计划的第一步，冲进船舱之后，她一眼就看到了那些血，然后她没有花时间对自己的计划做出最后一刻的精心修正。相反，她决定立刻开始朝天花板射击，直到引来所有人的注意。

这并没有花费很长时间。

她给自己选择的武器是等离子步枪，输出当量设置到了最低档，并关闭了速射模式，因此她不得不每射出一记脉冲就扣一次扳机。第一枪在天花板上咬出了一个一米宽的坑，导致包材被炸成一堆锯齿状的灼热碎片如雨点般落下。由于担心直接炸穿舱壁，她下一记脉冲就往左偏了点，再一枪则靠右一点。其中一块碎片撞到了全息投影球上，发光的球体一瞬间出现了闪烁和扭曲，然后又恢复了稳定。由于已经相当彻底地宣示了自己的存在，她关闭了步枪电源，并把它甩回到自己肩头后面。显然伏尔约娃已经预料到了扈利的下一步行动：她让自己的座椅朝着扈利斜飞过去。当两人相距不到五米时，扈利将一把轻型武器扔给了她——她在战档库墙上找到的针弹枪。"这把是给帕斯卡尔的。"她边说边把低当量波束枪也跟着丢了过去。伏尔约娃老练地抓住两把武器，并迅速将属于帕斯卡尔的武器递给了她本人。

扈利此时已经完全掌握了室内的状况。她观察出，那阵现在已经停下的血雨应该是来自佐佑木的。他看起来情况很糟糕，一只胳膊抱在身前，似乎是手断了，或者是遭到了痛击。

"伊利亚，"扈利说，"你没等我来就开始自得其乐了啊。我很失望。"

"局势所迫。"伏尔约娃说。

扈利看了看显示，想要弄清楚飞船之外发生的状况。"那些武器开火了吗？"

"没有。我从未下达开火命令。"

"而现在她也下不了命令了，"西尔维斯特说，"赫加齐刚刚摧毁了她的手环。"

"这是否意味着他站到我们这边了？"

"不,"伏尔约娃说,"只是意味着他受不了见血。尤其那血来自佐佑木。"

"他需要急救,"帕斯卡尔说,"看在上帝的分上,你不能就这样让他流血致死。"

"他不会死的,"伏尔约娃说,"他跟赫加齐一样是嵌合体,只是看着没那么明显。他血液中的机械药将以极高的速度启动细胞修复。即使手环把他的手整个卸掉,他也会再长出一只来。我说得没错吧,佐佑木?"

佐佑木看着伏尔约娃,神情虚弱无力,看起来他想长出一片新的指甲都很困难,更不用说一只新的手了。但最终他点了点头。

"还是得有人帮忙送我去医务室——我的机械药没有那么神奇,也不是万能的。请相信我,我的疼痛感受器还在,并且运转正常。"

"他是对的,"赫加齐说,"你不应该高估他体内机械药的能力。你是想让他死还是不想?你最好现在就决定。我可以把他送到医务室去。"

"并且中途顺便到战档库逛逛?"伏尔约娃摇了摇头,"谢了,但还是免了吧。"

"那就我去吧,"西尔维斯特说,"我带他去。对我你还是可以有这点信任的,对吗?"

"我对你的信任和我能给你的唾弃差不多一样多,猪猡,"伏尔约娃说,"但即使你到了战档库里头,你也不知道能做什么。至于佐佑木,他现在的状态也给不出任何太有说服力的建议。"

"这是在说你同意了吗?"

"快去快回,丹。"伏尔约娃把针弹枪的枪口往前一戳,以示强调。她的手指紧扣着扳机。"如果你十分钟内不回来,我就派鼠利去找你。"

两个男人不到一分钟就离开了舰桥。佐佑木几乎是瘫在西尔维斯特身上,没有对方的支撑他很难走动。鼠利有些好奇,等被送到医务室时,佐佑木是否还能有意识?然后她发现自己对此并不是特别关心。

"说到战档库,"她说,"我认为你不必太担心别人利用它。我一拿到想要的东西,就把那片该死的区域给打了个稀巴烂。"

伏尔约娃琢磨了一下，然后点了点头表示赞许。"很合理的战术思考，扈利。"

"跟战术无关。是管理那片区域的那个虚拟人。我只是下定决心，一定要开火把那个浑蛋给烧死。"

"这是否意味着我们已经取得了胜利？"帕斯卡尔问道，"我的意思是，我们是否已经实现了我们想要达到的目标？"

"我猜是这样，"扈利说，"佐佑木已经出局了，我不认为我们的朋友赫加齐会让自己惹上太多的麻烦。而且，看起来你丈夫也不会遵守他的诺言——如果他得不到他想要的东西，就杀死我们所有人。"

"这还真是让人失望啊。"赫加齐说道。

"我跟你说过的，"帕斯卡尔说，"他一直都是在虚张声势。那么，事情结束了？我们现在还可以召回那些武器，没错吧？"她看着伏尔约娃，后者立即点了点头。

"当然可以。"然后她把手伸进外套里，啪的一下将一个新手环扣在手腕上，动作流畅得仿佛这是件天经地义的事情，"你认为我会愚蠢到不随身携带一份备用的吗？"

"你当然不会，伊利亚。"扈利说。

她把手环举到嘴边，对着它说话：发出一连串咒语般繁复的命令，绕过各种级别的安全措施。最后，当所有人的注意力都聚集到这圆环上之时，她说道："所有秘藏武器返回飞船。重复，所有秘藏武器返回飞船。"

但什么也没有发生。在预期中光程带来的那几秒时间差过去之后，还是什么都没有发生。只有一个变化除外：代表秘藏武器的那些图标从黑色变成了红色，并开始了不祥的有规律的闪烁。

"伊利亚，"扈利说，"这到底意味着什么？"

"这意味着它们正在暖机，准备开火，"伏尔约娃的语气非常平静，就好像她对此毫不惊讶，"这意味着，某些糟糕透顶的事情马上就要发生。"

第二十八章

2566 年，孔雀六日球层顶，刻耳柏洛斯/哈迪斯空域

她再次失去了控制权。

伏尔约娃无助地看着那些秘藏武器向刻耳柏洛斯开火。当然，首先抵达目标的是那些波束武器，回报的第一个迹象是一束蓝白色的火花，在荒芜的灰色星球背景上闪动，精确地位于不久之后桥头堡将与地面接触的那个点。相对论速度实弹武器只是稍稍慢了一点点，几秒钟后它们成功的消息就传了过来。射出的弹丸如雨点般落地，带着中子态物质和反物质的弹头撞向行星，断断续续激起阵阵壮观的脉冲喷泉。在这期间，她一直在冲着手环大声叫喊，重复着解除武装的命令，但她对自己可能影响到那些武器却越来越不抱指望。某一个愚不可及的瞬间，她觉得是换上的手环有问题，但那些武器现在自主行事的原因当然不可能是这个。它们开火有着明确的目的，就像它们无视她返回飞船的命令一样。

因为有某人——或是某个东西——正控制着它们。

"发生了什么？"帕斯卡尔问道。从她的语调可以听出，其实她并不真指望会听到个可以接受的答案。

"一定是盗日者。"伏尔约娃说。她对将武器恢复到自己控制下已经完全不抱希望，最终放弃了手环。"因为不可能是鼠利的大小姐。即使她仍有能力影响秘藏武器，她也只会尽一切努力来阻止这一切。"

"盗日者肯定是把自己的一部分留在了火控系统当中。"鼠利说。她说完似乎就有些后悔，骤然间就安静下来，过了一会儿才继续说话。"我的意思是，我们其实早就知道他能控制火控系统——这就是为什么大小姐之前想用那件武器杀死西尔维斯特时，他可以加以抵制。"

"但控制得这么精准？"伏尔约娃摇了摇头，"我对秘藏武器的命令并非都是通过火控系统转达的。我知道那样做的话风险太大。"

"你是在说，即便那些走其他线路的命令也不起作用？"

"看起来就是这样。"

显示球上现在的图像中，那些武器已经耗尽了能量和弹药，停止了攻击，朝着哈迪斯周围的空闲轨道飘去。它们将在那里停留数百万年，直到被随机的引力扰动扫入别的轨道，然后它们或许会砸向刻耳柏洛斯，或许会被甩到特洛伊点，接下来哪怕孔雀六变成红巨星，走入死亡，它们也还会待在那里。想到这些武器已经无法再使用，不可能会反过来攻击她，伏尔约娃心中略有一丝安慰。但这点好事来得太晚了。对刻耳柏洛斯的破坏已经完成，等桥头堡到达时，已经基本不会遇到什么阻碍了。她现在就可以在显示球中看到它们攻击的形迹：撞击点周围的浮土已化为齑粉，柱状的扬尘朝着太空扶摇直上。

西尔维斯特快到船上的医疗中心时，感觉肩上的佐佑木越来越重了。相对他瘦弱的身形而言，这人似乎太重了。西尔维斯特有些怀疑这是因为他血液中流淌着大量的机械药，它们蛰伏在每一个细胞当中，直到像这样的危机将它们唤醒。佐佑木现在还很热，热得像常人在发烧，这也许证明那些机械药已经进入了紧急高速增殖状态，好建立起应对这种情况的大军。它们正从这个人的"正常"组织中征用分子，直到危险解除。西尔维斯特小心翼翼地窥视了一下这位三人团之首被摧残的手腕，看到那里已经没再流血了，先前可怕的环状伤口现在被包裹在一个膜囊之中。透过这层组织可以看到有片微弱的琥珀色光亮在闪动。

当他走近时，机仆们从医疗中心蜂拥而出，接过了他肩头沉重的担子，把佐佑木抬到了一张诊疗台上。这帮机器人在他身上忙活了几分钟，一堆监测仪器斜悬在上方，像天鹅颈般弯来绕去，多种不同的神经监测仪轻柔地落定在他的头皮上。这帮家伙似乎并不太关心他的伤口。也许医疗系统那边已经与他的那些机械药进行了沟通，在这个阶段没有必要进一步实施干预。西尔维斯特观察到，尽管很虚弱，但佐佑木仍然有意识。

"你压根不该相信伏尔约娃，"他愤怒地说道，"现在一切都完了，就因为她掌控着太大的职权。那是个致命的错误，佐佑木。"

佐佑木的声音几不可闻。"我们当然相信她。她是我们中的一员，你这个傻瓜！她是三人团的一员！"然后他又用低沉沙哑的声音问了一句，"你对鼠利有多少了解？"

"她是个渗透者，"西尔维斯特说，"被送上这艘飞船来找到我，并杀死我。"

佐佑木反应平淡，就像这对话只是在稍做消遣。"这就是全部了？"

"我能确定的只有这么多。我不知道是谁派她来的，也不知道为什么。但她有一通荒谬的理由，而伏尔约娃和我的妻子似乎把这些理由当成了不折不扣的事实。"

"还没完呢。"佐佑木说，他的眼睛睁得很大，镶着黄色的边。

"你在说什么？什么还没完？"

"我只知道，"佐佑木说到这里闭上眼睛，放松身子，躺回诊疗台上，"所有的事情都还没完呢。"

"他会活下来的。"进入舰桥的西尔维斯特说话时显然对刚刚发生的那些事一无所知。

他环顾四周,伏尔约娃可以想象得到他心中的困惑。从表面上看,他送佐佑木到医务室回来的这段时间里没什么变化——还是那些人,拿着的还是那些枪,但气氛却发生了巨大的转变。例如,赫加齐尽管被扈利用针弹枪的枪口指着,但他脸上并没有挂着属于战败者的表情。但他看起来也没有多少欢欣鼓舞。

伏尔约娃心想:现在事情已经脱离了我们所有人的控制,而且赫加齐也明白这点。

"出问题了,对不对?"西尔维斯特说。他这时已经看到了显示球上刻耳柏洛斯的景象,它破裂的外壳正在散入太空。"你的武器居然真的开火了,就像我们希望的那样。"

"很遗憾,"伏尔约娃摇了摇头,"这不关我的事。"

"你最好相信她的话,"帕斯卡尔说,"不管这里发生了什么,反正我们可不想参与其中。这事情超出了我们的能力范围,丹。至少,超出了你的能力范围,尽管你可能很难相信这点。"

他满脸不屑。"你还没有意识到吗?事情像这样发展正是伏尔约娃所期望的。"

"你疯了。"伏尔约娃说。

"现在你得到了想要的机会,"西尔维斯特说,"你可以看到你的行星贯穿器真正使用,同时又在最后一刻恰好展现了一通你的谨慎,虽然没有成功,但你的良心得到了拯救。"他鼓了两下掌,"不,说实话,我是真的大为钦佩。"

"你是真的在自寻死路。"伏尔约娃说。

虽然她厌恶这男人竟然说出那样的话,可同时她又无法轻易对那些话加以全盘否定。她愿意在自己的能力范围内做任何事情,只要能阻止武器完成他们的任务——见鬼,她已经做完了自己能力范围内的一切,但全都于事无补。即使她没有下达让它们离开飞船的命令,盗日者也肯定会另外找到办法的。她对此十分肯定。但现在，在攻击已经发动之后，她满心只剩下一种听天由命的好奇态度。桥头堡将按计划抵达地面，除非她能找到办法阻止。而到目前为止，她已经试过了所能想到的一切办法。因此，由于没有办法阻止它的发生，她有几分超然地开始期待这一事件的发生。不仅好奇可以从中了解到什么，而且好奇她的孩子将如何经受眼前的考验。她知道，无论发生什么——无论后果有多么可怖——那都必然会成为她所见识到的最迷人的景象。或许同时也是最可怕的。

现在除了等待，已然无事可做。

时间走得不紧也不慢，因为她对即将发生的事件既害怕又渴望。在刻耳柏洛斯上空一千千米处，桥头堡开始进入最后制动阶段。两台联合体引擎的光芒犹如一双微型太阳，在刻耳柏洛斯上空煌煌照耀，闪动间把下面的地貌照得异常清晰，环形山和沟壑显得异常夸张突兀。刹那之间，在那冷酷的强光之下，这世界真的一望可知其必属人工制造，似乎它的制造者们拼命要让刻耳柏洛斯看起来像是确实经历了亿万年的陨石袭击所致的风化作用，结果努力过了头。

在她的手环上，现在可以看到散布在桥头堡侧面周边的俯视摄像头拍下的照片。四千米长的锥体上每隔一百米就有一圈摄像头，因此不管它钻了多深，地壳层的上方和下方都总有些摄像头在。她现在看到了那层地壳内部，透过秘藏武器打开的、仍未愈合的伤口。

西尔维斯特没说谎。

下面确实有东西。巨大的管状有机体，犹如群蛇。秘藏武器攻击的余热现在已经消散了，虽然洞口仍然在冒出一团团灰色的烟雾，但伏尔约娃怀疑这些主要是来自烧着的机器，而不是灼沸的地壳物质。没有任何一根蛇形管在动，它们银色的环节表面损毁严重，到处都是黑色的灼伤和上百米宽的气孔，内部无数小一点的"蛇"从气孔里喷涌而出。

伏尔约娃已经伤到了刻耳柏洛斯。

她不知道这算是个致命的伤口，还是几天内就会愈合的擦伤，但她确实已经伤到了它。意识到这一点让她瑟瑟发抖。她伤害了这么个外星怪物。

不过很快，这个外星怪物就发动了反击。

那一刻她被吓了一跳，尽管她对此早有预料——从理智上而不是情感上。事情发生在桥头堡距离地面两千米——它本身长度的一半的位置。

事件的发生迅速得几乎让人难以把握。地壳在转瞬之间以惊人的速度发生了变化。上面形成了一系列灰色的凹痕，集聚在一千米宽的伤口周围，凹痕上鼓起了"水泡"，像是石头上长了脓疱。几乎就在伏尔约娃注意到它们存在的同时，这些脓疱就爆开了，释放出无数闪光的孢子，那些银色的小亮点像一群萤火虫般涌向桥头堡。她不知道它们是什么——是裸露的反物质芯片、微小的弹头、病毒胶囊还是小型火炮阵列，她都无从得知——只知道它们打算伤害她的作品。

"快啊，"她低声说，"快啊……"

她的作品没有让她失望。也许，从某种意义上而言，如果她的武器在那一刻遭到摧毁倒更好；但那样她就会失去看到它做出反应，而且完全是像她所期望的那样做出高效反应时的兴奋。桥头堡圆锥体外缘的武器骤然活跃起来，开始对每个亮点进行追踪，许多亮点还没来得及接触到这件锥形武器的超金刚石外壳就被激光或是玻色粒子束击中了。

桥头堡现在加快了速度，在三分之一分钟内走完了最后两千米路程。破口周围的外壳在不断起泡并释放出亮点，但桥头堡抵挡住了这些攻击。少数闪光的孢子撞到了武器的外壳上，在撞击部位发出短暂的粉红色光芒，留下了若干弹坑，但桥头堡仍保持完整，性能未受影响。尖针状的顶端已经推到了地壳下面，准确地定位在破口正中央。

几秒钟过去，然后武器的柄开始扩大，切削周围参差不齐的内缘。地面开始破裂，残破的管线四散迸飞。那种水泡仍在不断冒出来，但现在出现在距离破口径向更远的位置，似乎在这附近一圈内制造它们的潜在机构已经全都损耗掉了。桥头堡现在已经深入刻耳柏洛斯数百米，一圈圈冲击波从进入点产生，沿着武器的径向迅速向上传播。伏尔约娃集成到超金刚石中的那些压电晶体缓冲层会削弱这些冲击，将它们的能量转化为热能，然后输送给防御火力。

"告诉我,我们占上风了吧,"西尔维斯特说,"看在上帝的分上,告诉我,我们要赢了!"

她飞快地阅读着手环上蜂拥而出的详细统计数据。在这一刻,他们之间不再有敌意,只有共同的好奇心。"我们正在进行仿形切削,"她说,"……武器现已钻入一千米,保持稳定的下降速度,每九十秒下降一千米。推力水平增加到最大,这一定意味着它遇到了机械阻力……"

"它正在通过的是什么?"

"说不好,"她说,"按照艾丽西娅的数据,这层假地壳厚度不超过五百米,但这件武器外皮上几乎没有传感器——在遭遇电子模式的攻击时,这会成为薄弱环节。"

投影中显示着飞船摄像机转来的图像,那看上去犹如一件抽象雕塑作品:一个被拦腰切断的圆锥体,顶头最窄的端面搁在一片粗糙的灰色表面上。周围的地表正上演着磨人的画面,水泡随机地朝着各个方向喷出孢子,好像它们的目标定位机制出了问题。这件武器此时在减速了,虽然这一幕播放的时候是完全没有声音的,但伏尔约娃可以想象得出切削时那可怕的摩擦。她可以想象得到,如果有传递声音的空气,那巨大的刮擦声听起来会无比刺耳,那咆哮声将足以把人震聋。这时,手环告诉她,武器尖端前的压力急剧下降,似乎是终于完全刺穿了地壳,现在正探入下面相对空洞的区域——那群蛇的王国。

它还在减速。

骷髅头和交叉腿骨的符号在手环上舞动,标志着桥头堡开始遭到分子级纳米武器的攻击。伏尔约娃对此早有预料。抗体应该正在从外壳中渗出,迎上外星攻击者们,与之交锋。

它还在减速……现在停了下来。

现在桥头堡已经抵达了他们要去的深度。圆锥体有一又三分之一千米的部分仍然突出在刻耳柏洛斯破裂的地表之上,看起来就像个头重脚轻的圆柱状要塞。它周围的武器仍在向地壳上的反制机构开火,但现在那些释放孢子的地方远在几十千米开外,显然无法构成直接威胁,除非地壳有能力不可思议地快速再生。

桥头堡现在将开始锚定自己的位置，巩固已经取得的战果，分析正被用来对付它的分子级纳米武器的结构，设计出与之精确匹配的对抗战术。

它没有让伏尔约娃失望。

她把自己的沙发转过去，面朝其他人。这时她才注意到，自己一只手里仍然紧紧攥着针弹枪——她已经很多年没有这样了。

"我们到了。"她说。

这看起来像一堂众神的生物课。或者像是一幅截图，来自某种特殊的色情片——如果星球有生命，它们可能会喜欢的那种。

在武器锚定位置后的几个小时里，扈利一直在与伏尔约娃密切沟通，审视着这场看似温暾的战斗不断变化的战局。两个主角的几何形状让她联想起了一颗圆锥形病毒，在忙着侵蚀比它巨大得多的球形细胞，对比之下前者显得格外渺小。然而，她必须不断提醒自己，即使是那个微不足道的圆锥体也有一座山那么大。"细胞"则是一整个行星。

现在表面上似乎无事发生，但这只是因为冲突主要在分子层面上进行，二者之间的战线是看不见的，近乎具备分形特征，延展到数十平方千米的面积上。起初，刻耳柏洛斯试图用高熵武器击退入侵者，将敌人降解为几百万吨的原子尘埃，但没有成功。现在它的战术已经演进成了某种消化过程。它仍然试图将敌人分解为一个个原子，但做起来有条不紊，就像是个孩子，没有把一个复杂的玩具砸成碎片，而是选择把它逐渐拆解，勤勤恳恳地把每个部件放到指定的隔间里，以便将来可以把材料复用于某些项目上，哪怕那些项目如今连梦想都还算不上。说到底，这是合乎逻辑的。星球上几立方千米的体积被秘藏武器消灭了，而伏尔约娃这件武器的各种组成元素和同位素比例很可能和被摧毁的那些物质大体相同。眼前的敌人可以成为一个巨大的材料库，使刻耳柏洛斯避免在修复过程中消耗自己的有限资源。也许它一直都在寻找像这样的矿脉，以修复千万年来陨石撞击和宇宙射线持续轰击烧蚀而不可避免地带来的损害。

第二十八章

也许它袭击艾丽西娅·西尔维斯特的第一个探测器更多是因为它饿了,而不是出于保护自己秘密的错误认知:就像维纳斯捕蝇草一样,出于盲目的刺激而行动,并没有考虑将来。

但伏尔约娃的武器可没被设计成会不做挣扎就乖乖被消化掉的模式。

"看啊,刻耳柏洛斯正向我们学习呢。"她坐在舰桥里的座位上,边说边勾勒出几十种不同组件的结构图——那个星球正用这些组件构成分子纳米兵器,向桥头堡发动攻击。她所展示的东西看起来活像是一页昆虫学教科书,上面是一系列高度特化的金属小虫,其中一些是分解者:阿玛兰汀人防御系统的第一线。这些虫子会对桥头堡的表面进行物理攻击,用它们的原子操纵器扯断化学键,让原子和分子脱离原位。它们还负责与伏尔约娃这边的第一线部队进行贴身搏斗。它们成功夺取的物质会被传回到白刃战战线后面,交给那里体积大些的虫子。这些单位像不知疲倦的书记员一样,对收到的一批批物质进行分类和排序。如果该物质结构简单,比如说是单一的均质铁块或碳块,它们就会将其打上回收标签,接着传给更后方更胖些的工厂虫,后者一直在按照自己内置的模板制造出更多的虫子。如果某种物质的内部组织算得上具有复杂结构,它们就不会被立即回收,而是被传递给另外的虫子,那些小虫会拆解这些物质块,试图找出其中是否蕴含着某种有用的法则。如果是的话,它们就会学习这些法则,按自己的情况将其优化,然后传递给工厂虫。这样一来,下一代的小虫就会比上一代更先进一些。"向我们学习,"伏尔约娃再次说道,似乎这情况让她颇为不安的同时,也让她倍感光荣,"解读我们的反制措施,并将其设计理念整合到它自己的部队中。"

"你不用把这话说得这么喜气洋洋吧。"扈利正在吃一只船上种出来的苹果。

"但又有何不可呢?这真是个精妙的系统。当然,我也可以向它学习,但这不是一回事。下面发生的事情有条不紊,永无止境,而这一切的背后没有哪怕一星半点的智能。"

她说话的语气带着深深的敬畏。

"是啊，令人印象深刻，"扈利说，"盲目的复制——没有任何聪明智慧，但由于同时发生在十几亿个地方，它们靠着纯粹的数量优势战胜了我们。将要发生的不就是这么回事吗？你会坐在这里绞尽脑汁，但对结果还是没有半点影响。迟早你的每个招数都会被它们学过去。"

"但暂且还不会。"伏尔约娃朝示意图偏了偏脑袋，"你认为我会蠢到上来就用我们手头最先进的反制措施打过去？你在战争中也不会这样做的，扈利。除了绝对有必要的部分之外，你永远不会付出过多的精力——或是智力——去对付敌人，就像你在扑克游戏中永远不会先丢出自己手上最好的牌一样。你要等待，直到赌注证明它是合理的。"然后她解释说，她的武器目前部署的反制措施实际上是非常古老的，也不是特别尖端。她从战档库的全息分布式数据库的古老条目中翻出了它们，略加损益。"落后于当代大约三百年。"她最后说。

"但刻耳柏洛斯正在赶上来。"

"很对，但这种技术进步的速率实际上相当稳定，可能是因为我们的机密仅仅是在不经思考地被使用。没有直觉式跳跃的可能，所以阿玛兰汀人系统的演进是线性的。就像有人试图通过纯粹的暴力运算破解密码。也正因为如此，我可以相当精确地知道它们要花多长时间才能赶上我们目前的水平。目前，每三四小时的飞船时间里，它们就赶上大约十年的时间差。这意味着，我们在事情变得激动人心之前还有不到一周的时间。"

"现在还不够让人激动？"扈利摇了摇头，感觉自己对伏尔约娃还有太多不解，这不是第一次了，"说起来这些升级是如何运行的？你的武器是否携带了一份战档库的档案副本？"

"没有，太危险了。"

"是啊，这就像把一个随身携带你手头所有机密的士兵送到敌后。你是怎么做的？只在需要时才把机密情报传送到桥头堡上？那不是同样危险吗？"

"就是这么做的，但这样做比你想象的要安全得多。传输是用一次性密码加密的。这是一串随机产生的数字，它规定了对原本信号中每一个比特所做出的改变，是给它加一个0还是加一个1。在你用密码对信号加密后，如果没有对应的密码本，敌人是不可能恢复其含义的。当然，桥头堡里得留有一份，但它携带的副本被储存在内部深处，在几十米的坚硬钻石之内，与汇编控制系统之间通过超安全光学链路连接。只有在武器受到重创的情况下，密码本才有可能被俘获——在这种情况下，我会避免传输任何东西。"

扈利把苹果吃得只剩下了无籽的果核。"所以还有个办法。"她又思考了片刻之后说道。

"做什么的办法？"

"结束这一切的办法。我们想要结束这一切，不是吗？"

"你不觉得现在木已成舟了吗？"

"我们无法确定，但如果事情还没有到那步呢？毕竟到目前为止，我们所看到的只是一层伪装，下面是一层用于保护伪装的防御机构。是的，这很惊人，而且它是外星技术的产物，仅仅这一事实就意味着我们多半可以从它身上学到些什么；但我们仍然不知道它在掩盖着的是什么。"她重重地拍了一下椅子，得意地看到伏尔约娃打了个激灵，"我们还没有碰触到这个层面，甚至完全没有瞥见——我们也不会，除非西尔维斯特真的跑下去了。"

"我们会阻止他离船的。"伏尔约娃拍了拍塞在自己腰带里的针弹枪，"现在控制这里的是我们。"

"哪怕冒着他会触发眼睛里的东西，杀掉我们所有人的风险？"

"帕斯卡尔说那是个骗局。"

"是的，而且我敢确定，她的确相信如此。"扈利不需要再多说什么。伏尔约娃慢慢地点了点头，从那样子就可以看出她已经心领神会。"有一个更好的办法，"扈利继续说道，"如果西尔维斯特想离船，那就让他去好了，但我们会保证，他绝对别想轻易进去。"

"你的意思是……"

"就算你不乐意我也要说。我们必须让它去死，伏尔约娃。我们必须让刻耳柏洛斯取得胜利。"

第二十九章

2566 年，孔雀六日球层顶，刻耳柏洛斯 / 哈迪斯空域

"我们已知的，"西尔维斯特说，"是伏尔约娃的武器已经抵达了这个星球的外皮之下，大概是进入了我在第一次探索中所看到的那些机器占据的层面。"

桥头堡已经停下来十五个小时了，在此期间伏尔约娃什么也没做，至今都拒绝派出她的第一个间谍机器人。

"看起来那些机器是专门用于维护地壳的。在地壳被刺破时将其修复，维持逼真的假象，并在有机会时收集原材料。同时还是第一道防线。"

"但再下面是什么？"帕斯卡尔说道，"在被袭击的时候我们看不清那片黑暗，而且我不认为这些东西仅仅是在基岩上筑巢。这层机械化的外墙下面也不会有真正的岩石星球。"

"我们很快就会知道的。"伏尔约娃紧闭双眼说道。

她的间谍机器人简单得简直可笑，甚至比西尔维斯特和加尔文最初对船长使用的机器人还要粗糙。这源于她的一个理念——不要让刻耳柏洛斯看到任何复杂程度超出手头任务绝对需求的技术。这种无人机能够由桥头堡大量制造,依靠挥霍资源来缓解它们普遍缺乏智能的问题。每台无人机只有拳头大小,配有刚好能让它们独立运动的肢体、刚好能让它们的存在有意义的眼睛。它们没有脑子,甚至没有上千个单元的简单神经网络,甚至没有让普通昆虫看起来很聪明的大脑袋。相反,它们有很多小型喷丝头,从里面挤出带鞘的光学纤维。这些无人机由她的桥头堡操作,所有的命令和它们看到的一切都通过光缆来回传输,应用量子技术保证私密性。

"我想,我们会找到另一层自动化机械,"西尔维斯特说,"也许是另一层防御措施。但下面必然会有值得保护的东西。"

"是吗?"扈利问道。自从这次会议召开以来,她一直用自己那把看起来就很凶恶的等离子步枪指着西尔维斯特。"你是不是又在做些无端的假设了?你说得就好像那里有什么珍贵的东西,我们油乎乎的手指不配染指这些宝藏,伪装的全部目的就在于此,把我们这些猴子拒于门外。但如果事情根本不是那样呢?如果里面是某种有害物体呢?"

帕斯卡尔说了声:"她可能是对的。"

西尔维斯特凝视着那把枪。

"你不该自以为是地想象有什么可能性是我没有考虑过的。"他说话的时候并没有在意扈利和他的妻子会认为这句话针对的是谁。

"我可不会发这种大梦。"扈利说道。

第一架间谍无人机松开线缆,从开口处落入地壳下又过了九十分钟,西尔维斯特第一次看到了等待着他的东西。起初他完全不明白自己看到的是什么。巨大的蛇形物体——已经损坏,照他看来,已经死亡——矗立在无人机上方,宛如陨落神祇的肢体上,杂乱无章地纠结在一起。这些巨大的机器有多少功能已无从揣测,不过似乎最主要的功能就是保护上面的地壳,而且那些分子机器也可能原先是在它们内部,在被激活后才释放出去攻击外来者。当然,地壳本身也是一种机器，但受到了必须看起来像是行星的约束。这些巨蛇不受这种限制。

这里没有他所期待的那么黑暗，尽管现在没有光线从伤口处流过，伤口被入侵的武器堵得严严实实。相反，蛇本身似乎散发着银色的光芒，就像是些闪动磷光的深海生物内脏，里面的夜光细菌向外放射光芒。他不知道这种光是否有功用，如果有的话他也完全无从揣测。或许这是个阿玛兰汀纳米技术中不可避免的副产品。总之，这里人们可以看到几十千米开外，一直到上层地壳的天花板向下弯曲，与群蛇盘踞的下层地平线相接之处。有些像是长着瘤子和根须的树干的东西支撑着天花板，互相之间的间隔并不规则。他仿佛在月光下凝视着丛林深处，无法窥见天空，地面也难以瞥见，因为树丛是如此茂密。树干的根部反复相互纠缠，最终互相交织的根系化作一片石墨色的基底。也就是地面。

"我真想知道我们在那下面会发现什么。"西尔维斯特说道。

伏尔约娃考虑着杀婴问题。这是无法回避的。通过拒绝向桥头堡提供它所需要的信息，让它无法继续演化出反制措施来对付刻耳柏洛斯正在部署的武器，她正将这孩子脖子上的绞索慢慢收紧。没有来自飞船的必要更新信息，桥头堡就无法修订核心的分子纳米武器模板。它们将继续原地发呆，只能生成已经过时两个多世纪的孢子，无法阻挡外星防御系统展开它那冷酷而愚蠢的前进步伐。她奇妙而残酷的创造，将被消化到不剩一个可用的原子。它的残骸将被分散到整个地壳基质中，在那里完全服务于另外的功能，持续悠悠不尽的亿万长年。

但她必须要这么做。

扈利是对的。破坏桥头堡是现在剩下的唯一能影响局势的途径。她们甚至无法直接破坏那件武器，因为秘藏室现在处于盗日者的管辖之下。他将阻止任何这样的企图。所以剩下的办法只有中断信息补给，让这武器慢慢饿死。

最为残忍的办法。

虽然其他人都看不到，但她手环上的显示屏正频繁跳出桥头堡要求补充数据的提示。一小时前，当预定的更新没有到达时，那武器已经注意到了这种遗漏。第一次询问只是技术性的，检查通信光束是否仍然连通。随后这件武器变得更加急迫，采用了不失礼貌的强调语气。现在它的外交辞令越来越少，就像这机器正在闹脾气一样。

目前它还没有受到伤害，因为刻耳柏洛斯的系统还没有压倒它的反击能力，但它正越来越激动不安，甚至在通知伏尔约娃，按照目前的对抗升级速度，它还剩下多少分钟。没有多少了。在不到两个小时的时间里，刻耳柏洛斯将赶上它，此后它的命运将仅仅是一个对立力量大小的问题。刻耳柏洛斯会赢，就像数学法则般确定无疑。

快点死吧。伏尔约娃在心中想道。

但就在她的脑海中闪过这个请求的一刻，发生了一件不可能发生的事情。

伏尔约娃脸上仅有的那点镇静神色忽然间也完全垮掉了。

"怎么了？"扈利说，"你看起来就好像是见了……"

"我确实见了鬼了，"她答道，"我是说，看到了一个幽灵，他叫盗日者。"

"发生了什么？"西尔维斯特问道。

她抬起头不再盯着手环，一副惊掉下巴的样子。"他刚刚恢复了对桥头堡的信息传输。"她的目光又回到了手环上，似乎希望自己刚才在上面看到的只是幻觉。但从她的表情中可以看出，她看到的那不祥之兆依旧存在，在那里等着她去解读。

"首先必须恢复的是什么？"西尔维斯特问道，"我希望你来告诉我。"

扈利紧紧握住等离子步枪温暖的皮革包层。之前的状况就一直令她感到不适，但现在，她觉得自己已经处于无尽恐怖的刀口之下了。

"这件武器缺乏识别自己过时部分的协议，"伏尔约娃说到这里，明显在浑身发抖，仿佛在试图摆脱缠身的恶灵，"不……我的意思是……有些事情并不允许这件武器知道，除非它确实需要知道……"她顿了一下，焦急地扫视着周围的船员，不知道自己的话他们听来是否犹如疯言疯语，"不能让它在必须加速进化自己防御系统的那一刻到来之前知道该如何进化，升级的时机至关重要——"

"你是想饿死它。"西尔维斯特说。旁边的赫加齐什么也没说，只是微不可察地点了点头表示认同他的说法，活像个在做出裁决的暴君。

"不，我……"

"不要道歉，"西尔维斯特语气极其坚定，"如果我想要和你做同样的事情——破坏这整个行动，我肯定我自己也会做类似的事情。你选择的时机也同样无懈可击——你一直在等待，直到你心满意足地看到它开始工作，确知你的玩具功能正常。"

"你这个鸟人，"扈利啐了他一口，"你这个自我中心、小肚鸡肠的鸟人。"

"恭喜你，"西尔维斯特说，"现在你居然进步到会用这么高难度的词语了。但你是否乐意别再让那件令人不快的装备指着我的脸，去对着其他的位置？"

"我很乐意，"扈利说话的时候手中的步枪纹丝未动，"只不过我想到的是解剖学上的部位。"

赫加齐转向在场的另一位三人团成员："你可不可以解释一下，现在发生了什么？"

"盗日者一定是控制了飞船的通信系统，"伏尔约娃说，"这是唯一的可能性，也只有这样才能撤销我停止传输信息的指令。"

但就在说这些话时，她也在一直摇头。"这不可能啊。我们明知道他被限制在火控系统中。火控系统和通信系统之间没有物理连接啊。"

"现在肯定有了。"扈利说。

"但如果有的话……"伏尔约娃已经翻出了白眼，在阴暗的舰桥里看上去像是一对明亮的月牙，"在通信系统和船的其他部分之间逻辑上是没有障碍的。如果盗日者真的已经跑到了通信系统中，那就没什么是他无法触及的了。"

好半天都没人说话，似乎每个人都需要些时间才能适应现在的严峻局势，甚至西尔维斯特也一样。扈利试图揣摩他的心思，但即便现在她也没办法知道这男人在多大程度上接受了现实。她怀疑，西尔维斯特依旧把这一切都看作扈利从自己的潜意识中编织出来的偏执狂想，一个后来不知怎么先后感染了伏尔约娃以及帕斯卡尔的幻想。

也许哪怕看到了所有的证据，他的心里也始终会有一部分拒绝相信。

不过，现在有些什么证据呢？除了恢复的信号，以及它所暗示的含义，没有任何证据表明盗日者已经跑到了火控系统之外。但如果他真的已经……

"你，"伏尔约娃的声音打破了沉默，她把自己的枪指向赫加齐，"你这畜生。你肯定参与其中了，不是吗？佐佑木已经出局了，而西尔维斯特缺乏所需的专业知识，所以肯定是你。"

"我不知道你在说什么。"

"协助盗日者。你干了，对不对？"

"控制一下自己，伙计。"

扈利不知道自己现在该把等离子步枪指向哪边。伏尔约娃突如其来的质问，看起来让西尔维斯特和赫加齐同样始料未及，同样震惊不已。

"听我说，"扈利说，"自从我上船以来，这家伙一直都对佐佑木极尽恭维之能事，但这并不意味着他会做出那么愚蠢的事情。"

"我想，我该说声谢谢。"赫加齐说道。

"你还没有摆脱嫌疑，"伏尔约娃说，"在很大程度上还没有。扈利是对的，做出这种事来是一种非常愚蠢的行为。但这并不排除你做出这事的可能。你有足够的专业知识来做这件事。而且你也是个嵌合体——或许盗日者也已经潜入了你体内。在这种情况下，我担心有你在身边太危险了。"

她冲扈利点了点头。"扈利，找间气闸室把他关进去。"

"你们是要杀了我。"赫加齐说道。此时扈利正用等离子步枪的枪管戳着他，沿着淹没的走廊向前走去，那些监察鼠就在他们眼前四散奔逃。"你们就是要这么干吧，对不对？你们要把我丢进太空。"

"她只是想让你待在你无法为患的地方。"扈利说。她没什么心情与她看管的犯人多做交谈。

"不管她怎么想,我确实没做。很遗憾,但我得承认,我真的没有这方面的专业知识。这下你满意了吗?"

现在扈利感觉厌烦了,但她感觉到,只有被对方顶回去,赫加齐才会闭嘴。

"我不确定你有没有做,"她说,"毕竟,如果是你做的,那你在得知伏尔约娃要破坏她的武器之前就得做出安排。不可能是在那之后,你一直都在舰桥里。"

他们已经到达了最近的气闸室。这是个小单元,只够容纳一个穿上空天服的人。门上的控制装置跟飞船这一区域的其他东西一样,也到处都是污垢、腐蚀和奇怪的真菌蔓生。然而它奇迹般地仍然能正常运转。

门嗡嗡打开。"既然你也认为我没能力做出那种事,"赫加齐在被她用枪戳着走进狭窄阴暗的舱室内时问道,"那你为什么还要这样做?"

"因为我讨厌你。"扈利边说边在他眼前关上了舱门。

第三十章

2566年，孔雀六日球层顶，刻耳柏洛斯/哈迪斯空域

等他们终于回到自己的宿舍中，二人独处之际，帕斯卡尔对丈夫说："你不能这样继续下去了，丹。你明白我在说什么吗？"

他累了，他们都累了。但他的思维还在飞驰，他现在感觉最不想做的事就是睡觉。不过如果桥头堡存活的时间足够长，让他能按计划进入刻耳柏洛斯，现在可能是他好好睡会儿的最后机会了，下一觉要再过几十个小时，甚至可能是几天。当他降到这个外星世界地底之际，他需要拥有尽可能敏锐的机能。然而现在，很显然，帕斯卡尔要竭力劝说他改弦易辙。

"现在为时已晚，"他疲惫地说，"我们已经宣示了自己的存在，对刻耳柏洛斯造成了伤害。这星球已经知道了我们的存在，还知道了我们的部分天性。我现在进不进去都没多少差别，唯一不同的是，我会学到更多伏尔约娃那些笨拙的间谍机器人无法告诉我们的东西。"

"你不可能知道下面有什么在等着你,丹。"

"不,我可以。一个问题的答案——阿玛兰汀人遭遇了什么。难道你看不出人类需要获得这些信息吗?"

他看得出,帕斯卡尔就是这样想的,哪怕是在理论空谈的层面也是。但她只是说:"如果正是你现在表现出的这种好奇心,同样给他们带来了灭顶之灾呢?你也看到了劳瑞恩号的下场。"

这让他再次想起了在那次袭击中死去的艾丽西娅。究竟是什么原因让他甚至不愿意抽一点时间,将前妻的尸体从飞船残骸中取出?即使是现在,下令让她和桥头堡一起冲下去的方式,也冷酷得让他自己觉得不寒而栗,仿佛——一瞬间似乎——下达这个命令的不是他,甚至也不是加尔文,而是隐藏在他们两人背后的某个东西。这个念头让他畏缩了,于是他小心仔细地将这个想法彻底粉碎,就像一个人捏碎一只昆虫。

"那我们也就知道了,不是吗?"他说道,"我们最终总会知道。然后即便它杀死了我们,也会有其他人知道发生了什么——在复生星上的某人,或者甚至是另一个太阳系中的人。你要明白,帕斯卡尔,我认为冒这样的风险是值得的。"

"这不仅仅是好奇心的问题,对不对?"帕斯卡尔望着他,显然在期待着某种答案。而他只是回看着她——虽然明知道他那没有焦点的视线有多吓人——直到帕斯卡尔继续往下说。"扈利被派上船来杀死你。她甚至坦承了这件事。伏尔约娃说,派她来的那个人可能是卡琳娜·勒菲弗。"

"这不仅是不可能的,也是对死者的侮辱。"

"但这仍然可能是事实。而且可能不仅仅涉及个人恩怨。毕竟,也许勒菲弗确实是死了,但有东西使用了她的外形,继承了她的身体或者其他的什么——那东西知道你在玩火。至少这种可能性你应该可以接受吧?"

"在拉斯凯尔天幕周围发生的一切,都跟阿玛兰汀人的遭遇无关。"

"见鬼,你怎么能肯定?"

他现在生气了:"因为我去过那里!因为我去了拉斯凯尔去的地方,进入了天启空间。天幕人曾展示给拉斯凯尔的东西,他们也展示给我了。"他用自己的双手握住帕斯卡尔的手,努力让自己的声音平静下来,"他们非常古老,和我们大相径庭,让我不寒而栗。他们触及了我的思维。我看到了他们……他们和阿玛兰汀人完全不一样。"

自从离开复生星后,他第一次回想起他损坏的接触单元擦过天幕的那一瞬间,回想起那可怖的领悟。天幕人古老如化石的思维爬进了他的脑海。充塞着如渊如海知识的一刹那,他感觉拉斯凯尔说的是真的。他们在生物学上或许太过异类,会激发来自本能的嫌恶,他们的形体与人类思维中智慧生物按理应有的相貌相差太远了。但在思维作用的层面上,他们和人类远比那些形状显示的更为亲近。有那么一瞬间,这种怪异的矛盾困扰着他……但这是必然的,如果基本的思维模式并不相似,图式幻戏藻又怎么能把他的思维调整到跟天幕人相似?然后他想起了与他们交流时暗暗涌起的恶心感觉——记忆的洪流淹没了他,而这只是对天幕人厚重历史的惊鸿一瞥。他们曾在比现在要年轻些的银河系中搜寻,猎取和收集其他甚至可能更古老的文明所抛弃的危险玩物,持续了数百万年之久。此刻,那些神奇美妙的宝藏几乎触手可及,就在天幕的薄膜后面……他差一点就混进里面了。然后,他又想起了别的东西……

刹那之间有什么东西豁然开朗,就像窗帘,或者云间的缝隙,那一瞬间如此短暂,在这一刻之前他几乎全然遗忘了。某些存在向他揭示了一些东西,那些东西本该被隐藏——隐藏在层层身份之后。一个早已死去的种族的身份和记忆……被作为伪装披在外头……

而且还有些完全存在于天幕内的东西,其存在完全是为了另一个缘由……

但这段回忆似乎本能地在回避他的追寻,似乎正在溜走,溜到他心智所不能及的地方。最后只留下他和帕斯卡尔在一起,那些疑惑只剩下几分余韵。

"答应我你不会去的。"帕斯卡尔说。

"我们早上再讨论吧。"西尔维斯特说道。

他在宿舍里醒来时,感觉他抓紧时间睡的这一点觉,并不足以清除血液中的疲劳。

有什么东西把他惊醒了,但一时之间他看不到也听不到扰动何在。然后西尔维斯特注意到床头的全息屏正在发出淡淡的光芒,就像一面镜子变成了一片月光。

他动了动身子,激活了链接,十分小心,保证不吵醒帕斯卡尔。其实似乎也并没有这样的危险,她睡得很香。睡觉前他们之间的讨论似乎给予了她所需的精神上的平静。

佐佑木的脸出现在全息屏幕上,他背后是诊所的设备。"你一个人吗?"他轻声问道。

"我妻子也在这儿,"西尔维斯特悄声说道,"她睡着了。"

"那我就长话短说。"佐佑木举起他那只受伤的手查看了一下,可以看到他的伤口现在已经填满了闪亮的覆膜,他的手腕大致恢复了正常的轮廓,虽然皮下那些勤勤恳恳的小机器还在透出光芒,"我已经恢复到可以离开这里了。但我无意复制赫加齐现在的困境。"

"那你可有麻烦了。所有的武器现在都在伏尔约娃和扈利手上,而且她们已经确保我们无法再拿到任何武器。"他把声音放得更低了,"我觉得要说服伏尔约娃把我同样关起来也并没有太多困难。我对飞船的威胁看起来并不能吓到她。"

"她是认定你不会真的走到那一步。"

"也许她是对的呢?"

佐佑木摇了摇头。

"这些都不重要了。再过几天——最多五天——她的武器就会开始失败。你只有在这个时间段可以进入刻耳柏洛斯内部。还有,别假装她的小机器人能让你知道多少东西。"

"这些我早就明白了。"旁边的帕斯卡尔动了动身子。

"那就接受下面的提议吧,"佐佑木说,"我带你进去。就我们俩,没其他人。我们可以带两套空天服,就是从复生星带你们上船的那种。我们甚至都不需要飞船。我们一天之内就能到达刻耳柏洛斯。这样你就还剩下两天时间，一天时间四处看看，一天时间从你进去的地方离开。到那时你当然会知道该怎么走。"

"那你呢？"

"我陪着你。我已经告诉过你，我认为我们应该如何继续寻找船长的治疗方案。"

西尔维斯特点了点头。"你认为你会在刻耳柏洛斯内部找到什么东西，能治愈他的东西。"

"千里之行，始于足下。"

西尔维斯特环顾四周。佐佑木的声音像是吹动树木的轻风，已经消失不见，房间显得异乎寻常地宁静，甚至不像是真实的景物，而更像是幻灯机投出的布景。他想到此时此刻发生在刻耳柏洛斯的激战——机器之间的碰撞激战，虽然那些机器大部分比细菌还小。任何人类的感官都无法听闻它们冲突的喧嚣。但这激战正在时刻进行着，而且佐佑木说得没错：他们只有几天的时间，然后无数效忠于刻耳柏洛斯的机器就会开始侵蚀伏尔约娃那件强大的攻城兵器。他每推迟一秒进入那个地方，能在里面度过的时间就少一秒，而这一秒就会让他最终折返时离终点更近，也更危险，因为到那时通路会渐渐关闭。帕斯卡尔又动了一下，但他感觉得到妻子还沉浸在梦中。她似乎不比墙壁上马赛克当中那些相互交错的飞鸟更为实在，和后者一样并不容易被外界刺激惊醒。

"这太突然了。"他说道。

"但你一生都在等待这一刻，"佐佑木提高了音量，"别告诉我你还没准备好抓住时机。别告诉我你在害怕自己可能发现的东西。"

西尔维斯特知道，自己必须赶快做出决定，趁着这一刻那种怪异感觉的真面目还未显明之前。

"我在哪里跟你会合？"

"舰外见。"佐佑木说。然后他解释了必须这样做的原因：他们在舰内见面风险太大，那样佐佑木就有被伏尔约娃、扈利，甚至西尔维斯特的妻子撞见的风险。"她们以为我仍然卧床不起，"佐佑木摩挲着包裹自己受伤手腕的覆膜补充道，"但如果她们发现我在医疗室外头，她们就会用处置赫加齐那样的办法处置我。但我从这里出发只要几分钟就能找到一套空天服，途中无须进入飞船上任何会记录下我行动轨迹的区域。"

"我呢？"

"去最近的电梯。我会安排它带你去你附近的空天服那里。你什么都不用做。空天服会处理好一切的。"

"佐佑木，我……"

"十分钟内到舰外就行了。你的空天服会带你去找我的。"佐佑木在切断信号前笑了笑，"还有，我强烈建议你别吵醒妻子。"

佐佑木的话果然不假：电梯和空天服似乎都清楚地知道西尔维斯特要去的方位。他在途中没有遇到任何人，穿上空天服时也无人打搅。这套空天服估测了他的尺寸，对自己进行了调整，然后妥妥帖帖地合拢到他身上。

甚至气闸打开时都没有任何迹象表明飞船有所察觉，他到达太空时就更没有了。

伏尔约娃一直在做梦，色彩单调的梦境，梦里昆虫大军横行肆虐。然后她被骤然惊醒。

扈利正在她的门上猛敲，还在喊着什么，不过伏尔约娃头昏眼花，听不清说的是什么。等她打开门时，扈利正往下看着那支皮革手柄等离子步枪的枪管。

扈利迟疑了几分之一秒才放下枪，似乎有些不确定自己究竟期待看到门里会出来什么。

"什么事？"伏尔约娃问道。

"是帕斯卡尔，"扈利额头上冒出了汗，枪柄周围也有些闪亮的斑点，"她醒来时，西尔维斯特不在那儿了。"

"不在那儿了？"

"他留下了这个。她为此伤心欲绝，但她要我把这个带给你看。"扈利把枪挂回背带上，从口袋里摸出一张电子纸。

伏尔约娃揉了揉眼睛，接过那页纸。触感激活了上面储存的信息，西尔维斯特的脸出现在上面，一个阴暗的轮廓，背后是交错的飞鸟图案。

"对不起，我骗了你。"他的声音从电子纸上发出，嗡嗡作响，"帕斯卡尔，我很抱歉——你有权为此而恨我，但我希望你不要恨我，不要在我们一起度过了这么多之后恨我。"这时他的声音非常低沉，"你要我保证我不会进入刻耳柏洛斯。但我要去，当你读到这封信的时候，我已经在路上了，已经没有再停下的可能了。我没有任何可以用来辩解的理由，只是，这件事我是一定要做的。我想，既然我们之间这么亲近，你也应该一直都知道我会这样做。"他停了下来，或许是为了喘口气，或许是为了思考接下来要说什么。"帕斯卡尔，你是唯一一个猜到在拉斯凯尔天幕附近到底发生了什么的人。你知道吗，我很佩服你。所以我才不怕向你承认真相。我发誓，我告诉你的那些话，确实是我心中所想，而不是另一个谎言。但现在这个女人——扈利——说她是被人派来的，而那人可能是卡琳娜·勒菲弗。派她来杀我，是因为我可能会做出一些事情。"

电子纸又沉默了一小会儿。

"我表面上好像对那些话一个字都不信，帕斯卡尔，并且，当时我也许真是这么想的。但我必须要让那些鬼魂安息，我必须要彻底说服自己，这一切都与当初在天幕附近发生的事情没有任何联系。

"你能理解的，对吗？我必须再继续前行一步，只有这样我才能让这些幽灵安静下来。也许我应该感谢扈利。在我对于我将会发现什么抱着前所未有的恐惧之际，是她给了我迈出这一步的理由。我相信她——或者她们任何人——不是坏人。你也不是，帕斯卡尔。我知道你被她们说服了，但你这样没有错。你试图说服我不要继续做下去，是因为你爱我。而我，我知道我背叛了这份爱，因此我在做的事——我所要做的事——就更让我难受。

"我这样说，你觉得能理解吗？还有，我回来后你可以原谅我吗？不会太久的，帕斯卡尔——不会超过五天，也许会快得多。"他又停顿了一下，然后补上了最后一句话，"我把加尔文也带走了。我现在说话的时候，他就在我体内。如果说我们俩还没有达到一种新的……平衡状态，那是谎话。我想，他会派得上用场的。"

然后纸上的影像就消失了。

"你知道吗，"扈利说，"有时候他几乎让我都同情起来了。但我觉得他只是在扯些鬼话自我辩护。"

"你说帕斯卡尔为此伤心欲绝。"

"换了你的话难道不会？"

"要看情况。也许他是对的。或许帕斯卡尔一直都知道会有这样的结果。也许她在嫁给那头猪猡之前应该三思才对。"

"你觉得他能走多远？"

伏尔约娃又看了看那张电子纸，仿佛希望从它的褶皱中汲取新的智慧。

"肯定是有人在协助他。我们这里还会帮他的人没几个了。实际上，如果不算上佐佑木的话，那就一个也没有了。"

"也许我们不该低估了他。他体内的机械药可能比我们预想得更快治好了他。"

"不，"伏尔约娃点了点自己的神奇手环说道，"我随时都可以知道三人团其他成员的位置。赫加齐还在气闸室里，佐佑木在医疗舱。"

"我们去核实一下他们在不在，你不会介意吧？以防万一。"

伏尔约娃又抓起了一件衣服套上，这件足够暖和，能让她进入飞船上任何一个常压区域而不会得低温症。她把针弹枪塞进腰带里，然后把扈利从战档库里拿来的重型武器扛到肩头。那是把产于二十三世纪的双手持超高速实弹竞技用枪，是第一批木卫二星人后裔[①]有限民主派制造的，弧面上包裹着黑色的氯

[①] 黄石星人祖先主要来自木卫二星。

丁橡胶，两侧饰有金箔银箔制成的中国龙，龙睛用红宝石雕成。

然后她说："一点都不会。"

她们先到了那间气闸室。赫加齐一直在里头待着，唯一自娱自乐的方式大概就是鉴赏自个儿在舱室抛光钢墙上的影子。至少伏尔约娃这样觉得，在她偶尔想起这位被囚禁的同伴之际。她对于赫加齐其实并不憎恶，甚至都算不上讨厌。这家伙太软弱了。非常明显，这个生物离开了佐佑木的阴影，甚至无法在任何地方生存。

"他有没有给你带来什么麻烦？"伏尔约娃问道。

"算不上什么麻烦，只是他一直在抗议，说自己是无辜的。说把盗日者放出火控系统的不是他。听起来他是认真的。"

"这是一门古老的技术，名为说谎，扈利。"

伏尔约娃将那把中国龙枪甩到背后，双手都放到打开气闸室内侧大门的把手上。她的双脚已经在淤泥中分开站好。

然后她拼尽全力。

"我打不开。"

"让我试试。"扈利轻轻把她推到一边，试着转动把手。"不行，"她呼哧喘气，然后松开了把手，"它卡死了。我拧不动。"

"你没有把它焊上或者做其他类似的事吧？"

"是啊，我那么蠢，这都能忘。"

伏尔约娃敲了敲门。"赫加齐，你听见了吗？你把门怎么了？打不开了。"

里面没有回答。

伏尔约娃又查看了一下手环，然后说："他在里面。但也许他隔着钢板听不到我们的声音。"

"我有种讨厌的感觉，"扈利说，"我离开的时候，那扇门还没有任何问题。我觉得我们应该把锁打掉。"她没等伏尔约娃表示同意就继续说道："赫加齐？如果你能听到的话得小心了，我们马上要用枪开门进去了。"

她飞快地用一只手托起等离子步枪,枪的重量让她前臂的肌肉绷得紧紧的。她扭过头看着旁边,用另一只手护着脸。

"等等,"伏尔约娃说,"我们这也太着急了。如果外侧的门打开了呢?真空会导致压力感应器跳闸,锁死内侧大门。"

"如果是这样的话,赫加齐就再也不会给我们添麻烦了。除非他能憋气几个小时。"

"同意——但我们最好还是别在那扇门上开个大洞。"

崑利走近了些。那里如果曾经有块显示门外压力状态的仪表的话,如今也已经完美地隐藏在尘埃之后了。

"我可以把光束的准直性调到最窄。在门上打一个针孔。"

"动手吧。"伏尔约娃迟疑了片刻之后说道。

"计划有变,赫加齐。我们要在门上开个孔。如果你站起来了,现在最好坐下,也许还可以考虑下怎么安排你的后事。"

还是无人应答。

伏尔约娃认为,让一把等离子步枪做这种事几乎是对它的侮辱——这种操作实在是太精细了,需要的力道太微弱了,就像用工业激光来切割结婚蛋糕一样。但崑利还是这么做了。光芒一闪,噼啪一响,枪口吐出一小粒被拉长的球状闪电,没入门中。一瞬间,烟雾从她切割出的蛀虫孔那么大的小洞里盘旋而出。

但这只持续了一秒钟。

然后就有某种东西从门里喷薄而出,嘶嘶作响,拉出一道黑色的弧线。

崑利用最快速度在门上开了个更大的洞。到了这会儿,无论是她还是伏尔约娃都不再认为气闸后面还会有人了。赫加齐要么已经死了——怎么死的还无从猜测——要么已经离开了气闸室,这股喷射出的高压液体是他留下来的某种讯息,为了让之前囚禁他的人头疼。

崑利一枪打过去,那股急流变成了手臂粗细的水柱,带着咸味的浆液喷涌而出,带着巨大冲力撞了过来,冲得她往后摔进了脚下的船泥里,等离子步枪哗啦啦落进了她脚边足踝深的污水里。那些鬼玩意接触到火烫的枪口时,发出剧烈的吱吱声。不过等她挣扎着站起身时,水流已经减到了只剩很细一点,在嘈杂声中断断续续地从被打穿的门里喷出。她拿起枪来,甩了甩上头的烂泥,心里怀疑这东西还能不能用。

"是船泥,"伏尔约娃说,"和我们脚下的东西一样。我到哪儿都忘不了这股恶臭。"

"气闸里塞满了船泥?"

"别问我怎么会这样。先给门上再开个大点的洞。"

扈利照做了,一直开出一个能让她把手臂从里头挤过去的洞口,避开那些被等离子体加热切开的金属边缘,从里头摸到了门锁的内部控制装置。伏尔约娃说得没错,她暗自想道。确实是压力开关触发了锁死装置。舱内肯定是被泵入了大量的船泥,一直撑到要爆掉。

门开了,最后一点浆液随之缓缓淌进走廊。

一道淌出来的还有赫加齐的残骸。不知道究竟源于他所承受的压力,还是这种压力的爆发释放,反正他身上的金属和血肉似乎进入了某种不太和睦的分离状态。

第三十一章

2566年，孔雀六日球层顶，刻耳柏洛斯/哈迪斯空域

"我感觉这必须得来根烟啊。"伏尔约娃说。随后的一小段时间里，她不得不使劲回忆自己上次把香烟藏在哪儿了。等她在飞行夹克里一个很少用到的口袋中找到一包烟后，她没有急急忙忙打开包装，也没有慌慌张张从里面抽出根皱巴巴的、发黄的卷烟。不紧不慢，按部就班，一切准备就绪之后，她才缓缓深吸了一口，让自己的神经安定下来，就像漫天飞舞的羽毛缓缓回到地面一般。

"是飞船杀了他，"她低头盯着赫加齐的残骸，尽量不去思考自己看到的是什么，"这是唯一说得通的解释。"

"杀了他？"扈利在提问的时候，仍旧将等离子步枪的枪口对准那些在她们脚边的船泥中载浮载沉的残片，仿佛在担心这位三人团前成员支离破碎的残骸也许随时会自发重新拼合起来，"你是说，这不是意外？"

"不，这不是意外。我知道他和佐佑木是一伙的，所以他跟西尔维斯特也是一边的。可是盗日者还是杀了他。让你想到了什么，对不对？"

"是啊，我想是的。"

也许扈利已经想通了，但伏尔约娃还是决定都说出来。"西尔维斯特已经离开了。他正在前往刻耳柏洛斯的路上，而我既然没能设法破坏桥头堡，也就没什么能阻止他进去的办法了。你明白吗？这就意味着，盗日者已经赢定了。对他来说已经没什么要努力的了。剩下的只是时间问题，还有维持现状的问题。有什么会威胁到现状？"

"是我们。"扈利说话时有些踌躇，就像是个聪明的小学生，在发言时既想让老师有个好印象，又不想引来同学们的嘲笑。

"不仅仅是我们。不仅仅是你和我。甚至要算上帕斯卡尔。在盗日者看来，赫加齐也是个威胁。而这里并没有什么别的缘故，仅仅因为他是人类就够了。"当然，她是在猜度，但在她看来这推断完全合理，"在盗日者这样的存在眼中，人类的忠诚是易变的、混乱的，也许甚至是无法彻底完全理解的。他策反了赫加齐，或者至少是策反了赫加齐所忠于的对象。但他了解支配这种忠诚的机制吗？我对此表示怀疑。赫加齐是个组件，这个组件已经发挥了自己的功用，它可能会在未来的某个时候发生故障。"她感受到了思考自己的遗忘所带来的冰冷的平静，她知道自己很少有如此接近遗忘的时候。"所以赫加齐必须死。而接下来，在盗日者几乎已经达到目的之际，我想他还会希望照此办理我们所有人。"

"如果他想杀死我们……"

"那他应该已经下手了？他很可能已经试过了，扈利。这艘船的各个部分都不再受任何中枢控制，这意味着盗日者能做的事情是有限的。他所占据的是一副已经半瘫的残躯，半边长满麻风，半边苦于中风。"

"颇有诗趣，但对我们来说有什么意义吗？"

伏尔约娃又点燃了一支烟。她已经彻底干掉了第一根。"这意味着他将试图杀死我们，但他的选择难以预料。他不可能干脆给整艘船泄压，因为没有哪条指令渠道能办到——即使是我也做不到，只能用物理方法打开所有的气闸，而且真要做的话，还必须让成千上万的机电保险装置失效。他多半会发现，自己很难淹没一片比气闸室大的区域。但他会想出办法的，这点我敢肯定。"突然，她几乎是不假思索地抓起了那把实弹武器，将枪口对准了通往气闸室的走廊。那里到处都被船泥淹没了，一片黑暗。

"怎么了？"

"没什么，"伏尔约娃说，"我只是害怕。这很显然吧。我估计你不会有什么建议要提吧，扈利？"

事实上，她有。

"我们最好找到帕斯卡尔。她不像我们一样熟悉周围的路径。如果状况变得越发恶劣……"

伏尔约娃把剩下的烟头在枪管上用力一碾，摁熄了火。"你说得对，我们应该在一起。我们会的。只要先……"

有什么东西吵闹着从黑暗中出现，在离她们十米的地方停了下来。

伏尔约娃立刻把枪对准了它，但没有开火。某种本能告诉她，那东西不是来杀死她们的，至少现在还不是。那是一台履带式机仆，她看到过的，西尔维斯特在试图治疗船长但半途而废的过程中用过这玩意，是一种内部没多少智能技术的设备。这东西简单点说就是，主要并非由本身的电脑控制，而是靠飞船控制。

装在机仆上的粗笨视觉传感器锁定了她们。

"它没有携带武器，"伏尔约娃虽然明明意识到现在小声说话毫无意义，但说话的时候还是压低了音量，"我想它只是被派来侦察我们的。这里属于飞船看不到的区域，是它的盲点之一。"

机仆的传感器略微左右回旋，仿佛在做三角测量，确定她们俩的精确位置。然后它开始朝着黑暗中倒退。

扈利击中了它。

"你为什么要这样？"等到爆炸的回音不再往复震荡，她也不再被机器毁灭时发出的强光逼得必须要眯起眼睛时，伏尔约娃开口问道，"它所看到的一切都已经回传给了飞船。打掉它是没有意义的。"

"我不喜欢它看我的眼神，"扈利说，然后她做了个鬼脸，"除此以外，我们又少了一个需要担心的麻烦。"

"这倒是，"伏尔约娃说，"不过考虑到飞船制造这种简单无人机的速度，可能十几二十秒就会有替补上来。"

扈利看着她，那样子仿佛她刚说了个笑点让人难以索解的笑话。但伏尔约娃是认真的。就在此时她又注意到一件事情，比机仆的出现更让她不寒而栗。毕竟，这艘飞船很快就借助无人机来进行信息收集行动是合乎逻辑的。它会摸索着给那些机器添加外设，以杀死剩余的人类船员和乘客，也同样合乎逻辑。迟早的事，她自己对此也已有所预料。但这件事不在她的预料之内。她没想到会看见刚刚从船泥的沼地中探出头来的这个东西，它用那双黑色的啮齿动物双眼发现她的瞬间，就尾巴一摆，潜入了黑暗之中。

她这才想起，那些监察鼠也是由飞船控制的。

西尔维斯特恢复意识的时候——他一时间想不起自己究竟是什么时候失去意识的——正被一群模模糊糊的小星星簇拥其中。那些星星还在跳着非常复杂的舞蹈，他敢肯定，就算他本来没有感到晕眩作呕，仅仅这一幕也会让他恶心想吐。他在这里是要做什么？他为什么会感觉如此奇怪，仿佛身体里的每一个细胞都挤进了棉絮？啊，原因在于他穿着空天服。飞船船员所拥有的那种特殊空天服。就是这种东西把他和帕斯卡尔从复生星表面带上太空。这套衣服迫使他的肺部接受它所填充的液体，而不是空气。

"现在这是怎么回事？"他在心中默默念道。他知道，只要这样，这套空天服就能够通过头盔内置的简单语言中枢搜思网读出他的心思。

"我正在反转，"空天服向他通报情况，"中点推力反转。"

"我们到底在哪儿？"爬梳他的记忆还是十分艰难，就好像要从纠缠不清的线团里找出线头。他甚至不知道该从何找起。

"距离飞船一百多万千米，距离刻耳柏洛斯要略近于此。"

"我们跑了这么远的路，用了——"他停了下来，"不，等等。我完全不知道过了多久。"

"我们出发于七十四分钟前。"刚刚一个小时出头，西尔维斯特想道。不过如果空天服告诉他已经过了一天，他也肯定会毫不怀疑地接受。"我们的平均加速度是十个标准重力加速度。我从三人团首席佐佑木那里得到指示要全速前进。"

是的，现在他想起了更多。佐佑木午夜来电，然后他匆忙赶往空天服所在地。他记得给帕斯卡尔留了一封口信，虽然细节记不清了。那是他唯一的妥协。他只允许自己奢侈这么一会儿。然而，即使有几天的时间来准备这次进入，他会做的事也不可能有多少不同。他不需要任何额外的文件或记录仪器，因为他可以利用空天服里的程序库和集成传感器。他还知道这些空天服拥有武器，并且能够进行自主防御，抵御伏尔约娃的武器现在所遭受的那些攻击。它们还能够变形长出科学分析工具，或自己内部开辟出用于储存样品的小隔间。除此以外，它们和任何航天器一样，都可以独立飞行。他猛然意识到自己想岔了。这些空天服其实就是宇宙飞船。只是这种飞船可塑性极强，里面的空间只能容纳一个乘员，还可以充当穿梭机出入大气层，并且在必要的时候充当地表探测器。他要进入刻耳柏洛斯也确实没有更好的办法了。

"我很庆幸能一路睡过那段加速过程。"西尔维斯特说道。

"你别无选择，"空天服的语声显得全然漠不关心，"意识活动被抑制了。现在请你做好迎接减速阶段的准备。等你再恢复清醒时，我们已经抵达目的地附近了。"

西尔维斯特开始在脑海中构思一个问题。他打算问问空天服，为什么佐佑木先前保证会陪着他，但一直都没有现身。然而，他还没来得及将自己的想法具体化为搜思网能读懂的那种无声的表达，空天服就让他沉入了睡眠，和之前一样无梦的沉沉睡眠。

崀利去找帕斯卡尔·西尔维斯特，而伏尔约娃则动身返回舰桥。现在她不敢坐电梯，但幸好也只用往上爬不到二十层。虽然很费劲，但还是爬得动。这里是相对安全的：她知道，飞船没办法把无人机送进楼梯间，哪怕是靠超导磁场在普通走廊里飞驰的悬浮机也不行。尽管如此，她还是把枪保持在随时可以开火的状态，在没完没了地沿着上升的螺旋梯级攀爬时用枪口对着前方不断晃动，偶尔还停下来屏住呼吸，听听有没有什么东西跟在她后面，或是潜伏在前方一段距离之外。

在攀登途中，她试着设想出飞船能用来杀死她的众多方法。这是一个有趣的智力挑战，以一种她以前从没考虑到的方式来检测她对这艘飞船的了解。这让她以一种全新的角度来看待事态。曾经——不是很久之前——她也处于和现在这艘船差不多的状况。她曾想杀死纳戈尔尼，或者至少防止他对自己构成威胁——这两者实际上是一回事。最后，她杀死那男人是因为对方先动手想杀她，但现在让伏尔约娃心中惴惴不安的是对方被杀的方式。她杀死纳戈尔尼的办法是让飞船剧烈加速减速，让他被活生生地撞了个稀巴烂。这艘飞船本身迟早也会想到这个办法，而且她也想不出什么理由能说服自己不会这样。到时候，别再待在飞船上会是个非常好的主意。

她畅通无阻地到达了舰桥，尽管这没有让她停止检查每一片阴影，寻找潜伏的机器，或者老鼠——后者现在更加糟糕。她不知道那些老鼠能把她怎么样，但她也不太想知道。

舰桥里空空如也，跟她离开时基本一模一样。扈利对它造成的破坏还在，连巨大球形会场的地板上佐佑木的血渍也还是老样子。全息显示器还亮着，它悬浮在上空，不断更新着在刻耳柏洛斯建立桥头堡的进度报告。有那么一瞬间，看到自己的造物还在顽强地自主抵挡着外星世界部署的抗生素部队，那种属于造物主的兴味在她心中油然而生。然而，即使一时之间为它大感骄傲，她也还是希望它失败，这样西尔维斯特就无法侵入刻耳柏洛斯了——假如他现在还没有到达那里的话。

"你来这里干什么？"有个声音问道。

她转过身来，看到一个身影正从舰桥里的一层弧形楼板上俯视着她。不是任何她认识的人。只是一个披着黑色斗篷的男性，双手紧握胸前，脸看起来像是消瘦的骷髅。她开枪击中了那个身影，但它依然存在，哪怕实弹枪的弹道撕裂了它，子弹后的电离尾迹犹如旗帜般在空气中飘游。

另一个穿着有所不同的身影出现在第一个旁边。"尔于此地之租约已然逾期。"它用最古老的诺特语变体说道。伏尔约娃对这种语言相当迟钝，以至于一时之间无法即明白它说的话。

"你必须明白，伏尔约娃，这里已不再是你的领域。"又一个人影，边说边在船舱对面颤抖着显出身形。它上身裹着半件空天服，那样式古老得稀奇，侧面还有冷却管线和盒子状的附件。它说的语言属于她能解析的最古老的俄利语语系。

"你来这里希望达到什么目的？"第一个人影问道。与此同时它身旁又出现了新的人影，也开始和她说话，接着又有另一个。来自过去的人物从四面八方恐吓着她。

"这简直荒谬绝伦……"然后那声音模糊成另一个幽灵的声音，从她的右边朝她发话。

"……你在此没有获取授权，三人团成员。我必须告诉你……"

"……你已严重越权，现在必须服从……"

"……非常失望，伊利亚，必须礼貌地请求你……"

"……权限……撤销……"

"……完全不可接受……"

伏尔约娃尖叫起来。那些杂乱无章的语声化作连绵不绝、不堪入耳的呼号，众多死者塞满整个船舱，最终她无论朝哪边看都只能看到一堆古人的面孔，每张面孔的嘴都在自顾自动着，仿佛没有别人正在说话，仿佛每个死者都以为自己占据了她的全部注意力。就好像是在向她祈祷，就好像认为她无所不知。祈祷，但同时也在抱怨。抱怨的语气里起初好像只有失望和刻薄，但每一秒钟语气中的仇恨和蔑视都在叠加，好像她不仅以最令人痛苦的方式让它们失望了，而且还屡犯暴行，那些罪行可怕得它们即便现在都无法宣之于口，只能以嫌恶地扭曲起来的嘴唇,以毫不掩饰的鄙夷目光来表达。她举起了枪。朝着那些鬼影射空弹夹的诱惑简直无法抵挡。诚然无法杀死鬼魂,但她可以大大干扰它们的投影系统。然而,在战档库已经无法使用的情况下,她必须节约弹药。

"走开!"她大叫起来,"给我滚啊!"

死者们依次陷入沉默,而后消失。离去时,每个鬼魂都失望地摇摇头,仿佛羞于在她面前多停留片刻。终于,这个房间又只属于她自己了。她急促地喘息着,亟须冷静下来。她又点了一支烟,慢慢地抽,试图让自己的心思歇息片刻。她掂了掂枪,暗自庆幸自己没有仅仅为破坏舰桥会带来的那点短暂快乐浪费整个弹夹。扈利品位很好。在枪身侧面装饰着金银两色的中国龙纹样。

一个声音从显示球里传来。

伏尔约娃抬起头,盗日者的面孔映入眼帘。

自从帕斯卡尔第一次告诉她这个生物的名字的意义后,她就知道这东西的模样一定就是现在这样。正如她的想象,但同时又可怕得多。因为她并非是简单地看到了这个外星人的样子,而是看到了这家伙在它自己眼中的样子——盗日者的脑子明显问题很大。她想起了纳戈尔尼,现在她明白那个人是怎么被逼疯的了。现在,伏尔约娃感觉很难去责备他——如果他一直带着这个生活在他脑海里的东西,对其来历却一无所知,对这东西想从他身上得到什么也茫然无措。是的,此时她同情那个死去的火控官,那个极度可怜的浑蛋。在每一个梦境中都要面对这个家伙,每一个清醒时刻都要笼罩在这异形的阴影之下,换了她自己也多半会陷入疯狂之中。

盗日者可能曾经是阿玛兰汀人。但他已经变得大不一样了,这或许是有意为之:通过基因工程的天择压力,把自己和那些被放逐的同道雕琢成了全新的物种。他们重新打造了自己的解剖学结构,长出了巨大的翅膀,好在零重力环境中飞行。她现在就可以看到那些翅膀,高高耸起在弯曲而纤细的脑袋后面,头部似乎要向她俯冲下来。

那脑袋上没有皮肉。眼窝里并不完全是空洞的。不是完全的空虚,但似乎蓄满了某种无比黑暗、无限深邃的东西，就跟她想象中天幕表面的膜一样黑暗而深邃。盗日者的骨骼闪动着无色的光辉。

"不管我之前说了什么，"目睹这副面孔后最初的震惊已经过去，或者至少已经镇定到可以承受的地步之后，她开口说道，"我想你现在已经找到杀死我的方法了。如果你想要那么做的话。"

"你猜不到我想要做什么。"

他说话的时候，有种无声的缺失感，不知为何显得非常合情合理，仿佛那些话是从沉默中雕刻出来的一般。那怪物结构复杂的下颚骨骼一动不动。她想起来了，对阿玛兰汀人而言，话语从来都不是重要的交流方式。他们的社会是围绕视觉展示运行的。这个基本特性肯定会保留下来，即便在盗日者的族群离开复生星开始转变形态之后也是这样。哪怕这种转变如此剧烈，当他们后来回到自己的世界时，会被误认成长着翅膀的神祇。"我知道你不想要什么，"伏尔约娃说道，"你不想要任何妨碍西尔维斯特到达刻耳柏洛斯的事物。所以我们现在必须死，以防我们找到阻止他的办法。"

"他的任务极其重要，对我而言，"盗日者说到这里似乎重新考虑了一下，"对我们而言。对我们这些幸存者而言。"

"从什么当中幸存？"也许这会成为她的一次机会，也是唯一的机会，能对这家伙有所了解的机会，"不，等等——除了阿玛兰汀人的灭绝还能有什么？是这样的吧？你找到了躲过灭绝的办法？"

"你现在知道我是在哪里进入西尔维斯特体内的了。"这与其说是个问题，不如说是个平直的陈述。伏尔约娃有点好奇，她们之间的讨论，盗日者到底偷听到了多少。

"肯定是在拉斯凯尔天幕，"她说，"这是唯一合理的解释——虽然我得承认，还是不完全合理。"

"那是我们的躲藏之地，躲藏了九十万年。"

这个巧合太明显了，不可能是毫无意义的。"自从复生星上的生命被毁灭之后。"

"正是。"这个词的语尾拖长，变成一阵咝音，"天幕是我们设计的，这是我们族群最后一项孤注一掷的大业，即便那些留在地面上的人被烧成灰烬之后也仍在进行。"

"我不明白。拉斯凯尔可不是这么说的，西尔维斯特自己也发现……"

"给他们看的并非真相。拉斯凯尔所看到的是捏造出来的东西——用一个更古老的、跟我们本身大相径庭的文明顶替了我们的位置。天幕的真正目的并没有向他揭示。他看到的是一个会鼓动其他人前来的谎言。"伏尔约娃立刻就能看出这个谎言是如何起作用的。拉斯凯尔被告知，天幕是个保管库，里面是有威胁的技术——人类会暗自渴望的东西，比如超光速旅行的方法。拉斯凯尔向西尔维斯特透露这些之后，只会让西尔维斯特闯入天幕的渴望有增无减。他以此为标的就能在黄石星附近的民主全权主义者社会中争得全力支持，解开如此神奇的外星奥秘的先行者所获得的回报将极其巨大，大得不可思议。

"但如果那是谎言的话，"她继续问道，"天幕的真正作用是什么？"

"我们建造天幕是为了躲在里面，伏尔约娃长官。"这东西似乎在耍弄她，玩味着她的困惑，"它们是庇护所。那些区域的时空经过重新构建，好让我们可以在其中躲着。"

"你们要躲谁？"

"那些黎明战争中的幸存者。那些被冠以遏制者之名的种族。"

她点了点头。她还有很多地方没搞明白，但有件事现在很清楚。鼠利告诉她的——那女人回忆起自己在火控室那个奇怪的梦境里被告知的那些片段——确实很接近事实。鼠利没能把梦里的内容全都记起，而且记得的部分在伏尔约娃看来顺序也不太对劲。但现在很明显，这只是因为要求鼠利掌握的那些东西太过庞杂、太过陌生——预示着太过可怕的末日——她的思维难以把握。她已经尽力了，但尽力的结果不够好。不过现在伏尔约娃也得以窥见同一幅画卷的部分内容，虽然是从另一个奇怪的视角。

告诉鼠利黎明战争之事的是大小姐，她不希望西尔维斯特成功。然而盗日者却希望这个结果发生。

"这到底是怎么一回事？"她问道，"我知道你在做什么。你在拖延我，让我等待回答，因为你知道，我为了听到你的答案会不惜一切代价。在某种意义上你是对的。我必须要知道。我必须要知道这一切是怎么回事。"

盗日者静静地等她说完，然后继续回答，答复了伏尔约娃想问的所有问题。

听完之后，伏尔约娃断定，有件事值得她用掉自己弹夹里的一发子弹。她射中了显示球。巨大的玻璃球碎裂开来，化作亿万冰冷的碎片，盗日者的脸也在这次爆炸中化为乌有。

扈利和帕斯卡尔选了条迂回线路前往医疗舱，避免行经电梯和修缮良好的、无人机可以顺畅通行的走廊。她们一路上始终枪不离手，随时准备朝着任何看起来哪怕只是隐约有点可疑的东西开火，哪怕后来发现那不过是影子偶然排成的形状，又或是隔墙与舱壁上某片形状令人不安的腐蚀斑块。

"你事先有没有看出什么先兆，预示着这家伙会这么快跑掉？"扈利问道。

"没，没想到会这么快。我是说，我以为他迟早会试一试，但我试着劝过他，让他不要这样。"

"你对他感觉如何？"

"你指望我说什么？他是我丈夫。我们是相爱的。"帕斯卡尔说到这里摇摇欲坠，扈利伸手搂住了她。她擦了擦眼泪，把自己的眼睛揉得通红。"我恨他的所作所为——换了你也会的。我也不理解他。但尽管如此，我还是爱他。我一直在想……也许他已经死了。很有可能，不是吗？即便他还没死，也无法保证我还能再见到他。"

"他要去的地方不可能会很安全。"扈利说到这里有些疑惑：刻耳柏洛斯真的比现在的飞船更危险吗？

"是的，我知道。我想甚至他自己也不知道这对他——或者我们其他所有人——有多么危险。"

"不过，你丈夫可绝非等闲之辈。我们谈论的可是西尔维斯特啊。"扈利提醒帕斯卡尔，纵观西尔维斯特这辈子的经历，世所罕见的好运一直贯穿其间。要是说在当下这个时候，在他一直探寻的东西快要落入他掌中之际，这种好运气忽然弃他而去，那倒是有些奇怪了。"他是个狡猾的浑蛋，我想他还是有很大机会找到出路的。"

这似乎让帕斯卡尔平静了些，虽然不多。

然后扈利告诉她，赫加齐已经死了，而且这艘飞船看起来还打算杀死船上余下的所有活人。

"佐佑木不可能还在这里，"帕斯卡尔说，"我是说，他不会还在的，对吧？丹自己不可能知道要怎么去刻耳柏洛斯。他需要你们中的某个人和他一起去。"

"伏尔约娃也是这么想的。"

"那我们为什么还来这里？"

"我猜是因为伊利亚对自己的判断没有信心。"

这里的部分走廊也被船泥淹没了。扈利把挡在路上的监察鼠踢到一边，推开了医疗舱的大门。这里闻起来有股怪味。她立刻就反应过来那是什么了。

"帕斯卡尔，这里发生了些糟糕的事。"

"我……这个时候我该说什么？我掩护你？"帕斯卡尔举起了自己的低当量波束枪，但她看起来不太会摆弄这玩意。

"是的，"扈利说，"你在后面掩护我。这主意非常好。"

她把等离子步枪的枪口伸向前方，进入了医疗舱。

随着她的深入，房间感应到了她的存在，调高了照明光度。伏尔约娃受伤后，她曾来过这里，探望上官。她觉得自己大概了解这里的布局。

她看向那张床，确信佐佑木曾经躺在那里。床的上方悬浮着一系列精巧的伺服机械医疗设备，有些关节是万向球式的，有些是铰链式的。它们从一个共同的中心点辐射而下，犹如一只变异的钢手，只不过这手的手指也太多了点，并且所有的手指前端看起来都长着利爪。

金属上找不到半寸洁净之地，到处都布满血迹。血厚厚地凝成一团，宛如凝固的烛泪。

"帕斯卡尔，我想你还是不要……"

但她同时也看到了机械下面的床上躺着的东西。那一坨可能曾经是佐佑木的东西。床上也没有一寸地方没被红色装点。很难看清佐佑木的身体尽头在哪里，或者他被开膛破肚的残骸该从哪里算起。他这副样子让她想起了船长。只不过在这里，船长那漫无边界的银色变成了猩红色——就像艺术家换了个新的、更为肉感的媒介，对同一基本主题进行了再创作。一组可怕的双联画的两个半边。

他的胸部鼓起，高出床边，仿佛身上还有一道强烈的电流通过，刺激着他的躯壳拱起。他的胸口也是空洞的，凝固的血流汇集在一个被挖开的深坑里，坑洞从胸骨处一直延伸到腹部，就像一只可怕的铁拳从上方伸下来，一把扯掉了他的半边身子。也许当时事情确实如此。也许惨剧发生时，他甚至都没醒。为了证实这个假设，扈利仔细查看了他的面孔，一层猩红下她能解读出他的一点表情。

不，几乎可以肯定，佐佑木这位三人团首席当时醒着。

她察觉到了帕斯卡尔的存在，就在她身后不远处。"你不应该忘记我见过死亡，"帕斯卡尔说道，"我亲眼看着我的父亲被人刺杀。"

"你从来没有见过这样的。"

"是的，你说得没错。我从没见过这样的事。"帕斯卡尔答道。

佐佑木的胸膛爆开了。有什么东西从里面冲了出来。起初，它搅起的血泉有效地掩盖住了它的身形，以至于她们看不出那到底是什么东西——直到它落在房间里沾满血迹的地板上，然后飞快地跑开，尾巴像一条活虫似的在身后扑腾着。然后又有三只老鼠从佐佑木体内探出头来，往空中嗅了嗅，用自己那双黑眼珠子凝视着扈利和帕斯卡尔。然后它们也翻过那男人的胸腔变成的火山口，落在地上，朝着刚刚离开的那只老鼠追去。老鼠们全都消失在房间的阴暗角落中。

"我们离开这里吧。"扈利说道。但就在她说这话的同时，那东西也动了。

那个满是钢指的巨拳以令人眼花缭乱的速度启动了,两根手指,一对钻石尖头的利爪伸向她,快得让她除了尖叫之外什么都来不及做。利爪抓住了扈利的外套,钩在了上面,然后她开始用尽全身力气往外挣扎。

她挣脱了,但在那之前钢爪已经抓住了她的步枪,用巨大的蛮力将枪从她指缝里拖了出去。扈利倒在地板上的那摊东西里,注意到自己的外套被佐佑木的血弄脏了,撕破的地方流淌出较浅的红色液体,这其中肯定有一部分是她自己的血。

手术机器抬起枪,稳稳当当地抓着,让她们看得清清楚楚,好像在为获得猎物而沾沾自喜。然后它伸出两根更灵巧的机械爪,蜿蜒到位,开始检查枪机,还抚弄着革制外壳,仿佛对枪有种怪诞的迷恋之感。机械爪开始将枪指向扈利的方位,动作缓慢,非常非常慢。

帕斯卡尔举起光束枪,把那一整坨玩意炸得粉碎,沾满血迹的金属块散落到佐佑木的遗骸上。等离子步枪砰然坠落,黑漆漆的烟雾四散喷涌,蓝色的火花从破碎的外壳中飞舞而出。

扈利撑起自己的身子,浑不在意布满自己全身的脏污。

她那把被毁掉的等离子步枪现在正愤怒地嗡鸣着,火花的跃动越来越狂暴。

"要爆炸了,"扈利说,"我们必须离开这里。"

她们转向门口,然后晃眼之间看清了现在挡住出口的东西。肯定有上千只。在船泥中叠了足足三层,所有个体都不在乎自己的生命,只为了整个愚痴群体的共同利益而行动。后面还有更多的老鼠。几百几千只的老鼠,沿着走廊往后越堆越高,一个巨大的啮齿动物潮汐,在医疗舱口荡漾,准备向前涌去,化作一波海啸,贪婪地吞噬一切。

扈利拔出了自己现在唯一剩下的武器,那把小小的、火力低弱的针弹枪。她之所以带着它,只是因为它特别精准。她开始朝着无数的老鼠喷出细弱的火力,而帕斯卡尔则将光束泼洒向它们。对眼前的任务而言,光束枪跟针弹枪几乎是半斤对八两。她们枪口所向之处,老鼠们纷纷爆炸起火,但永远有更多老鼠安然无恙，现在第一拨老鼠开始爬进医疗舱了。

走廊上骤然光明大亮，接着是一连串的梆梆声，间隔近得几乎合为一体，变成了一整片连绵不绝的轰鸣。噪声和光亮越来越近。老鼠们被越来越近的爆炸推到空中飞舞。烤熟的老鼠散发出可怕的臭气，比医疗舱里弥漫的血腥味更加糟糕。渐渐地，老鼠的浪潮开始减退，散去。

伏尔约娃站在门口，她的实弹枪冒着烟，枪管烧得色如熔岩。在她们身后，扈利那件报废了的武器突然陷入了不祥的沉默。

"现在我们最好赶紧离开。"伏尔约娃说道。

她们朝伏尔约娃奔去，沿路踩过那些死去的老鼠和寻找藏身地的活鼠。扈利感觉到有什么东西猛地撞到了脊背。一阵风，比她所知的任何风都更热。她感觉自己脱离了地面，然后短暂地飞到了空中。

第三十二章

> 2566 年，前往刻耳柏洛斯表面途中

这一次晕头转向为时较短，虽然他发现自己所处的地方在他的认知中无比陌生。

"正朝刻耳柏洛斯桥头堡降下。"空天服的通告听起来干净利落，毫无赘余，仿佛这是个极其寻常的目的地。众多图表在空天服的显示屏上滚动，但他的眼睛无法正常聚焦，于是他让空天服把图像直接丢进大脑。然后就好多了。虚假地表的轮廓——现在十分巨大，填满了半边天际——被用淡紫色的线条勾勒出来，它们弯曲有致的模拟地质结构让这个世界显得比以往任何时候都更富于褶皱，更像大脑。这里几乎没有什么自然光源，只有哈迪斯和更远处的孔雀六本身在发出暗淡的红光，犹如两团遥远的篝火。但这套空天服通过将近红外光子转移到可见光中来补偿了这个问题。

此时地平线上有什么东西开始突起，在绿色的覆盖图层下面闪动着。

"桥头堡，"西尔维斯特的语气就像听到有人在对他说话一样，"我看到了。"

现在他眼里那东西很小。看上去就像一个微不足道的碎片的尖头，刺入了上帝亲手打造的石雕，破坏了它的完美。刻耳柏洛斯的直径有两千千米，桥头堡的长度仅有四千米，而且现在大部分都埋进了地壳下面。在某种程度上，这个装置相对于这个世界如此微小，恰好最能证明伊利亚·伏尔约娃技术的高超之处。不管它有多小，对于刻耳柏洛斯仍然是眼中钉、肉中刺。这点即使从这里也能一望而知。桥头堡周围的地壳看起来就像是红肿发炎了，内压大到超出了本身的承受能力。在这件武器周围几千米的范围之内，地壳甚至放弃了那些看起来非常真实的伪装。在这些地方，它恢复到了自己的——西尔维斯特所认为的——原生状态：一个六边形的网格，边缘模模糊糊地融入岩石之中。

他和空天服将在几分钟内越过前方的巨口——圆锥体开口的那一端。西尔维斯特现在已经能感觉到重力在牵扯自己的内脏，哪怕他仍然沉浸在空天服的气凝胶中。诚然这里的重力很弱，只有地球标准值的四分之一，但从这个高度摔下去还是足以致命，无论有没有空天服保护都一样。

这时，终于有别的东西也出现在他眼前广袤的空间中。他调用了增强功能，看清了那东西，是件空天服，跟他自己身上的一模一样，在夜色中明亮地闪烁光芒。它略为领先于他，但循着同样的轨迹，朝着进入桥头堡的圆形入口飞去。这让他联想起两块漂流在海洋中的食物，即将被吸进桥头堡前方的巨大漏斗里，然后被刻耳柏洛斯吞入脏腑中消化掉。

他告诉自己，现在已经没有回头路了。

三个女人跑在走廊上，地上铺着一层厚厚的死老鼠，还有些硬邦邦的烧焦了的硬壳，可能曾经也是老鼠，不过也难说，毕竟她们实在不想仔细观察。三人组现在还剩下一把重火力武器，这把枪足以打发飞船派来对付她们的任何机仆。她们还有些小手枪，也许可以完成同样的任务，但前提是使用者得是个行家里手，还得有点好运。

她们脚下的地板时不时会晃动一下，让人心神难安。

"这是怎么了？"扈利问道。医疗舱爆炸致使她身上多处瘀伤，现在走路还一瘸一拐。"这意味着什么？"

"这意味着盗日者正在做实验。"伏尔约娃每说两三个字就得停下来喘口气，她的一侧身子正火辣辣地疼。她在复生星上受的伤先前似乎已然痊愈，现在看起来又要纷纷崩裂了。"目前为止，他用来对付我们的都是些不怎么关键的系统，机器人和老鼠都是。但他也知道，只要他能搞懂该怎么合理地运用引擎——如果他能学会如何在其安全界限之内进行操控——他只需要把推力加大，要不了几秒钟就能把我们统统压烂。"她喘着粗气继续往前跑了几步，"我就是这么杀死纳戈尔尼的。但盗日者不像我这么了解这艘飞船，哪怕现在是他掌控全船。他正在非常缓慢地一点点调校引擎，试图完全搞清引擎的操作方式。一旦他摸清了——"

"有没有什么地方是安全的？我们可以到达，但那些老鼠和机器无法到达的地方？"帕斯卡尔问道。

"有。但没有任何地方能阻挡加速力①，不让它延伸进去碾死我们。"

"所以我们应该下船。你是这个意思吗？"

伏尔约娃停下脚步，审视了一下她们所在的位置，认定这段走廊不属于能听到她们谈话的那些飞船区域。然后她说："听着，不要抱有任何幻想。如果我们离开这里，我很怀疑我们还能不能找到办法回来。而且我们还有义务要阻止西尔维斯特，只要有哪怕一星半点的机会也要行动。哪怕我们在这个过程中会付出自己的生命。"

"我们要怎么追上丹？"帕斯卡尔问道。显然，在她看来，阻止西尔维斯特还是等同于抓住他，劝他不要再继续向前。伏尔约娃决定不去打消她的这个念头，至少暂时不。但伏尔约娃心中所想可与此大不相同。

---

① 加速参考系中对物体产生的虚拟引力。

"我认为你丈夫拿走了我们的一套空天服，"她说，"按照手环的回报，所有穿梭机都还在飞船上。此外，他也不可能自己驾驶一架穿梭机。"

"除非他获得了盗日者的协助，"扈利说，"听我说，我们能不能继续往前走？我知道我们并没有什么特别要去的地方，但我觉得走动起来总要好些，站在这儿不动让人心里发毛。"

"他肯定拿走了一套空天服，"帕斯卡尔说道，"那才符合他的作风。但他不会一个人这么做的。"

"他有没有可能接受盗日者的帮助？"

帕斯卡尔摇摇头。"绝无可能。他根本就不相信盗日者。如果他有半点察觉到自己正在被引导——被怂恿——到某个地方，那么，不，他绝不会接受的。"

"也许他当时别无选择，"扈利说，"但怎么样都好吧。假设他拿走了一套空天服，我们有什么办法能追上他吗？"

"无法在他到达刻耳柏洛斯之前追上。"这问题无须细想。伏尔约娃很清楚一个人可以用多快的速度跨越百万千米的太空，只要他能够长时间忍受十个G的加速度。"我们也穿你丈夫拿去的那种空天服的话，风险太大了。我们得坐穿梭机过去。虽然速度会慢很多，但盗日者渗透到穿梭机控制中枢的机会要少一些。"

"为什么会这样？"

"幽闭恐惧症。穿梭机比空天服要落后三个世纪。"

"而这居然对我们有好处？"

"相信我，面对具有传染能力的外星心灵寄生虫时，我总是发现技术越原始效果越好。"然后，她平静地举起针弹枪，瞄准一只大胆窜进走廊里的老鼠，把它打得肠穿肚烂，仿佛用这一击给她的话画上了一个清晰的句号。

"我记得这个地方，"帕斯卡尔说，"那时候你带我们来过，当时——"

扈利打开了大门，门上有个几乎难以辨识的蜘蛛标记。

"进去吧,"她说,"请勿拘束。然后开始祈祷吧,祈祷我还记得伊利亚是如何操纵这玩意的。"

"她准备在哪里和我们会合?"

"外面,"扈利说,"我衷心希望如此。"

此时她已经关上了蜘蛛房的大门,将目光投向那些黄铜或青铜的控制装置,希望脑子里能擦亮几个记忆的火花。

第三十三章

> 2566 年，刻耳柏洛斯 / 哈迪斯附近轨道

伏尔约娃让针弹枪滑进自己掌中，然后靠近船长。

她知道自己必须尽快赶到机库所在的船舱。任何耽搁都可能会给盗日者提供所需的时间，让他找到杀死自己的方法。但有些事情她必须要先做。这不合逻辑，没有道理，但她知道无论如何自己都必须这么做。于是她从楼梯间爬到船长所在的楼层，走进那片要人命的冰寒之中，在这里她喉管里的气息似乎都要被冻成固体了。这下面没有老鼠，太冷了。而机仆们也无法接近船长，否则就有可能被瘟疫吞噬，成为他的一部分。

"你能听到我说话吗，你这个浑蛋？"她让自己的手环把船长回暖到足够恢复清醒思维的程度，"如果能的话，请注意。这艘飞船已经被接管了。"

"我们还在布洛特附近吗？"

"不……不，我们不在布洛特附近了。那都过了好一段时间了。"

过了一小会儿后，船长才说："你刚才说，被接管了？被谁？"

"被个外星玩意。那家伙有些令人不快的野心。我们中的大多数人现在都死了——佐佑木、赫加齐，还有你认识的所有其他船员，剩下我们几个都在逃命，趁着我们还有机会。我没希望再回到船上了，这就是为什么我下面会做出些可能让你觉得有点过激的行为。"

然后她举枪瞄准，把针弹枪对准了包裹着船长的低温舱那变形扭曲、一堆裂缝的外壳。

"你明白了吗？我要让你暖和起来。在过去的几十年里，我们只能让你尽可能保持在低温状态下，但这没起什么作用，所以也许这压根就并非正途。也许我们现在需要做的是让你接管这艘该死的船，就用你认为合适的方式。"

"我不觉得——"

"我不在乎你怎么觉得，船长。反正我要这么做。"

她用手指扣紧针弹枪的扳机，心里暗自计算在给船长升温时，这东西的扩散速度会如何增长，最后得出的数字似乎不太可信……不过话说回来，他们以前从未考虑过这样做。

"求你了，伊利亚。"

"听着，老畜生，"她最后说道，"这样做也许有用，也许没有。但如果我曾经对你展现过忠诚——如果你还记得我的话——我在此所要求的就是请你为我们做些力所能及的事。"她准备开火，让针弹飞入低温舱。

但有件事让她迟疑了一下。

"我还有件事要对你说。那就是，该死的，我觉得我知道你到底是谁，或者说你到底变成了谁。"

她敏锐地觉察到自己嘴里发干，也意识到自己正在浪费时间，但有种东西让她继续说下去。

"你要对我说什么？"

"你和佐佑木一起去过图式幻戏藻那里，没错吧？我知道的。船员们以前经常聊起这件事，甚至佐佑木自己也会。但没人谈论在那里发生了什么，没人讨论图式幻戏藻对你们两个人做了什么。哦,我知道,有些流言——但也只是流言,是佐佑木编造的,目的是阻止我察觉真相。"

"在那里没发生什么。"

"不,发生了下面这件事情。你杀死了佐佑木。在多年之前。"

船长回话的语气像是被逗乐了,像是觉得自己听错了。"我杀死了佐佑木?"

"你让幻戏藻做的,让他们擦除了佐佑木的神经图式,然后将你自己的覆盖到他的大脑中。你变成了他。"

虽然到这会儿她差不多快说完了,但她还是必须停下喘口气。"只有一份存在对你来说是不够的,也许那时你已经感觉到了,这么多病毒缠身,这副身体撑不了太长时间了。所以你要移居到你的副官体内,而幻戏藻也如你所愿,因为他们和我们差别太大了,他们甚至无法理解谋杀的概念。但事实就是你谋杀了他,不是吗?"

"不……"

"闭嘴吧。这就是为什么佐佑木从来没有真的想要治好你,因为那时他已经成了你,而他并不需要治疗。而这也是为什么佐佑木能够对我做的瘟疫药物动手脚——他拥有你所有的专业知识。为此我就该让你去死,老畜生。只不过,你当然已经死了,佐佑木残余的物质现在都变成医疗中心的新装饰了。"

"佐佑木……死了?"就好像她提到其他人死去时,这家伙完全没听到似的。

"这对你难道不是很公平吗?现在你就一份了。就你自己。所以你唯一能做的,就是通过成长来保护自己的性命,来抵御盗日者。通过让瘟疫吞噬你的方式。"

"不要……求你了。"

"你杀了佐佑木,没错吧,船长?"

"事情过去……实在太久了……"但他的语气多多少少是承认了。伏尔约娃将针弹送入低温舱。看着它外壳上仅存的几个指示灯一闪而灭,然后她感觉到寒意一秒一秒渐渐消退，外壳上的冰层也因温度升高开始闪闪发亮。

"我现在要走了，"她说，"我只是想知道真相。我想，我应该说声祝你好运，船长。"

然后她狂奔起来，害怕看到身后或许正在发生的情形。

他们进入桥头堡的漏斗状通道时，佐佑木那套空天服一直若即若离，飞在西尔维斯特前方。那倒立着半插入底下的圆锥体在几分钟前还显得非常微小，但现在他眼里能看到的已经只有它了，那陡峭的灰色侧壁遮挡住了整个地平线。偶尔桥头堡会颤抖一下，提醒西尔维斯特它正在持续和刻耳柏洛斯的地壳防御系统进行战斗，提醒他不可以一味盲目依赖桥头堡的保护。他知道，一旦桥头堡输掉，它将在几个小时内被消化殆尽。地壳上的伤口会闭合，他的逃生路线也会随之关闭。

"有必要补充反应物料。"他的空天服说道。

"什么？"

自从他们离开飞船后，佐佑木头一次开口说话了。"我们到这里耗费了很多物料，丹。我们需要在进入敌对领土之前补满供给。"

"去哪里补？"

"看看你周围。有很多反应物料在等着被利用。"

当然了，他们从桥头堡本身抽取资源是毫无阻碍的。他同意了，放手让佐佑木控制自己的空天服。一片陡峭的弯曲墙壁耸立前方，越来越近，上面密密麻麻满是突起和散乱分布的机械群。这东西的规模令人震撼，就像一堵巨大的水坝，向着两边弯曲延伸，最终两端相接。他想起一件事，艾丽西娅和她的叛乱同党们的尸体就在墙内某处……

这里的重力已经强到足够让人产生剧烈的眩晕感，下方桥头堡收窄的前端加深了这种效果，让它看起来像一口无限深远的竖井。几百米外，佐佑木那件空天服的星形斑点已经碰到了对面那陡峭的巨墙。片刻之后，西尔维斯特也触及了一道狭窄的壁架，它略为突出于墙壁之外，不超过一米。他的双脚在壁架上柔柔一触，然后忽然之间他就停在了那里，那姿势仿佛随时准备翻身倒下，坠回自己身后那片虚空之中。

"我要做什么？"

"什么都不用做，"佐佑木说，"你的空天服知道该怎么做。我建议你现在开始信任它，只有它才能让你活下去。"

"这话算是在对我做出安全保证？"

"你觉得现在算是做安全保证的合适时机吗？你即将进入人类有史以来最陌生的环境。我想现在安全保证对你来说毫无意义。"

西尔维斯特注视着自己的空天服，看着它胸部突起一根管道，管道前伸，碰上了桥头堡的墙壁本体。几秒钟后，管道开始震动，一个个凸起的结节沿着管身蠕动，收回到空天服中。

"卑鄙。"西尔维斯特说。

"它在汲取桥头堡中的重元素，"佐佑木说，"桥头堡自愿奉献自己，因为它将空天服认证为友军。"

"如果我们在刻耳柏洛斯里面耗尽了能源怎么办？"

"你死掉之后很久，你的空天服才会遇到能源耗尽的问题。但它需要为自己的推进器补充反应物料。它不缺能量，但要变速仍然需要原子。"

"我不确定我是否喜欢最后这段关于死掉的叙述。"

"现在掉头也还来得及。"

这是在试探我，西尔维斯特想道。有那么一瞬间，他理智地考虑了下要不要掉头，但也只是一瞬间。他很害怕，是的，比他还能回忆起的任何时候都要害怕，哪怕他当初在拉斯凯尔天幕的时候也没有这么害怕。但就像那时一样，他很清楚冲破自己恐惧的唯一方法就是继续前进。去面对导致这种恐惧的东西。然而当补充反应物料过程完成后，他还是得拼尽所有勇气，才能让自己的脚离开壁架，继续在桥头堡内的虚空中下降。

他们一路向下，下坠很久之后才短暂地进行反冲喷射，控制他们的下落速度。佐佑木这段时间开始允许西尔维斯特有意识地对自己的空天服进行控制，慢慢地减少空天服的自主性,直到大部分过程由西尔维斯特自己控制,其间的过渡几不可察。他们正在匀速下降,每秒三十米,但随着漏斗的壁面越来越近,他们有种降速在加快的错觉。现在佐佑木离西尔维斯特只有几百米距离,可那套看不到面孔的空天服却丝毫没有人类的存在感,西尔维斯特依旧感觉自己似乎没有同伴,感到可怕的孤独。他觉得,这是合情合理的——上次阿玛兰汀人到访之后,直至今日,大概没有任何有思维的生物曾如此靠近刻耳柏洛斯。在其间数十万年的悠悠岁月里,当有何等怨魂于此郁积?

"接近最终注入管道。"佐佑木说。

圆锥壁的直径至此收缩到了只剩三十米,再往下可以看到的范围内,它不再收缩,而是笔直深入黑暗。他的空天服没等他吩咐就朝着洞口的中线移去,佐佑木的空天服稍稍往后挪了一下。

"我不会跟你争夺第一个进入的荣誉,"这位三人团成员说道,"毕竟对此你已经等得太久了。"

他们进入了竖井段。墙壁探知他们的到来,点亮了嵌在墙里的红色照明灯。现在垂直速降带来的眩晕感更强烈了,他感觉已经不只是一点恶心了,还非常像被一根巨大的注射器打进了下半身。西尔维斯特记得,加尔文曾向他展示过将内窥镜放入一位病人体内所观察到的场景。这种古老的手术工具一圈圈地盘绕在那里,最前端有个摄像头。他想起了视角顺着动脉一头扎进去的那种感觉。他又想起了在方尖碑发掘现场被捕的那天夜里,他乘坐飞机前往居维叶城,在山谷之间穿行,投向他的政治宿敌。他有些好奇,在他的生命中,是否曾经有过这样的时刻——他能确切地知道在两侧奔腾而去的高墙尽头,等待着他的是什么。

然后竖井消失了,他们在虚空中往下坠去。

伏尔约娃到达机库,在一个观察窗前停了一会儿,检查那些穿梭机是否真的在里头,以及她在手环上看到的数据是否被盗日者篡改过。那些等离子翼的跨大气层小飞船还在那里,被夹在各自的船坞位里,就像铁匠工坊里的一排排箭镞。她现在就可以通过手环让其中某艘开始启动，但那太危险了，太容易引起盗日者的注意，让那家伙警觉到她的计划。目前她还是安全的，因为她没有进入飞船里盗日者的目光可以看透的区域。至少她希望还没有。

她不能径直走到随便哪架穿梭机上。通常的进入路线都会让她穿过不敢进入的区域。在那些地方，机仆可以自由活动，监察鼠会直接透过生化过程和盗日者进行交流。她现在只有一件武器，一把针弹枪。她将那把大实弹枪留给了扈利，虽然她并不怀疑自己用枪的水平，但单纯靠技术和决心能做到哪一步是有限度的。尤其是飞船现在有时间合成武装无人机的情况下。

所以接下来她去找了一条到气闸室的路——不是通向外面太空的气闸室，而是通往机库减压舱。舱室里的烂泥深达膝盖，所有的照明和加热系统都已经失效。很好。如此一来，盗日者就不可能远程监视她，甚至应该都不知道她来到了这里。她打开一个储物柜，发现应该在里面的轻型空天服确实还在，而且没有因为暴露在船泥中而受到明显损坏。她大大地松了一口气。相比西尔维斯特穿走的那种空天服，这里的空天服体积要小一些，也没那么智能化，缺乏自动控制系统，也没有完整的推进系统。在穿上这套空天服之前，她朝着自己的手环念出一连串的语句，并再三复述确认，然后让手环转而对她透过通信器所发出的语音命令做出响应，而不是直接用自己的声音传感器接收命令。然后，她还必须给空天服装上一个推进器背包。有那么一小会儿工夫，她专心致志地盯着背包的控制装置，仿佛只要有足够强大的意愿，使用它的相关知识就会从她的记忆里自己冒出来似的。最后她认为，等到需要的时候，那些基础常识她自然会想起来的，于是便小心翼翼地把针弹枪收进空天服的外挂战术腰带里。她不慌不忙地退出气闸室，飞快地冲入机库，同时用一个很小的恒定推力阻止自己飘落舱底。现在飞船没有处于零重力状态的区域，因为飞船本身并没有绕着刻耳柏洛斯运行，而是人为地固定在太空中，反正这样做产生的消耗对于引擎动力而言微不足道。

她选定了自己要使用的穿梭机，球形的离港忧郁症号。她看到机库的一边有一对啤酒瓶绿色的机仆离开了自己的泊位，朝她侧移而来。这是两台"自由飞行家"，球状的躯体上长着机械爪和切割设备，用于维修穿梭机。显然，她进入机库时，也就进入了盗日者的感知领域。好吧，这是没办法的事，她带着针弹枪，也不是用来鼓励自己去跟没有自我意识的机器大伤脑筋地谈判的。她冲它们开火了。为了打断任何一台机器关键系统的运行，她都需要打中不止一发才行。

被击中的两台机器冒着黑烟朝机库底部飘去。

她用拇指搓动喷气背包的控制装置，示意它加快推进速度。离港忧郁症号现在看起来相当大了。她已经可以看到散布在机身各处的细小警告标识和技术指示，尽管它们大多是用已无人使用的文字写成的。

另一架无人机从穿梭机的弧面背后悬空绕出。这架无人机比自由飞行家更大些，机身是个赭色的椭球，上面布满了折叠式机械手和传感器。

它用一件东西指向伏尔约娃。

所有的东西都变成了鲜艳而刺眼的绿色，让她想把自己的眼球从眼窝里扯出去。那东西正用激光向她扫射。她咒骂了一句——她的空天服及时换到了遮光模式，但实际上她现在还是失去了视力。

"盗日者，"她假定对方能听到她的话，"你正在犯下一个非常严重的错误。"

"我不这么认为。"

"你现在更会说话了，"她说，"先前我们交谈的时候你还颇有点呆板。发生什么事了？你接入了自然语言翻译器？"

"我在你们之中待的时间越长，就越了解你们。"

她再说话的时候，空天服退出了遮光模式。"至少比你跟纳戈尔尼一起那会儿好，是吧。"

"我并不想让他陷入噩梦的。"盗日者的声音还是和以前一样虚无缥缈，就像混在静电白噪声中的轻声耳语。

"是啊，我也怀疑你确实没有。"她咯咯笑了起来，"你现在不会想杀了我吧？或许你想杀光其他人，但不包括我，现在还不行。在桥头堡可能还需要我的专业知识的时候不行。"

"那个时间段已经过去了，"盗日者说道，"西尔维斯特现在已经进入了刻耳柏洛斯。"

这可不是什么好消息，根本不是什么好消息，虽然她的理智几个小时前就告诉她多半会是这样。

"那必定是有别的原因，"她说，"你因为别的原因仍然需要桥头堡保持畅通。不可能是关心西尔维斯特能不能回来。但如果桥头堡完蛋了，你不一定能确知他已经深入到了哪层结构。你需要知道，不是吗？你需要知道他的深入程度，了解他是否满足了你的某种要求。"

盗日者没有回应。伏尔约娃认为这就等于是默认，她已经离真相不远了。也许这个外星玩意还没有学会所有的诡计，毕竟这种技术可能是人类独有的，对这家伙来说是个全新的领域。

"让我乘上穿梭机。"她说道。

"如果你想追上西尔维斯特的话，这型号的飞行器就太大了，乘坐它无法进入刻耳柏洛斯。"

这东西真以为她没想到这点吗？有那么一瞬间，她甚至感到惋惜，盗日者如此不可思议地不具备掌握人类心灵运作方式的能力。在某个层面上，他已经做得足够好了：他能利用恐惧或是回报预期来布下诱饵，依赖情绪发挥作用的诱饵。这并不是说他的逻辑有问题，主要是他高估了逻辑在人类行为中的重要性：他好像以为，向伏尔约娃指出她打算要完成的任务本质上形同自杀，就可以忽然间把她吓到，让她回心转意改换立场。唉，你这个怪物还真是又可怜又可笑，她在心中想。

"我送你一个词。"她边说边迈开脚步，冒着被无人机拦截的风险朝穿梭机的气闸走去。然后她说出了那个词，并且在之前就在心中诵出了为让这个词本身起效所需的前置咒语。她真的从来都没有想到，会有一天在这样的境况中被迫使用这个词。但她之前就被迫用过一次了。会动用这个词本身就足够让人惊讶了，几乎和她还记得这个词的事实一样让人惊讶。伏尔约娃那时就断定，可以依赖预判行事的时代早就一去不复返了。

她说出的那个词就是"帕尔西"。

这对那台机仆产生的影响颇为滑稽。在她走到气闸口，手动操作进入穿梭机时，这台机器并没有试图阻挠她，而是先漫无目的地盘旋片刻，然后照着一面墙壁猛冲过去。突然与飞船失去联系之后，它现在只能遵循自己内部存储的有限几种独立行为模式行动。机仆本身其实毫发无损，执行帕尔西指令只影响到飞船本身的计算机系统。但最先崩溃的那批系统里应该就包括了为所有无人机提供服务的无线电/光指挥网络。只有完全自主工作的无人机才会不受影响地继续运行，而那些机器从来就没有被盗日者纳入麾下。此刻成千上万在整艘飞船上按外部指令行动的无人机，应该都在争着抢着试图接入能连上控制系统的终端。甚至那些老鼠也会感到困惑，向它们分发生化指令的气溶胶也在受影响的系统之列。这些啮齿动物不再被冷酷的机器控制之后，会开始恢复到行为特征更接近它们那些野生祖先的原生状态中。

伏尔约娃关闭了气闸，然后快乐地察觉穿梭机在感应到她之后，立刻就开始做开机准备了。她扶着墙壁飞进主舱，那里的导航仪表已经亮起，甚至已经在重新配置自己，以配合她喜欢的人机界面。穿梭机的内壁正液化流动，朝着新的、理想的形态变化。

接下来她要做的就是冲出去了。

"你刚才感觉到了吗？"扈利在装点着大量金属毛绒的蜘蛛房中问道，"整艘船刚才都在颤抖，像地震似的。"

"你认为是伊利亚干的？"

"她说，我们应该一收到信号，就松钩起行。她还说信号会极其明显。刚才那信号确实挺明显的，不是吗？"

扈利知道，如果再等下去，她就会开始怀疑自己感官所提供的证据，开始怀疑飞船是否真的发生了抖动，然后就太晚了。有件事伏尔约娃说得再清楚不过：当信号来临时，扈利必须迅速行动。伏尔约娃说过了，时间不会太多。

于是，她动手起锚。

她把两个成对的黄铜控制盘同时扭到了尽头，倒不是说她见过伏尔约娃这样操作，她只是希望，如此剧烈、随意而且可能很愚蠢的操作，必定会导致出现些通常不可取的后果，比如让蜘蛛房失去对船体的抓力。而现在她正是想要这样的后果。

蜘蛛房从船壳上脱离开来。

"我们是逃出生天，还是完蛋大吉，"扈利说话的时候，感觉自己肚子里由于突然过渡到自由落体在翻江倒海，"再过几秒钟就可见分晓。如果那真是伊利亚给出的信号，那么离开船壳是安全的。但如果不是，我们几秒钟后就会进入飞船自带武器的射界中。"

扈利看着飞船退去，渐行渐远，最后她不得不眯起眼睛，以避开联合体引擎的强光。引擎几乎没在运作，但房内依旧明亮如烈日当空。从蜘蛛房的某个地方可以让窗口的百叶窗帘合拢，但这个操作细节扈利没有记下。

"它为什么不会立即向我们开火？"

"损害自身的风险太大。伊利亚说，这些限制是硬性规定的，盗日者也别无他法，只能接受。估计我们现在差不多快到那个点了。"

"那个信号，你觉得它是怎么回事？"看起来帕斯卡尔更喜欢说话而非沉默。

"一个程序，"扈利说，"埋在飞船深处，盗日者永远也找不到的地方。连接着遍布飞船各处的数千个断路器。伊利亚运行它时——如果她运行它的话——将会让数千个系统在同一时刻停止运行。一次系统大崩溃。我想，那就是飞船颤抖的原因。"

"也会让武器系统瘫痪？"

"不……不完全。如果我没记错伊利亚告诉我的内容的话，不会。有些感应器，也许还有部分瞄准系统会瘫痪，但火控系统不会受到影响。我记得是这样的。但我认为飞船上的其他部分都会被搞得乱七八糟，盗日者得花一段时间才能让自己恢复，协调自己的各个部分，确认自己的状况。然后他就可以再度拥有开火能力了。"

"但武器随时可能上线？"

"所以我们必须抓紧时间。"

"我们好像还在对话。这是否就意味着……"

"我想是的。"扈利强忍着才没咧嘴狂笑，"我想我对信号的解读是对的，我想我们是安全的——至少目前是安全的。"

帕斯卡尔长出了一口大气。"现在怎么办？"

"我们必须找到伊利亚。"

"应该不难。她说我们不用做什么别的，只要等着信号就好。然后她会在……"扈利的声音越来越小。此时她正看着身后的拥光船，这飞船现在挂在她们头顶，好似一座浮空的大教堂尖塔。飞船有些不对劲。

有什么东西在破坏它的对称性。

有什么东西正在从它当中破壳而出。

起初只是些极小的破口，就像小鸡使劲用它下颌骨的尖端啄穿蛋壳时那样。白光闪动，然后是一连串的爆炸。被破坏的船体碎片急速飞散而起，而后又迅速被重力之手攫走。遮蔽着破坏现场的面纱就这样被荡开，露出了下面的实际破损之处。那是在船体上打出的一个小小的洞。看上去很小，但那是因为这艘船太大了，实际上这个洞的直径肯定得有好几十米。

随后伏尔约娃的穿梭机从她打开的破口里一冲而出，在飞船的巨体旁徘徊片刻，然后一个急转，掉头朝着蜘蛛房俯冲过来。

第三十四章

2566 年，刻耳柏洛斯 / 哈迪斯轨道

把蜘蛛房安全地收进离港忧郁症号的棘手差事，扈利完全丢给了伏尔约娃。操作比以为的更加麻烦，倒不是因为蜘蛛房体积太大，既有空间不足以容纳，而是因为它的长腿晃晃悠悠，怎么都不肯整齐地折叠起来，卡得货舱门没法关上。最后——行动开始后还没过一分钟——伏尔约娃不得不派出一队机仆，将它的长腿强行掰齐。对一个外部观察者来说——当然，这里并没有观察者，只有那半瘫的巨大拥光船，不祥地沉默着——这个过程肯定很像一队小精灵在试图把一只昆虫塞进珠宝盒里。

最后伏尔约娃终于成功地关上了大门，长方形的星空晃动着越变越窄，直到最后一线也被挡在了视野之外。室内灯光亮起，接着加压时快速而响亮的呼啸声通过蜘蛛房的金属外壳传了过来。机仆再次出现，迅速将蜘蛛房锁定，以防止位置飘移。那之后过了不到一分钟，伏尔约娃就出现了，没穿空天服。

"跟我来,"她喊话的声音在舱内回荡,"我们越早离开武器射界越好。"

"飞船武器的射界到底有多远?"扈利问道。

"我也不清楚。"

"你用你的程序狠狠打击了那家伙,"她们三个人手牵手,把自己拽入上方的穿梭机舱内,"干得漂亮啊,伊利亚。我们在外面都感觉到了——一次好严重的系统崩溃。"

"我想这确实伤到了他,"伏尔约娃说道,"有过那次秘藏武器暴走的经验之后,我把帕尔西复位了,并且还多连进了些断路器。这次瘫痪会触及的深度可远不止切肤之痛。不过,我真希望我当初在联合体引擎周围安装了破坏性装置。那样的话我们就可以点了这艘船,然后逃之夭夭。"

"那样的话,要回家岂不是有点困难?"

"很有可能。但那肯定会让盗日者彻底完蛋。"说完她想了想,然后补充了一句,"不只如此,没有了这艘船,桥头堡就会开始溃败,因为不会再有来自档案库的更新了。那我们就赢了。"

"这就是你能想到的最乐观的结果了吗?"伏尔约娃没回答。

她们已经到了驾驶舱。扈利发现,这里和她所见过的任何一个驾驶舱一样,都是可喜的现代化布局:纯白,毫无装饰,就像个牙医的手术室。

"听着,"伏尔约娃看着帕斯卡尔说,"我不知道你已经明白了多少,但总之如果现在桥头堡输掉——这是我们所希望的结果——那对你的丈夫来说可不一定是好事。"

"假设他已经到了的话。"

"哦,我想我们可以做出这样的假设。"

"另一方面,"扈利说,"如果他已经进入内部了,桥头堡现在输掉也不会改变什么,只会让我们没法追上他。"她顿了顿,补充道:"我们现在的计划就是要追上他,不是吗?我的意思是,我们至少要试一下。"

"总得有人去试试,"伏尔约娃说话间已经把自己在一张控制椅上扣好,伸出手指与她常用的那块老式触摸感应控制板对接,"现在我强烈建议你们自己找个位置坐好。我们即将在不长的时间内跟拥光船拉开很大一段距离。"

引擎几乎在她刚一说完就发动了，呼啸着迅速启程。之前她们还难以区分到底哪边是地板，哪边是天花板，哪边又是墙壁，现在它们之间的差别忽然间变得非常真切。

在井壁消失，他们开始在虚空中下降的那一刻，西尔维斯特有种强烈的感觉：他的垂直速度忽然消失殆尽，这感觉强烈得让他感到自己的身体紧绷起来，准备迎接想象中的重压。但这是错觉：他们仍在下降，而且现在比以往任何时候都快，只不过参照点比以往远太多，导致运动难以察觉。

他进入了刻耳柏洛斯。

"好吧，"加尔文开口了，这似乎是他这几天来头一次说话，"这就是你期望的吗？"

"这不算什么，"西尔维斯特说，"只是个前奏。"

但这已经是他见过的人工建筑中最奇怪的了，也是他被困的所有地方里最怪异的。地壳在他上方弯曲：包围着一整个世界的屋顶，被桥头堡的尖头打穿了个窟窿。这个地方闪烁着一种特殊的微弱荧光，似乎是由那些巨蛇发出的。群蛇错综复杂地在他现在当作地板的位置盘成一片。那些巨大的树干状支柱一直延伸到天花板，扭曲虬结，生机勃勃。现在他看到的景象比从机器人探测器上获得的清晰多了，他可以看得出这些支柱似乎更像是从天花板向下一直长到地板上的，而不是相反。它们的根部与地板融为一体。穹顶看起来不那么富于生命活力，更加晶莹剔透。他的脑海中灵光一闪，忽然间看出一件事：地板比天花板更古老。天花板是在地板完工之后，才围绕这个世界建造出来的。二者看起来似乎源于不同阶段的阿玛兰汀人科技。

"控制你的下落速度，"佐佑木说，"我们不希望太快落地，也不希望误入还没有被桥头堡无效化的防御系统。"

"你觉得这里可能还有敌对单元？"

"也许这一层没有。"三人团之首说，"但再往下的话，我相信我们可以指望见到。不过，这种防御措施在过去的一百万年里可能没怎么用过，所以它们可能很大程度上已经……"他似乎在琢磨着该怎么说，"荒废了。"

"但是，我们大概并不能指望必定如此。"

"是的，大概不能。"

空天服增大了推力，重力感也随之增加。这里的重力只有标准重力的四分之一，然而穹顶这件人造制品的体量仍然令人望而生畏。他和外太空之间被这一千米厚的穹顶隔开。之后如果想离开，他就必须再度穿过这一千米厚的穹顶。当然，在他脚下还有行星，它的直径足有一千千米，而且他还不知道要向里头钻进多深才能找到自己所寻觅的东西。他希望不会太深，他在计划中给自己分配了五天的时间用于行程和返程，现在看来这样安排实在是紧凑得有些危险了。从外面观看时，他很容易接受伏尔约娃那些损益方程，并相信它们确实反映了现实。而在这里，它们当中出现的那些力量结晶固化成了凶险异常的巨大构造之际，他对这些方程的预测能力抱有的信心就锐减了许多。

"你怕得屁滚尿流了，对不对？"加尔文说。

"你现在能读懂我的情绪了，是吗？"

"不，只是你的情绪理当是我的情绪的写照。你和我，我们的思维很相似。现在比从前更相似。"加尔文顿了顿，"而我并不介意承认，我现在非常非常害怕。可能远超区区程序有权利感到的程度。是不是很有远见，丹？"

"回头再表现你的远见吧——我相信你会有机会的。"

"我猜你正感到自己很渺小，"佐佑木插话的时机简直就像他一直在偷听，"嗯，你有这样的感觉很合理。你确实很渺小。这正是此地的庄严之处。你有选择的话，会希望不是这样吗？"

地面正朝他冲来，上头散落着些形状规整的石块。空天服的接近报警器开始响起，告诉他现在离地面很近了。现在的距离略少于一千米，但看上去已经近到触手可及。他感觉到包裹着他的空天服开始自我调整，将自己重塑为适合地面行动的形态。一百米。他们正朝着一块平整的晶板下降，大概是从天花板上掉下来了一大块。足有一个小舞厅那么大。他能在大理石纹路的晶板表面看到自己的空天服推进器发出的刺目眩光了。

"在撞击前五秒停止喷射,"佐佑木说,"我们可不希望热量触发防御反应。"

"是啊,"西尔维斯特说,"那是我们最不希望发生的事。"

他认为空天服应该可以保护他不摔伤,但在双脚还有五秒就要接触到晶板的那一刻,他花了很大的意志力才让自己遵从佐佑木的指示,进入自由落体状态。衣服微微胀大,凸出些缓冲防护板。气凝胶密度上升,有那么一瞬间,他几乎陷入黑视状态。但撞击真正发生时,却轻柔得几乎无法察觉。他眨了眨眼,然后发现自己已经四脚朝天躺在了地上。太好了,他想,真有尊严啊。然后空天服修正了自己的姿态,让他一弹而起,重新站立起来。

站立在刻耳柏洛斯之上。

第三十五章

> 2567 年，刻耳柏洛斯内部

"现在过了多久了？"

"我们出来一天了。"佐佑木的声音听起来遥远而微弱，虽然他的空天服离西尔维斯特只有几十米远，"我们还有很多时间，不用担心。"

"我相信你，"西尔维斯特说，"至少，我心中有一部分相信。另一部分则不太确定。"

"那另一部分可能是我吧，"加尔文在他脑中无声地说道，"而且，不，我不相信我们还有很多时间。我们也许真的有，但我认为，这种事不能指望。在我们所知如此少的情况下不能。"

"如果这是为了让我们保持信心……"

"不，不是的。"

"那就闭嘴吧，除非你能讲出什么有建设性的话来。"

他们已经深入刻耳柏洛斯第二层好几千米了。从某个角度来看，这进度不错，他们迄今下降的垂直距离已经超过了地球上最高的群峰——但还是太慢了。按照这样的速度，即便他们真能成功抵达他们奋力奔赴的那个目的地，也永远无法及时赶回了。在那之前，桥头堡无疑会在地壳防御系统不知疲倦的驱赶下屈服，它将在这股力量下被消化，或者是被这星球吐回太空，就像吐掉一根没用了的吸管。

第二层地貌——巨蛇在其上蜿蜒，支撑穹顶的巨树将根部插入基岩——和外观呈半有机体的上一层结构大不相同，到处都是结晶体。各种各样的晶体密密麻麻堆在一起，他们不得不从其间狭窄的缝隙里往下穿行，就像是两只在一层层墙砖间穿行的蚂蚁。飞得很慢，而且空天服的反应物料储备也消耗得很快，因为下行过程当中必须要不停地打开喷口停下来变向。起初西尔维斯特建议用单纤维丝抓钩前行，他们的空天服可以弹出（或者长出，或者挤出，他懒得管这种细节）这种装备，但佐佑木说服他打消了这个念头：这样做是可以节省反应物料，但也会让他们的下降过程大大延长，毕竟再往下还有几百千米的距离。除此之外，他们的运动完全被限制在垂直平面上，如此一来他们将很容易变成设想中可能存在的反制武装系统的活靶子。所以他们大部分时间都要往下飞，在必要的时候停下，切取少量刻耳柏洛斯本身的材料。到目前为止，刻耳柏洛斯并没有抵制他们这种吸血鬼式的行为。晶体中含有微量的重元素，足以补充推进器的物料储备。

"它仿佛并不知道我们在这里。"西尔维斯特说。

加尔文回应了他："也许它真不知道。在它经历过的记忆中，应该没多少东西能跑到这么深的地方来。侦测入侵者并进行防御的系统长期不用，可能早已退化萎缩——假如它们当初曾经存在的话。"

"我怎么有种感觉，你忽然之间很想让我开心？"

"我认为，我一直都在记挂着你的福祉。"在他的想象中，加尔文正展露笑容，虽然此时的模拟程序中并不包含视觉组件，"总而言之，我真的相信刚才所说的情况。我想，我们越深入，被认作不受欢迎的东西的可能性就越小。这就像人体一样,疼痛感受器密度最大的位置就是皮肤。"

西尔维斯特感觉自己的胃部在痉挛,就像是当年自己某次在渊堑城外的地表徒步旅行时,因为喝了太多的冷水而出现的那种感觉。他有些好奇,加尔文刚才说的那些话当中,是否有那么一星半点的真实。不过那些话确实令人宽慰,这点毋庸置疑。但这是否也意味着,更深处的一切都将处于半休眠的状态?地壳的强大防御现在或许已经毫无意义,因为下面的东西早已没有按照阿玛兰汀人的意思运作了?刻耳柏洛斯会不会就像是个宝箱,虽然被牢牢锁住,表面装饰得光鲜亮丽,但里面却只有些生锈的垃圾——会吗?

这样考虑是没有意义的。如果这一切有任何意义,如果他这辈子过去的五十年(甚至可能更长时间)并非纯属贪执妄想,那前方就必定有值得他苦苦寻觅的东西。他没法清晰地表达出这种感觉到底是怎么回事,但他对任何事情都从没有像眼下这样无比充满信心。

又一天在下降中度过。西尔维斯特断断续续睡了些时候,只有当发生了什么值得注意的事情,或者外部场景的变化超出了某个内置阈值,并且空天服判定他最好是醒来看看的时候,他才会被唤醒。佐佑木似乎没睡,至少西尔维斯特没发现,不过他把这归结于此人奇怪的整体生理结构。他的血液里有着浓稠的机械药,它们在不断地清除垃圾。他被幻戏藻重新设置过的大脑,没有按固定时间正常睡眠也能正常工作。在最轻松的路段,他们下降的最高速度可达每分钟一千米,通常发生在一些深不见底的竖井出现在他们视野中的时候。返回时他们的速度理所当然会更快些,因为空天服会记住他们来时的路径,除非刻耳柏洛斯本身的结构发生变化。这会儿他们往下降了好几千米,频频遇到死胡同或狭窄危险的竖井,这种时候他们就会退回到上一个分支点,尝试另一条路线。这纯粹是个试错过程,因为在那些巨大而坚固的晶体单元的阻挡之下,空天服的传感器朝着任何一个方位都无法看到几百米开外的情形。但他们始终在缓缓前进,一千米又一千米,始终沐浴在那些晶体流溢出的病态绿松石色光辉之中。

渐渐地,他们周围构造的特征发生了改变,这里出现了直径数千米的晶板，冰川般冷漠、死寂。所有的晶体都彼此相连，但互相的间隔广若苍穹，裂缝望之目眩，导致它们给人一种印象：它们是在自由飘浮着，好像在默默地否认着这世界的引力场。西尔维斯特很好奇，这些东西到底是什么？是死物——字面意思上的，结晶，还是什么更奇怪的东西？它们是组件吗？某个机器的部件，这机器太过庞大，笼罩全球，以至于根本无法瞥见，甚至无法想象其全貌？如果它们是机器的话，那肯定利用了某种量子现实的模糊状态，在这种状态下，像热和能量这样的概念都溶解在了不确定性中。当然，它们寒冷如冰（这点是空天服的热传感器告诉他的），然而西尔维斯特时不时会察觉到，在它们半透明的表面下，有些规模宏大的潜在运动，就像透过透明有机玻璃盖板瞥见时钟内部那滴答作响的机构。但当他要求空天服用传感器进行调查时，这玩意总是发回些太过含糊不清的结果，没什么用处。

在无规律地游荡着下降了四十个小时之后，他们有了个重要且有用的发现。这片晶板迷宫变得稀薄了，过渡区域只有一千米深，再下面露出了许多个竖井，比之前他们遇到的那些都更大、更深，明显是有意设计而成的。每个竖井直径两千米，他们检查了十个，每一个垂直向下至少两百千米后通向的仍然是一片虚无。竖井的壁面和那些晶体组件一样，发出略有些恶心的绿色光芒，也同样在微微颤抖，感觉同样是由于某些潜在表面之下的运动引起的，这都表明它们是同一机器的部件，虽然所履行的职能大相径庭。西尔维斯特想起了他所了解的埃及大金字塔：古埃及的建筑技术决定了那些古墓里必然布满了竖井，工人们从内部封闭墓穴，而后从那些路径脱身。或许这里也是类似的情况。又或者，这些竖井曾经用来给发动机散热，虽然那些发动机如今已寂然安眠。

发现这些竖井实乃天赐良机，通过这些竖井，他们的下降速度可以大大加快。但这种机遇也并非没有危险。束缚在竖井的笔直墙壁之间时，如果有攻击来袭，他们将无处寻求庇护，只有上下两个可能的逃生方向。然而如果他们再拖延下去，等到桥头堡溃败之际，他们将面临被囚禁在刻耳柏洛斯之内的命运。真是没有比这更惬意的死法了。所以他们还是要冒险利用竖井。

他们不能简单地向下坠落。以前下落的垂直距离不超过一千米时，这样做是可行的，但在这里，竖井的巨大纵深带来了意想不到的问题。他们发现自己在莫名其妙地飘向墙壁，不得不一直喷射脉冲来获取推力进行修正，以阻止自己被冲向那惨碧的悬崖。当然啦，这其实是科里奥利力[①]：在旋转星球的表面，风矢也正是被这种假想力弯曲成气旋的。在这里，刻耳柏洛斯也在旋转，科里奥利力不让他们完全笔直地下降，西尔维斯特和佐佑木朝着地心运动的同时，必须不断舍弃多余的角动量。然而与他们先前的缓慢进程相比，现在的速度已经很令人欣慰了。

在他们下坠了百把千米后，攻击开始了。

"它在动。"伏尔约娃说道。

离开拥光船后已经过了十个小时了。她感觉自己精疲力竭，虽然在知道自己很快就必须打起精神的情况下，她抓紧时间零零碎碎打了好几次盹。但这样其实没多大帮助，她需要更长时间的无意识状态，才能治愈最近几天身心压力带来的伤害。然而，现在她完全清醒了，就好像疲劳到极限之际，她的身体只好勉强接通某个许久未曾动用过的储备能量池。毫无疑问这状况是不可持续的，等这些临时能量又被耗尽之后，她还得为此额外付出更加沉重的代价；但此刻她很高兴自己能这样警觉，哪怕为时不长也好。

"什么在动？"扈利问道。

伏尔约娃冲着穿梭机那白晃晃的控制台，对着自己在它那马蹄形轮廓上方唤出的读数窗口点了点头。"除了那该死的飞船，还能有什么？"

帕斯卡尔打着哈欠醒了过来。"怎么回事？"

"我们有麻烦了，就这么回事。"伏尔约娃说话的时候，手指仍然在键盘上舞动着，调出其他读数以核实情况，虽然她其实并不是真的需要确认。坏消息

[①] 在转动参考系中出现的惯性力之一。由法国工程师、数学家科里奥利（1792—1843）首先确定，因而得名。——编者注

自带认证。"拥光船又动起来了。这意味着两件事，都不是好事。盗日者肯定恢复了我用帕尔西搞瘫痪的主系统。"

"嗯，十个小时也不错了，至少让我们飞了这么远。"帕斯卡尔对着最近处的位置显示点了点头，上面显示穿梭机距离刻耳柏洛斯还剩下超过三分之一的路程。

"另外一件呢？"扈利问道。

"这也就表示，盗日者现在肯定已经获得了足够的经验，可以操控引擎了。此前他只是在谨慎地调查，以防自己搞坏了飞船。"

"而这又意味着？"

伏尔约娃指向那个显示位置。"我们不妨假设他现在已经完全控制了引擎，知道了参数范围。这艘船目前的速度矢量让它处于拦截我们的轨道上。盗日者试图在我们赶上丹，甚至抵达桥头堡之前追上我们。在现在这个距离，我们作为目标显得太小了——光束武器会弥散得太厉害，伤不到我们。所有的亚相对论速度弹丸我们都可以躲掉，只要执行一段随机的飞行路径就好；但过不了多久，我们就会进入杀伤范围。"

"还有多久？"帕斯卡尔皱起眉头。伏尔约娃觉得，这习惯可不怎么可爱，但她脸上波澜不惊，没说什么。"我们不是已经抢先飞出来这么远了吗？"

"确实如此，但现在没有什么能阻止盗日者将拥光船的驱动力一路飙到几十个 G——这样的加速度我们是完全比不过的，不然在这个过程中我们就会把自己弄得粉身碎骨。但这对他来说不是问题。那艘船上现在活着的东西只剩下一种了，会四条腿跑来跑去，吱吱乱叫，你射杀它时会把地上搞得一团糟。"

"还有船长，"扈利说，"只是我觉得反正也不需要考虑他。"

"我想问，还有多久。"帕斯卡尔说。

"如果我们运气好的话，也许能抵达刻耳柏洛斯，"伏尔约娃说，"但不会留给我们太多时间去侦察周围的情况，也没时间再做斟酌。我们必须要进去，才能避开飞船的武器。而且不仅如此，我们还得往里钻得相当深才行。"她不知为什么发自内心地怪笑起来，"也许你丈夫的考量一直是对的。他的处境可能比我们任何人都要安全得多。至少目前来说是。"

竖井的墙壁上浮现出一些图案：晶体板上有部分区域开始发出比其他区域更强烈的光芒。这些图案太过巨大了，西尔维斯特过了一会儿才认出它们是什么：巨大的阿玛兰汀图像文字。事实上，不仅仅由于它们尺寸庞大，还基于另一个事实，那就是它们的呈现方式与他以前看到的所有阿玛兰汀文字都不同，几乎完全像是另一种语言。他脑海中灵光一闪，意识到自己此刻看到的是被放逐者所使用的文字，那个跟随盗日者流亡最终进入星海的群体所用的文字。这种文字与他此前所见过的任何样本之间都相隔数万年，这样看来他居然能够从中看出意义反而算是个奇迹了。

"那些文字在对我们说什么？"加尔文问道。

"说我们不受欢迎，"西尔维斯特说话的时候，依旧震惊于自己能看懂这些图像文字，"如果翻译得客气些就是这样。"

佐佑木一定是听出了他的言外之意。"确切说的话是什么？"

"他们说，这里的地层是他们做出来的，"西尔维斯特说，"是他们建造的。"

"我想，"加尔文说，"你终于被证明是正确的——这个地方真的是阿玛兰汀人的手笔。"

"要不是现在这种状况，真该为此干上一杯。"西尔维斯特说。但他现在只有一半心思放在对话上，另一半被他读的东西所吸引，被他脑海中涌现的想法所吸引。他不止一次在沉浸于翻译阿玛兰汀文字的过程中有这种感觉，但从前翻译起来都没有现在这种顺畅或完全笃定的感觉。这令人着迷，甚至有点令人畏惧。

"请继续说下去。"佐佑木说。

"嗯，我正要说——警告。它在说我们不应该再继续向前了。"

"这大概意味着，我们距离来这里时所立的目标不远了。"虽然无法证明，但西尔维斯特也有同样的感觉。

"警告说下面有我们不该看到的东西。"他说。

"看到？这个是指字面意义上的看吗？"

"阿玛兰汀人的思维是非常直观的，佐佑木。不管那是什么，总之他们不希望我们靠近。"

"这就说明，不管那是什么，它肯定很有价值。你应该也这么觉得吧？"

"如果那真的是个警告呢？"加尔文说道，"不是指发出威胁那种，是指真心实意请求你远离的那种。你结合上下文能看出到底是哪种吗？"

"如果是传统阿玛兰汀文字也许能看出。"有句话西尔维斯特没有加上：他觉得这条信息的意思正是加尔文所暗示的那样，虽然他没有办法合理地解释这种感觉从何而来。不过这并没有让他望而却步。相反，他发现自己很想知道，究竟是什么东西能把阿玛兰汀人逼到这个地步。是什么东西如此凶险，以至于必须要用一整个逼真的行星把它包裹起来，并用一个文明已知的最厉害的武器来防御？是什么东西如此难以名状，甚至都不能干脆将其摧毁？他们究竟创造出了一个怎样的魔物？

又或者他们只是发现了那个东西？

这个念头猛然袭来，然后似乎在他的脑海中找到了一个空洞，与之恰好契合。仿佛它本来就一直在那里。是的，他们——盗日者那群人，发现了那个东西。在这遥远的太阳系边缘，他们发现了那个东西。

他还在试图确定这种直觉是否正确的当口，离他们最近的一个图像文字从井壁上脱离，在它一秒钟之前所在的位置留下一个空洞的凹槽。其他的图像文字也紧随其后。整个单词，整个句子，最后整段文字都从井壁上剥离下来，矗立在周围的空中。这些巨大得像一圈楼房的文字，围绕着佐佑木和西尔维斯特，像一群耐心的猛禽。它们自由自在地浮在空中，靠着某种空天服无法猜测的机制支撑：没有重力波动，也没有磁场波动。西尔维斯特一时之间被这些物体所反映出的东西惊得目瞪口呆，这些外星造物实在异类得可怕，但随后他明白过来，控制这一切的是一种无可争议的逻辑。什么样的警告信息意义最大？

一旦违反就会强制执行的警告。

但忽然间,他就没时间进行这种超然物我的考虑了。"空天服防御装置调到自动。"佐佑木的声音比他惯常那永远毫不动容的冷静调门刚好高了一个八度,"我相信这些东西是想把我们给挤死。"

就好像这还需要他来告诉西尔维斯特似的。

那些飘浮的文字现在开始呈球对称向内收缩,同时开始沿着螺旋线重重压下来。西尔维斯特让他的空天服自由发挥,视觉屏蔽板咔咔放下,以防等离子弹爆炸时放出能让视网膜融化的强光。所有手动控制模式暂时全部无效。这是最好的办法:他的空天服最不需要的,就是一个妄想自己比它做得更好的人类。即便密集的挡板已经就位,西尔维斯特眼中还是一片火光,无数光学变化在触动他眼中的电路,让他知道,一定有遍及多段频谱的大量辐射正在紧贴着空天服外层的地方爆发,他现在就像是身处炸锅之中。他意识到自己正在激烈地来回运动,忽而向上忽而往下(他认为方向应该如此)的推力强烈到让他的意识时断时续,就像一辆在一连串短短的过山隧道中穿行的火车。他认为,这是自己的空天服正试图切开通路,逃之夭夭,每次要命的减速都意味着它又被拦住了。

最终,他结结实实地昏了过去,很久很久。

伏尔约娃加大了离港忧郁症号的推力,直到它以四个 G 的稳定加速度冲向前方,另外还加上间歇性的随机摆动,以防拥光船发射动能弹。这是她们在没有防护服或战甲的情况下所能承受的最大限度,远超舒适范围,对帕斯卡尔来说更是如此,她比扈利更不习惯这种事。这意味着她们不能离开自己的座位,手臂的活动也不得不被限制在最小范围内。但她们勉勉强强可以说话,甚至可以近乎连贯地进行讨论。

"你和他交谈过,对不对?"扈利说,"和盗日者。从你把我们从医务室那些老鼠嘴里救出来时脸上的表情我能看出来。我说得没错吧?"

伏尔约娃的声音听起来有些哽咽,仿佛她在被慢慢地勒住喉咙。

"如果说我对你的故事曾有过那么点怀疑，在我看到他的面孔的那一瞬间，怀疑就统统消失了。绝无疑问，我面对着一个外星造物。同时我也开始有些理解鲍里斯·纳戈尔尼遭受了什么。"

"你是说，你明白了他是怎么被逼疯的。"

"相信我，如果我脑子里有这么个玩意，我也会是差不多的下场。同时我还担心起另一个问题，鲍里斯的疯狂可能也对盗日者造成了侵蚀。"

"试问你觉得我会做何感想？"扈利问道，"我脑子里现在也有那个东西。"

"不，没有。"

伏尔约娃猛烈摇头，这种动作在四倍重力的领域内近乎鲁莽。"他有一阵子在你的大脑里，扈利，刚好够他彻底粉碎那位大小姐的残渣。但之后他就离开了。"

"什么时候离开的？"

"当佐佑木对你进行搜思的时候。我想，那是我的错。我就不应该让他打开搜思开关。"作为一个承认自己有罪的人，她的语气听起来毫无悔恨。也许对伏尔约娃来说，承认这一行为本身就已经够了。"在你的神经结构被扫描的时候，盗日者将自己嵌入其中，跑到了搜思设备里，重新变成了数据编码。从那里抵达飞船的其他各个系统就只需要跳出一小步了。"

她们默默地消化着这个事实，最后扈利终于开口了："让佐佑木做成那件事对你来说可算不上明智之举，伊利亚。"

"确实，"伏尔约娃说话的语气，就好像她现在才想到这点，"我想确实不是。"

西尔维斯特苏醒过来的时候——可能是几十秒后，也可能是几十分钟后——视觉屏蔽板已经收回，他正在竖井中向下坠落，没再受到任何阻碍。他抬头看了看，虽然隔着好几千米，他仍能看到他们之前小规模战斗残存的光焰。井壁被能量冲击得坑坑洼洼，伤痕累累。有些字词在空中盘旋，但其上部分已经被削去，看上去不能再读出什么意义了。仿佛认识到自己的警告现在已经无可救药地作废了，它们似乎也已经放弃了把自己当作武器。就在他注视着它们的此时，它们也在返回自己留下的空洞里，就像群鸦在闷闷不乐地返回鸦巢之中。

但这情景有些不对劲。佐佑木在哪儿？

"见鬼，到底怎么了？"他希望自己的空天服能成功理解自己这个问句，"他去哪儿了？"

"和一套自动防御系统交战了。"空天服通知他的这腔调，活像在评论当天上午早些时候的天气。

"谢谢，这个我意识到了，但佐佑木在哪儿？"

"他的空天服在回避行动中受到严重损坏。加密遥测信息显示，主推力单元和备用推力单元都受到了可能无法挽回的大面积损害。"

"我说了，他在哪儿？"

"他的空天服无法再管束他的坠落速度，也无法抵消朝向墙壁的科里奥利力造成的偏移。遥测脉冲说明他在十五千米以下，还在继续坠落，相对于你的位置每秒蓝移①一点一千米，并且还在攀升。"

"还在继续坠落？"

"很可能会这样。由于他的推进单元已经不起作用，而且以他目前的速度也无法展开单纤维丝制动绳，他会一直坠落，直到竖井终止，阻碍他进一步下降。"

"你是说他会死？"

"按照预测中他最终的速度，在所有模型中他的存活率都可以忽略不计，除非极端异常的情况也需要纳入考量。"

"百万分之一的机会。"加尔文说。

西尔维斯特调了下自己的角度，以便能够垂直俯瞰竖井。十五千米，这是没有回音的竖井直径的七倍还多。他一直在看着，与此同时让自己不断下

---

① 原文如此。但从下文看对方的坠落速度更快，此处应是"红移"，可能是空天服出错了。

坠……然后他觉得自己或许看到了闪光，一次或两次，在他视野的极限处。他不知道那闪光是不是来自佐佑木在停不下来的坠落过程中与墙壁摩擦碰撞所产生的火花。如果他没看错的话，闪光一次比一次模糊。很快他就看不见别的什么了，视野中只有连绵不绝的井壁。

第三十六章

2567 年，刻耳柏洛斯内部

"你得知了一些事情，"帕斯卡尔说，"盗日者告诉了你某些事情。这就是为什么你从那时起就一直急切地想阻止他。"

她是在对伏尔约娃说话，虽然推力增加到四个 G，但在穿梭机通过了前往刻耳柏洛斯中途的反转点后，她们已经开始感到稍微好些了。从现在开始，随着发动机火焰指向背朝她们追击的拥光船，她们这个目标就远没之前那么显眼了。当然，这样做的坏处是，驱动火焰之后会朝着刻耳柏洛斯吹去。无论这颗星球是否得知最近这批人类访客或许不怀好意，它都可能将这解读为一个显示敌意的信号。

但她们对此无能为力。

拥光船现在稳稳当当维持着六个 G 的加速度，这足以稳定地缩短它和穿梭机之间的距离，在五个小时内将其纳入杀伤范围。盗日者本来还可以把飞船推得更快，现在这样在伏尔约娃看来，只能说明他还在谨慎地探索引擎的极限。她认为，这倒不是说那家伙会多在意自己的生存，但如果拥光船被摧毁，那么桥头堡也会很快随之崩溃。而西尔维斯特现在虽然已经进入了行星内部，但那个外星玩意或许还需要确知目标已经达成，而这就需要让地壳上的缺口继续保持敞开，以便向外太空发回信号。她一点都不相信，盗日者的计划里会有任何地方需要考虑让西尔维斯特安全返回。

"是大小姐给我看的那些吗？"扈利问道。在承受了连续几个小时的重力过载之后，她的声音听起来就像是头天酪酊大醉的人。"是我脑子里一直无法完全搞清楚的事——是不是那些？"

"我想我们永远都无法确定，"伏尔约娃说道，"我知道的只有他给我看的那些。我相信那是事实，但我怀疑我们能不能确定。"

"你们可不可以先从告诉我那到底是什么开始啊，"帕斯卡尔说道，"看起来，在我们三个当中，我是唯一一个完全不知道那是什么的人。那之后你俩可以再针对细节争个你死我活。"

控制台发出鸣响。在过去几个小时里，它也这样叫过一两次，每次都意味着刚刚有一道雷达波束从拥光船上射来，扫过她们后方。就目前而言，这并不是什么特别有价值的数据，飞船和穿梭机之间仍有几秒量级的光程差，足够穿梭机进行一阵横向喷射，将自己从雷达标记的位置上移开了。但这仍然令人不安，它证实了拥光船确实在追赶她们，而且在试图锁定足够精确的位置，好胸有成竹地开火。这种情况要到几个小时后才能成为现实，但这台机器的意图现在已经非常明显了。

"我先说说我所知道的，"伏尔约娃深吸了一口气说道，"曾经，银河系中的人口比现在要稠密得多。当时存在百万种文明，虽然大玩家只有少数几个。事实上，就跟所有预测模型所说的一样，按照G型恒星和处于合适轨道、存在液态水的类地行星的出现概率，今天的银河系应该也是那样。"她这话有些离题了，但帕斯卡尔和扈利不打算表示反对。"你们也知道吧，这一直是一个严重的悖论。理论上而言，生命应该更加常见，而不是现在我们发现的这样。

至于发展出使用工具的智慧生物需要多长时间，这方面的理论多到难以量化，但还是遇到了大体相同的问题。按照预测，应出现数量繁多的文明形态。"

"费米悖论由此而来。"帕斯卡尔说。

"那是什么？"扈利问道。

"一个古老的二元对立状况——星际飞行相对容易，对机器人信使而言尤其如此，然而实际上完全没有来自非人类文明的使节出现。唯一合乎逻辑的结论是，在银河系其他地方，都不存在可以派遣信使的文明。"

"但银河系很大啊，"扈利说，"会不会其他地方其实存在文明，只是我们还不知道而已？"

"这样解释不通。"伏尔约娃断然说道。帕斯卡尔点头表示赞同。"银河系确实很大，但没大到那个地步，而且它还很古老。只要某一种文明决定派出探测器，银河系其他所有人都会在几百万年内知晓它的存在。而银河系的年龄比这要大几千倍。诚然，在获取足够多的重元素支撑生命之前，需要历经好几代恒星的生死迭代，但哪怕通晓机器制造的文明每隔一百万年左右才能出现一次，它们也有千万次机会主宰整个银河系。"

"对这个问题一直有两个解释，"帕斯卡尔说，"第一，其他文明其实存在，只是我们从来没有注意到。也许在几百年前这个解释还值得考虑，但现在，大约一百个太阳系中直到每个小行星带中的每分每寸空间都被详加测绘之后，没人再把这当真了。"

"那或许其他文明本来就不存在？"

帕斯卡尔对扈利点了点头。"这个解释本来完全站得住脚，但随着对银河系了解得越来越多，我们开始从根本上质疑伏尔约娃刚才说的那些——合适类型的恒星，以及合适地方的合适行星——是否真的适宜生命生存。而生物模型仍在论证这类天体的出现率可能更高，直到产生智慧文明也是如此。"

"所以那些模型都错了。"扈利说。

"然而它们多半没错，"现在又换了伏尔约娃说话，"一旦我们离开第一太阳系，进入太空之后，我们就会发现到处都是灭亡的文明。没有一个存活到大约一百万年前，有些灭绝得比这更早。但它们都指向同一个结论。银河系在过去曾经比现在繁荣得多。那为什么现在不一样了？为什么它突然变得如此空寂？"

"那场战争。"扈利说道。然后，一时之间没人再说什么，直到最终伏尔约娃打破了沉默，开口说话，语声轻柔而虔诚，就好像她们正在讨论什么神圣的事物。

"是的，"她说，"黎明战争——他们是这么称呼它的，对吗？"

"我记得是的。"

"这场战争是什么时候的事？"帕斯卡尔问道。一瞬间伏尔约娃有点同情她：她夹在另外两个人之间，那两人都曾被赐予惊鸿一瞥，窥见了些非同寻常的事物，而且她们都更热衷于描述整个过程，而不是去考察对方还不知道哪些，去解释对方的疑问和误解。帕斯卡尔则完全一无所知。迄今为止都是如此。

"那是十亿年前的事了。"扈利说。伏尔约娃暂时没有插嘴，让她继续往下说。"所有文明都被这场大战吞入腹中，再被吐出来的时候，形态和组织结构都已经和当初被卷进去时大不相同。我想，我们没法真正明白战争的经过，也同样没法真正搞清最终的幸存者到底是谁，或者是什么东西，只知道它们更像是机器而不是生物，远远超越了我们所能想象的任何机器，就像我们的机器远远超越了石器一样。不过它们有个名字，或者说，它们被冠以这个名字。我真的不记得细节了，但我确实记得这个名字。"

"遏制者。"伏尔约娃说。

扈利点了点头。"它们名副其实。"

"为什么？"

"因为它们后来的所作所为，"扈利说道，"不是在战争期间，而是在战后。似乎它们一致赞同某一个信条，某种戒律条规。有智慧的有机体生命催生了黎明战争。而它们已经成了另一种存在，我猜是所谓后智能吧。不管怎么说，战争让它们接下来要做的事容易了许多。"

"什么事？"

"遏制。字面意义上的。它们在整个银河系中遏制智慧文明的兴起，好让黎明战争这样的事情再也不会重演。"

伏尔约娃接过了话头："这不仅仅是消灭任何既有的、可能在战后幸存下来的文明。它们还着手干扰可能导致智慧生命再次出现的条件。并不是恒星工程——我认为那种行为对自然干扰太大，会违反它们自身的戒条——而是较小规模的遏制。除了少数极端情况之外，它们可以在不干扰单个恒星演化进程的情况下做到这一点，比如说，通过改变彗星的轨道，使行星持续遭到轰击，时间比正常状况下长得多。生命或许能找到些足以生存的小环境——深藏地下，或在热液喷口周围，但永远也不会变得很复杂。当然也就不会威胁到遏制者的大业。"

"你们说这是十亿年前的事，"帕斯卡尔说，"然而我们是在那之后一路从单细胞生物演化到了智人。你们的意思是说我们漏网了？"

"正是如此，"伏尔约娃说，"那张网已经濒临崩溃。"

扈利点了点头。"遏制者在银河系播下了机器的种子，旨在探测生命的出现，然后就遏制其发展。很长一段时间里，那些机器好像都在按计划运行——这就是为什么虽然所有先决条件看起来一应俱全，但今天的银河系并不会熙熙攘攘。"她摇了摇头，"我这话说得好像我真的明白这些玩意似的。"

"也许你确实明白呢，"帕斯卡尔说，"无论如何，我想听你把知道的都说完。全部。"

"好的，好的。"扈利在她自己的加速座椅①上不安分地扭动着，毫无疑问，她是在试图避免让自己瘀伤的位置再承受压力。伏尔约娃过去一个小时一直在这么做。"它们的机器在几亿年间都运转正常，"她说道，"但后来那些玩意开始出问题了。它们开始出现故障，不再能像预期的那样有效运作。智慧文明开

---

① 《星球大战》等科幻作品中出现的一种专用沙发座椅，用于在飞船急剧加速减速时保护坐在上面的乘员。

始出现，以前的话它们刚一诞生就会遭到镇压。"

帕斯卡尔脸上的表情表明，她刚刚在两件事物之间建立了联系。"比如阿玛兰汀人……"

"正如阿玛兰汀人。他们并不是唯一漏网的文明，但他们确实恰好位于银河系中离我们很近的区域，所以他们的遭遇才会对我们产生如此……巨大的冲击。"这会儿说话的又换成了伏尔约娃，"也许本来曾经有一个遏制装置在密切监视着复生星，但那东西要么并不存在，要么早在他们萌生智慧之前就停止运行了。所以他们发展出了文明，然后又从中萌生出一个进入星际的亚种——这一切都没有引来遏制者的注意。"

"盗日者。"

"是的。他率领被放逐者一同进入了太空——改变了他们的身心，直到他们除了共同的祖先和语言外，和留在家乡的阿玛兰汀人几乎再无共同之处。他们当然也会进行太空探索，朝着他们所在太阳系的内部各处扩展，后来抵达太阳系边缘。"

"而在这里他们发现了……"帕斯卡尔冲着哈迪斯和刻耳柏洛斯的图像点了点头，"这个。你们说的是这个吧？"

崽利点头表示同意，然后开始解释剩下的部分。剩下要讲的也不多了。

西尔维斯特一直在下坠，在下坠过程中他几乎没有留意到时间的流逝。终于，两百多千米长的竖井跑到了他的头顶上，他脚下的空间只有几千米而已。下方有光芒闪耀，排列成星座般的图案，一瞬间他产生了这样的想法：虽然看起来不可能，但他已经跑过头了，那些光芒其实是宇宙中的星辰，他即将彻底跑出刻耳柏洛斯了。但这个念头刚一冒出来就被他掐死了。这些光点的排列方式太有规律了，太明显了点，必定是有意为之，必定是来自智慧生物的设计。

他已经掉出了竖井，坠入了虚空，就像早先他从桥头堡里出来时一样。和那时一样，他发现自己正在一片空无一物的巨大空间中下坠，但这里的空间似乎比紧挨地壳下面那里还要大得多。这里看不到虬结的树干从水晶地板上升起，支撑着头顶的天花板。他怀疑哪怕在地平线的弧弯之外也没有。然而，在他下面有一片地面。他可以肯定，头上的天花板是无支撑的，环绕着下面这整个行星中的行星，它能悬在空中，要么是仅仅依靠自身的引力达成了不可思议的对消平衡，要么是靠某种更加超出西尔维斯特想象的机制。无论如何，他现在正朝着数十千米以下那片星光闪耀的地面坠落。

找到佐佑木的空天服并不难，一旦西尔维斯特开始这段孤独的下坠之旅就不难了。他自己那套还在运作的空天服完成了所有必要的步骤，锁定了它坠毁同伴的特征信号（所以那套空天服肯定还是有些部分幸存下来了），然后将西尔维斯特的下落方向引向那边，让他最后的落地点离佐佑木坠落的位置只有几十米。很明显，这位长官撞地的速度很快。但话说回来，如果你必须从两百千米高空失去控制地坠落，那你也没有什么其他选择。他似乎先是将自己的一部分扎进了金属地面中，然后又猛然弹起，最终面部朝下倒在地上。

西尔维斯特从没指望看到佐佑木还活着，但他那套空天服支离破碎的样子还是让人震惊。简直像是个被恶毒的孩子发泄了一通脾气破坏掉的瓷娃娃。空天服划破了很多地方，伤痕累累，颜色惨变。这些损伤很可能部分来自战斗，部分来自佐佑木在随后坠落过程中，被科里奥利力反复压到井壁上时造成的摩擦。

西尔维斯特把佐佑木翻了个身，他自己空天服的力量增强功能让这个动作做起来很轻松。他知道，即将面对的一幕不会令人愉快，但他必须承受，然后才能继续前进，在心理上翻过这一篇。对佐佑木这个人，他除了厌恶之外几乎没有别的感觉。不过此人的聪明才智，还有几十年来坚持寻找西尔维斯特的那种铁石心肠，令西尔维斯特不得不对他有点敬重之感，让这种厌恶有所缓和。这绝非任何类似友情的东西，只是一种匠人式欣赏，对于一件能特别优秀地完成本职工作的设备的欣赏。这就是西尔维斯特心目中的佐佑木：一件打磨得完美无缺的工具，被令人钦佩地打造成了为一个目的且只为一个目的服务的工具。

那件空天服的面甲上被撕开了一道拇指宽的裂缝。有种说不清道不明的东西拉着西尔维斯特向前俯身，跪到了地上，将自己的头颅紧贴到死去的三人团首席脑袋边上。

"我很遗憾，事情最后变成了这样，"他说道，"我不能说我们曾经是朋友，悠司，但我想，最后我确实希望你能跟我一样，看到前方的风景。我想你应该也会喜欢的。"

然后他才发现，这套空天服里头空空如也。它一直都只是一副空壳。

据扈利所知，事情是这样的。

被放逐者被阿玛兰汀主流社会驱逐出去之后，在数千年后才到达了太阳系边缘。他们进展缓慢，这是理所当然的，他们不仅仅要挑战技术极限，还要冲破自己心理上的障碍。两者同样难以逾越。

被放逐者起初还保留着他们近亲群居的本能。他们进化出了高度依赖视觉交流方式的社会、高度组织化的大集体，其中个人的重要性远低于整体。单个阿玛兰汀人一旦离开在群体中的位置，就会罹患思觉失调。对他们来说，这相当于大量感官同时被剥夺。即便有小群体也不足以减轻这种恐怖，这意味着阿玛兰汀文明极其稳定，对内部阴谋和叛逆有极强的抵抗力。但这也意味着，被社会完全隔绝的被放逐者会陷入精神错乱之中。

于是他们接受了这一现实，设法应对。他们改变了自己，有意培育出反社会人格。仅仅过了一两百代之后，被放逐者已经根本不再是一个群体，而是分裂成了几十个专门的支系，每一个支系都被调整到某种专有的疯狂状态，或者说，是那些待在家乡的阿玛兰汀人所认为的疯狂状态……

以小团体维持运转的能力，使被放逐者能够远离复生星向外探测，脱离光速限制下即时通信的范围。有些更加疯狂的个体甚至到达了离太阳更远的区域，最终发现了哈迪斯，还有围绕着哈迪斯运行的那颗古怪的、令人不安的行星。这时，被放逐者也遇到了伏尔约娃和帕斯卡尔刚才为扈利阐述的哲学怪圈问题。如果他们的想法没错，银河系应该是个比现实更加热闹的地方才对，但结果显示大概并非如此。他们倾听无线电波段、光学波段、引力波段和中微子波段，寻觅着其他文明，其他类似于自己的智慧生物的声音，但一无所获。他们中部分更勇于冒险的——或者说是更疯疯癫癫的，要看到底取决于哪种观察视角——甚至完全离开了这个太阳系，结果传回家乡的报告里也没有任何重大发现，只偶尔会发现些（令人困惑的）废墟，还有些莫名其妙的淤泥状有机体。有迹象显示，它们有着非常复杂的组织结构，只出现在少数海洋星球上，就好像是被谁投放到那些地方的。

但他们在哈迪斯身边发现这东西之后，那些都显得无足轻重了。

毫无疑问，这是件人工制品。它是在很久以前，不知几百万年之前，由另一种文明置于此地的。它似乎在积极邀请他们进入它不可思议的内部。

于是他们开始探索这颗人造行星。

随后他们就有大麻烦了。

"这是个遏制者装置，"帕斯卡尔说，"他们所发现的就是这个，对不对？"

"它一直在这里，等待了千百万年，"扈利说，"阿玛兰汀人从我们认为的恐龙或者鸟类进化而来的时候它就在。他们在朝着智慧生物的方向演进的时候，学会使用工具的时候，发现火的时候……"

"它一直都在，静静等待着。"伏尔约娃随声附和。在她身后，战术显示器上几分钟前就跳动着红光，这表明穿梭机现在已经落入了拥光船上光束武器理论上的最大射程之内。在这个距离上击毁她们会很困难，但并非不可能，不过也会需要相当长的时间。她继续往下说："等待一些可识别出具备智能的存在进入它附近——这时它不会盲目出击，不会摧毁他们。因为那样就和它的目标背道而驰了。它会做的是鼓励他们进来，这样它就可以尽可能多地了解他们。他们来自哪里，他们有什么样的技术，他们的思维方式，他们如何合作和交流。"

"收集情报。"

"是的。"伏尔约娃的语声中满是忧伤,犹如教堂的悲钟,"你看,它很有耐心。但迟早会有那么一刻,它认为自己已经拥有全部所需情报的一刻。到那一刻,也必须要到那一刻,它就会展开行动。"

现在她们三个人有了共同讨论的基点。"这就是阿玛兰汀人灭绝的原因了,"帕斯卡尔惊叹道,"这东西对他们星系的太阳做了什么——进行了某种干预,引发了某种事件,比如导致巨大日冕物质抛射之类的,刚好把复生星上的生命一扫而空,然后制造了长时间的彗星坠落,长达数十万年。"

"通常情况下,遏制者不会采取如此激烈的手段,"伏尔约娃说,"但在这个案例当中,它们动用其他任何手段都为时已晚。当然,哪怕这样都不够。被放逐者已经是星际种族了。必须将他们赶尽杀绝,如果有必要的话,跨越数十光年的距离也要追杀到底。"

船外感应器再次发出鸣响,警告说有定向雷达扫描。不久之后又是一声,这证明追击她们的飞船正在收窄目标区域。

"哈迪斯附近的遏制者装置肯定向其他地方的其他装置发出了通报,"扈利尽力无视这机械化预告着厄运即将到来的声音,"传出它收集到的情报,警告它们要注意被放逐者。"

"不可能只是简单地坐等他们出现,"伏尔约娃说,"那些机器必定从被动等待转为更主动的状态,比如说,会自我复制的猎杀机械,内部编入了被放逐者的模板。无论被放逐者掉头朝着哪个方向逃跑,光总会走到他们前面,于是遏制者系统永远可以抢先一步,警觉地等在前头。"

"他们毫无机会。"

"但灭绝不可能瞬间完成,"帕斯卡尔说,"被放逐者还有时间回到复生星,还有时间尽力保存那些旧日的文化。哪怕他们明知道自己正在被追杀,太阳正在逐渐摧毁他们的家园。"

"那也许花了几十年,或许一个世纪。"伏尔约娃说话的样子很明显并不认为这有什么太大区别,"我们只知道有些设法比别的逃得更久些。"

"但无人存活,"帕斯卡尔说道,"是不是?"

"有些存活下来了,"扈利说道,"从某种意义而言。"伏尔约娃身后的战术显示器开始尖叫起来。

第三十七章

2567年,刻耳柏洛斯内部

最后一层是个空心壳体。

他花了三天时间才到达那里。他把佐佑木那件空无一人的空天服留在第三层地板上,那已经是一天之前的事情,现在那里在他头顶上五百千米开外了。他知道,如果停下来思考这样的时空距离,他会无声无息地陷入疯狂,所以他小心翼翼地将这些问题隔离在自己的思维之外。仅仅身处一个完全陌生的环境中就已经够麻烦的了,他不希望再用一剂幽闭恐惧来额外加深自己的恐惧。然而他并非完全隔离开来,于是每个思绪的背后都有同一个怀着巨大恐惧的背景声在喋喋不休,那就是下一个瞬间,他所采取的某个行动会导致这地方的微妙平衡发生灾难性的变动,让那片巨大的、不可思议的天花板崩塌。

每往里一层,他穿过的阿玛兰汀建筑结构就有些微妙的变化,似乎建筑方式来自不同时段。他觉得,这也是一种历史,但又绝非那么简单。这些层次似乎并不会随着他的深入而系统地变得更先进或更不先进，而是表现出不同的哲学、不同的观念。就好像第一个到达这里的阿玛兰汀人发现了某个东西（至于是什么，他仍然无从揣测），并决定把它封进一个装有武器、能自我保护的人造外壳中。然后肯定有另一群人来到了这里，选择将那个人造外壳又封装一层，或许是因为他们认为自己的防御工事更加安全。最后一批人将这一过程又推进了一步，将他们的工事伪装起来，让它们看上去根本不像人工造物。要猜测这种分层是在多长时间内完成的根本不可能，所以他努力让自己不要那么做。或许不同层壳几乎是同时出现的，又或者从盗日者与被放逐者一起离开，到他如同神明般返回故里，其间数千年这项工程一直在进行。

当然了，在佐佑木的空天服里发现的事实一直让他感到不太舒服。

"他从来都不在那里，"加尔文的话钻进了他的脑海里，"你一直以为他在空天服里，但他不在。空天服里是空的。难怪他从来不让你靠得太近。"

"卑鄙的浑球。"

"我有同感。但这个卑鄙的浑球其实并非佐佑木，是不是？"

西尔维斯特极力想找到另一种办法解释这个悖论，但所有的尝试都失败了。"可如果不是佐佑木的话……"他说着说着没了声音，他想起在离船之前，其实并没有亲眼见到那位三人团成员。佐佑木曾从医疗舱给他打来电话，但他其实没理由相信那真的是佐佑木。

"听着，有什么东西在驱动那件空天服，直到它坠毁。"加尔文正在玩他最喜欢的那套把戏：尽管情况极为糟糕，语气却依然平静得荒唐。但他没再像往常那样虚张声势。"要我说，只有一个合乎逻辑的罪魁祸首。"

"盗日者。"西尔维斯特说出了这个词，当作某种实验，测试这个想法多么令人厌恶。令人不快的程度毫不亚于他的想象。"就是那家伙吧？扈利一直都是对的。"

"我想说，到了这个节骨眼上，我们继续拒绝相信她的假说恐怕是惊人的愚蠢之举。你还要我继续说下去吗？"

"不，"西尔维斯特说道，"现在别说。给我点时间，让我把事情考虑清楚，然后你尽可以用你那道貌岸然的智慧来惩罚我，直到你满意为止。"

"现在你有什么需要考虑的？"

"我还以为这很明显呢。考虑我们是否继续前行。"

和这个决定相比，他一生中做过的其他决定都简单得多。现在他知道，他在整个过程中多多少少受到了操控。这种操控有多深入？有没有延伸到他理性思考的能力中？从拉斯凯尔天幕返回之后，他的思维大部分时间都在朝着这个目的而努力，其实是受到驾驭的结果？难道他实际上已经死在了外面，回到黄石星时变成了某种自动机，行为或是感受都跟过去的自己类似，但其实被设定为指向一个现在很快就要实现的目标？然而，这些真的重要吗？毕竟，无论他从哪方面切入，无论这些感情多么虚假，无论逻辑上多么不合理，这里就是他一直想要来到的地方。他不能回去，现在还不能。在了解到真相之前不能。

"畜生，狗杂种。"伏尔约娃骂道。

战术攻击警报尖叫三十秒之后，第一道激光束就击中了穿梭机的机首，她们差点没来得及抛射出一团用于分散来袭的伽马射线光子初始能量的烧蚀箔条。就在驾驶舱窗户变成不透明状态的前一刻，伏尔约娃看到了一道银色的闪光，那是船壳外的牺牲装甲消失时的闪光，与之相伴的还有被激发的金属离子发出的噪声。一阵冲击波像脑震荡一样在整个机身结构中来回荡漾。更多警报声响起，加入机身的悲鸣中，一大片战术显示屏纷纷切换到了进攻模式，描绘出武器准备状况图表。

没用，这些全都没用。离港忧郁症号的防卫武器系统实在规模太小、射程太短，面对追击而来的拥光船巨舰，根本没有任何机会。这并不意外。无限眷念号上有些火炮仅一门就比整个穿梭机还大，只是它目前多半还懒得动用那些火炮。

从穿梭机这里看去，刻耳柏洛斯是个灰色的巨大天体，占据了三分之一的天空。现在她们本该减速了，然而她们却在浪费宝贵的时间挨烤。即便她们抵挡住了这轮攻击，她们的移动速度也会快得可怕……

又一片船体蒸发了。

伏尔约娃用自己的手指和穿梭机对话，输入了一段回避模式程序，执行这个模式无疑能让她们脱离伽马激光直接攻击的焦点。唯一的麻烦是，这得让穿梭机维持十个 G 的加速度。

她执行了这段程序，然后几乎立刻昏了过去。

这个密室是中空的，但不是全空的。

西尔维斯特猜测这里直径达三百千米，不过这完全是猜测，因为他的空天服雷达在测量直径的时候固执地拒绝给出前后一致的结果，无论他要求它做多少次读数都不行。毫无疑问，密室中央的那东西给他的空天服带来了很大麻烦。他能理解。那东西也给他带来了很大麻烦，虽然表现方式不尽相同。它让西尔维斯特头痛不已。

事实上，密室中央有两个东西，他说不好哪个看上去更古怪。它们在移动，或者说其中一个在移动，在一条环绕另一个的固定轨道上移动。移动的那一个就像一颗宝石，但这颗"宝石"极度复杂，而且一直在不断变化，让人无法描述它的形状，甚至无法描述出这一刻或是下一刻它的颜色和光泽。他只知道它很大——看上去直径可达好几十千米，但当他要求空天服确认这一点时，它照样无法给出一个前后一致的回答。这让他感觉，自己也许该叫空天服去评点一下某篇自由体俳句的言外之意，反正结果都一样。

他试着用自己眼睛的变焦功能将其放大，但那东西似乎拒绝被放大。要说他用放大功能观察时有什么不同的话，它似乎反而变小了些。那颗宝石附近区域的时空发生了一些非常古怪的变化。

接下来，他试图用眼睛里的图像捕捉装置拍下那东西的快照，但也失败了，显示出的图像反而比他实时观察到的更模糊，仿佛这个物体在更小时间段里的变化比在几秒钟或更长时间当中的变化更加迅速——更加剧烈了。他试图用自己的大脑把握这个概念，并一度觉得自己可能成功了，但那种了然于心的错觉转瞬即逝。

而另一个物体……

另一个物体，那个静止的物体……要说有什么不同的话，那东西更加恼人。

它就像现实的一个破口、一个漏洞，从中喷出来自无限孔穴的白光。那光很强烈，比他所知晓的甚至梦到过的任何光都更加强烈、更加纯粹，像是濒死体验者说到的那种向他们招手，引导他们去往死后世界的白光。他也感觉到这光在向他招手。这光芒如此明亮，他本该被照花了眼睛。但他越是往它灿烂辉煌的深处看去，它就越发不那么耀眼，越发变得只剩下一片宁静而深不可测的白色。

光线通过环绕它运行的宝石折射出去，在密室墙壁上投下明亮的斑块，七彩缤纷，变动不居。它很美，明亮，不断变化，摄人心魄。

"这个时候，"加尔文说，"我想也许应该谦卑一下。你也被震撼了吧，是不是？"

"当然。"他没有听到自己的声音，不知道有没有说出口。但加尔文似乎已经心领神会。

"这就够了，不是吗？我是说，现在你知道那些家伙要向我们隐瞒的是什么了。这么奇特的东西……大概只有上帝才知道那是什么……"

"也许那就是。上帝。"

"盯着那道光看的时候，我几乎要相信你这话了。"

"你是说你也有这样的感觉，是这个意思吧？"

"我不确定自己到底是什么感觉。我也不确定自己是否喜欢这种感觉。"

西尔维斯特说："你觉得，这是阿玛兰汀人制造的，还是他们偶然发现的？"

"这是头一回——你主动征求我的意见。"加尔文似乎在细细斟酌，但他说出的回答几乎毫不令人意外，"这绝对不是他们制造出来的，丹。他们很聪明，也许甚至比我们更聪明。但阿玛兰汀人绝非神明。"

"那就是别的什么人制造的。"

"我希望我们永远不会见到那些制造者。"

"那你还是屏息以待吧,照我看来,我们很快就要见到他们了。"

失重状态下[①]的他打开空天服喷射,飞进密室,朝着那颗舞动的宝石,朝着那美丽灼人的光流的源头飞去。

伏尔约娃在雷达警告的笛声中悠悠醒转。这声音意味着无限眷念号正准备重新校准自己的伽马激光。即使考虑到她采取的随机行走回避动作,这也只需要飞船花上几秒钟的时间。她看了一眼船壳生命指示器,发现牺牲金属只剩下几毫米了,投箔弹也耗尽了。实事求是地说,她们顶多还能再承受一到两次伽马激光攻击。

"我们还活着吗?"扈利问道。她似乎很惊讶自己竟然还能想到这个问题。

只要再吃上一记激光,船壳就会有十几个地方开始漏气——如果它还没整体蒸发的话。现在里面很明显热起来了。前几次扫射的热量都被有效分散掉了,但最近一次的却没那么好招架了,那致命的加热能量已经在向内渗透了。

"到蜘蛛房去,"伏尔约娃一边大喊一边降低了推力,好让她们能在船上移动,"那里的绝缘层可以让你们再多撑过几次攻击。"

"不!"扈利此时大喊起来,"我们不能那样!在这里至少我们还有点机会!"

"她说得对。"帕斯卡尔说。

"在蜘蛛房里你们也还有机会,"伏尔约娃说,"事实上机会更大。至少它是个更小的靶子。我猜飞船会优先将武器对准穿梭机,甚至它可能根本不会意识到蜘蛛房并非是一坨残骸。"

[①] 空心球壳内部受到的壳体总的引力为零。

"可是你呢？"

这时伏尔约娃生气了。"你以为我是那种沉迷于英雄主义的人吗，崴利？我也要去那边，不管你去不去。但我得先给穿梭机编制飞行程序，除非你觉得你可以替我做。"

崴利犹豫了一下，这个想法看起来倒并不完全是胡扯。然后她解开自己加速座椅的安全带，用大拇指朝帕斯卡尔挑了挑[1]，然后开始行动。似乎她的存亡就取决于此了。

从逻辑上说可能确实如此。

伏尔约娃照自己说的做了，输入了她能想象出的最让人毛骨悚然的回避模式，瞬间加速度峰值超过十五个G，每次持续超过一秒。她甚至不确定，那之后自己和同伴们能不能活下来。但现在这真的重要吗？不知怎的，在已经失去意识的情况下死去，在过载导致的昏迷中无知无觉地死在温暖闷热的麻痹状态中，感觉似乎比死在真空中，在伽马射线无形无质的高温中被活活烧死要好得多。

她拿起登上穿梭机时戴的头盔，准备去跟其他人会合，同时在心中默默倒数着到启动回避模式还有多久。

崴利正走向等在前方的蜘蛛房。走到一半时，她感觉到一阵热浪拍打在她的脸上，接着是船壳彻底完蛋的可怕声响。货舱里的照明这时失灵了，因为离港忧郁症号的能源网络在激光攻击的冲击下崩溃了。但蜘蛛房的内部能源还在，透过观察窗可以看到里面令人难以置信的豪华装饰。

"快进去！"她对帕斯卡尔喊道。虽然此刻小飞船濒死之际发出的喧闹声极为嘈杂，就像在废旧金属上弹奏出的一首协奏曲，但不知怎的，西尔维斯特的妻子听到了她说的话，爬进了蜘蛛房，下一刻巨大的冲击波猛烈席卷船身（或者说，船身的残骸），先前被伏尔约娃的机仆固定在地板上的蜘蛛房在爆

---

[1] 示意对方跟上的手势。

炸中挣脱了卡锚。

此时穿梭机的其他地方传来了空气逃逸时可怕的嚎叫声，然后巵利骤然感到空气在拉扯着她，抗拒着她的前行。蜘蛛房扭动身躯，转了半圈，它的腿在地上狂乱地四下扒拉。她这会儿可以透过观察窗看到里面的帕斯卡尔，但那女人对现在的局面无能为力，她对蜘蛛房的控制方法了解得比巵利还少。

巵利向身后看去，希冀着，祈祷着自己能在那里看到伏尔约娃，看到她跟了上来。她会知道该怎么做的。但那里只有空荡荡的通道走廊，以及空气逃逸形成的正将周围一切吸入其中的可怕气流。

"伊利亚……"

那个该死的傻瓜真的像她们所担心的那样做了。她自己留在了后头，尽管她一直矢口否认自己会这样。

在仅存的一点光亮中，巵利看到船体像是一块响板那样剧烈抖动着。然后突然间，拖着她远离蜘蛛房的大风失去了力量，被来自货舱中央的一股同等猛烈的减压气流给抵消了。她往那边看去，扑面而来的寒冷模糊了她的视线，然后她朝着一道裂口坠去，那里一秒钟前还是金属……

"这里到——"

不过巵利几乎刚一开口就知道自己在哪儿了——在蜘蛛房里面。肯定是的。她在这地方待了那么久了，不会搞错的。而且这里感觉很舒服，温暖、安全、寂静。与她在什么都不记得了的那一瞬间之前的处境仿佛相差一个宇宙。她的手很痛，真的是非常非常痛；但除此之外，她的感觉比她以为所能有的要好上许多。不该是这样，她最后的记忆是坠入无遮无蔽的太空，从一艘濒死飞船的内腹坠出……

"我们成功了。"帕斯卡尔说道，不过她的声音里有种听起来绝不像是胜利之后应有的情绪，"别想着要动，现在还不行——你的手灼伤得很厉害。"

"灼伤？"房间里有两张天鹅绒沙发，靠着相对的两面墙壁底下摆着，巵利躺在其中一张上，脑袋靠在镶有铜饰的弧形坐垫尾端，"发生了什么？"

"你撞上了蜘蛛房,是被气流拖过来的。我不知道你是怎么做到的,但你真的成功地从外面爬到了气闸口。你至少在真空中闭气了五六秒钟。金属冷却得太快了,你的手接触到金属的地方都出现了低温灼伤。"

"我一点也不记得了。"但她只要看看自己手掌上的证据就知道这肯定是真的。

"你一上船就昏迷了。我不是在怪你。"她的声音还是一副郁郁寡欢的调子,仿佛扈利所做的一切都毫无意义。而扈利觉得,她大概是对的。对她们来说,最好的发展是,她们不知怎的找到了将蜘蛛房降在刻耳柏洛斯上的方法,然后看看她们面对那里的地壳防御设施能侥幸存活多久。撇开其他不谈,这倒是还蛮有趣的。而如果没能找到办法的话,她觉得,那就只能慢慢等待,直到拥光船发现她们,把她们捞回去,或者等到她们耗尽储备,死于寒冷或窒息。她绞尽脑汁地回忆着,努力回想着伏尔约娃当初说过的话:蜘蛛房能够独立生存的期限是多久来着?"伊利亚……"

"她没能及时赶到,"帕斯卡尔说,"她死了。我亲眼看到了。穿梭机爆炸了,就在你上来的同一秒。"

"你觉不觉得伏尔约娃是故意要这样的,好多少为我们制造些机会?让我们有可能像她说的那样,被误认为是残骸?"

"如果是这样的话,我想我们应该感激她。"

扈利扯下自己的夹克,又脱下衬衫,然后重新套上夹克,接着把衬衫撕成了小条,用这些小布条包扎自己焦黑起泡的双手。疼得要命,但比起被绳索勒得火烧火燎或是搬运重武器时磨得皮开肉绽的痛苦也没有更糟,而后面这些她在训练中早已习惯。她咬紧牙关,虽然知道确实很疼,却把疼痛抛到了她眼下关心的范围之外。

现在她必须把注意力集中在她们的困境上,这反而让任凭自己沉浸到痛苦中的做法显得分外诱人。但她忍住了。她至少要对眼下的困境有个清楚的认识,哪怕对此无能为力。那件必然要发生的事情,她必须知道它将会如何发生。

"我们要死了，对不对？"

帕斯卡尔·西尔维斯特点了点头。"但肯定和你想象的不同。我敢跟你打赌。"

"你的意思是，我们不会在刻耳柏洛斯上着陆？"

"不，哪怕我们知道如何操作这东西也不行。我们也并不会撞到它上头，顺便说一下，我认为我们速度太快了，无法进入任何环绕它的轨道。"

帕斯卡尔提到这点之后，观察着窗外的刻耳柏洛斯半球，它看起来确实比穿梭机遭到攻击之前要更远些。她们肯定是保持着先前穿梭机接近这颗行星时的高速不变，以每秒数百千米的速度从它边上一头撞了过去。

"那接下来会怎么样？"

"只是猜测，"帕斯卡尔说，"但我认为，我们正在朝着哈迪斯落去。"她冲着前部观察窗点了点头，正对着她们前方那个针头大小的红色光点，"似乎方向大致是对的，不是吗？"

不用别人告知扈利也知道，哈迪斯是一颗中子星。她也同样知道，与一颗中子星近距接触绝对不安全。你要么离它远远的，要么去死。这是自然规律，宇宙中没有任何力量能够否定的规律。引力统摄一切，而引力并不考虑事件背景，也不考虑公不公平，更不会在执行铁律之前听取最后时刻的请愿。引力会击溃物质，在中子星表面附近，它会以绝对的力量击溃一切物质，直到让钻石流动如水，直到让大山坍塌到高度只余原本的百万分之一。这股力量甚至无须靠得太近也可以击溃你。

十几万千米的距离就足够了。

"是的，"扈利说，"我想你是对的。这可不太美妙。"

"是啊，"帕斯卡尔说，"我同样感觉如此。"

第三十八章

2567年，刻耳柏洛斯内部

西尔维斯特认为，这间密室是个充满奇迹的地方。

这评价似乎恰如其分：他在这里待了不到一个小时（他觉得应该是这么长，尽管他好久都没注意时间了），而在这段时间里，他所见的一切就没有算不上奇迹的，还有许多甚至用这个词来形容都犹显不足。不知为什么，他清楚地知道，这地方所包含的东西，还有这地方本身，他哪怕用尽一生也难以囊括只鳞片甲。他以前也曾有过这样的感觉：在窥见某些潜在知识的巨大前景之际，那些知识尚未被人了解，尚未整理成形，尚未形成理论。但他知道，与此刻相比，从前那几次遭遇，都只是一堆苍白无力的预演。

在生还的机会化为泡影之前，他在这里顶多还有几个小时。几个小时里他能做什么？理性地讲，能做的很少，但他难道不是拥有空天服的记录系统和他的眼睛吗？所以他知道，自己必须尽力一试。如果他不这样，历史是不会原谅他的。更重要的是，他自己也永远无法原谅自己。

他让自己的空天服冲向密室中央，冲向吸引他注意力的那两个物体：喷出超越之光的裂口，还有围绕裂口旋转的宝石般的东西。随着他飞速接近，密室的墙壁开始移动，仿佛他正被卷入它们的旋转中，仿佛空间本身正被拖进一个旋涡里，仿佛空间本身流动了起来。他的空天服也告诉他同样的变化，吱吱喳喳地报出对地层变化的详细分析，量子指标一点点朝着无人踏足的新领域推移。他记得，在进入拉斯凯尔天幕的途中也出现过类似的事。和那时一样，他感觉很正常，哪怕随着他越来越接近宝石和它灿烂辉煌的伴侣，他的整个存在似乎都在被转录，被转写成另一种形式。

到达中央用了不止一个小时，这让他开始怀疑自己最初对密室直径的估计是否准确。但宝石的表观旋转速度一路不停地跌到了零，最终倒是室壁在飞快转动，转得他头昏眼花。他知道，此刻他一定相当接近目标了，尽管这颗宝石看起来仍然并不比他第一次瞥见时大多少。它仍然在不断变化，那样子让他想起了孩子玩的万花筒：彩色的闪光显示出不断变化的对称图案，只不过裂变成了三个（可能更多）。偶尔，这东西会突然甩出些尖刺或者说尖头，威胁着伸向他，逼他退避，但他坚守阵地，甚至让自己在它的变动似乎转入相对平稳的阶段时飘近些。他觉得，自己的生死并不取决于有没有密切关注空天服的读数。他的处境已经超乎那种简单的东西所能表征的程度。

"你觉得这到底是什么？"加尔文问道。他声音很低，几乎与西尔维斯特自己的思维融合到了一起，几乎就是西尔维斯特自己的一道思绪。

"我也正希望你能提出些参考意见呢。"

"对不起，全是些支离破碎的直觉。多得一辈子都说不完。"

伏尔约娃在太空中飘荡。

离港忧郁症号毁灭之际，她尽管没能及时赶到蜘蛛房，但也并没有死掉。她所做的仅仅是抢在船体像飞蛾的翅膀撞上烛火般呼的一下消失之前扣上头盔。从残骸中坠落开去之后，她并没有成为拥光船的目标。那家伙没理会她，就像没理会蜘蛛房一样。

她不能就此坐以待毙。这断然不是她的风格。尽管她知道她的生存机会在统计上可以忽略不计，而且她要做的事完全没有逻辑，但她还是必须延长自己剩余的生存时间。她检查了一下自己的空气和动力储备，发现状况并不好，非常不好。匆匆忙忙穿上这套空天服之际，伏尔约娃还觉得它唯一的用途就是抵达穿梭机另一头的机库。甚至在飞行期间，她都没想起来可以让空天服连上穿梭机上的充电模块挂机充电。那样的话，至少她可以有一两天的时间，而不是现在面临的不到一整天。然而，倔强的她并没有干脆安排马上结束一切。她知道，如果她在不需要有意识的时候休眠（当然，前提是假设她还有用到这东西的时候），就可以让储备坚持得更久。

因此，她给空天服编程，让空天服自由飘荡，告诉它只有发生有趣的事情，或者危险来临时——后者更有可能——才唤醒自己。现在既然她已经醒了，那肯定是发生了什么。

她询问空天服发生了什么。空天服告诉了她。

"该死的。"伊利亚·伏尔约娃骂道。

无限眷念号的雷达刚刚从她身上扫过，就是它曾用在穿梭机上的雷达，然后它就动用了伽马射线武器。信号强度表明，这艘飞船就在她附近，距离顶多一两万千米，要打中一个像她这么大的、无力抵抗、一动不动的显眼目标，这个距离真是唾手可得。

她只能指望飞船下手能仁慈点，干净利落地了结她。毕竟，飞船所选择来对付她的，很有可能是她自己设计的某套武器系统。

她又一次诅咒起自己的聪明才智来。

伏尔约娃启用了空天服的望远镜叠加视野，开始扫视投射出瞄准雷达波的星域。起初，她只看到了黑色太空和群星，然后她看到了飞船，很小，像一小块火炭，但每秒钟都在靠近。

"这不是阿玛兰汀人的手笔，对吧？我们在这一点上应该有共识。"

"你是说，那颗宝石？"

"无论那是什么。反正不是他们做的。那道光，无论那是什么，我也不觉得是他们弄出来的。"

"是的。那也不是他们的手笔。"西尔维斯特意识到，此刻他对加尔文的存在深怀感激，无论这多么虚幻，无论这在多大程度上只是自欺欺人，"无论这些东西是什么，无论它们之间关系如何，阿玛兰汀人只是发现了它们。"

"我想你是对的。"

"也许他们甚至都不理解自己发现了什么，至少是无法正确理解。但出于某种原因，他们不得不把它封闭起来，不得不将它和宇宙的其余部分相隔绝。"

"妒忌？"

"也许。但妒忌并不能解释我们来这里的途中所遇的警告。也许他们把这些东西封闭起来，是为了这宇宙的其余部分着想，因为他们没有能力摧毁这些东西，也无法将它们转移到别的地方。"

西尔维斯特沉思片刻。"把它们放在这里——围绕着一颗中子星，不管是谁，一定是想让它们吸引他人的注意。你不觉得吗？"

"就像布下诱饵？"

"中子星还算是挺常见的，但仍然很奇特。在一个刚刚获得星际飞行能力的种族看来尤其如此。可以确保阿玛兰汀人会被吸引到这里来，出于纯粹的好奇心。"

"他们并非最后一批上钩的，是吧？"

"是啊，我也觉得他们不是。"西尔维斯特深吸了一口气，"你是否认为，我们应该趁着现在还有机会，掉头回去？"

"从理性上讲，是的。这答案对你来说够好吗？"他们继续向前推进。

"让我们先去那道光那边吧，"过了一会儿加尔文说道，"我想更近地看看它。它似乎——这听起来很愚蠢——但它真的似乎比另外那件东西更奇异。如果说要我选择乐意在近距离看到哪一件之后死去，那我想我应该会选那道光。"

"我也有同感。"西尔维斯特说。他已经在如加尔文所建议的那般行动了，仿佛这个意向就来自他自己的意志一般。加尔文说的是对的，这道奇异的光中确实有某种更深邃的东西——更深刻、更古老的东西。这种感觉他之前一直无法言喻，甚至无法正确地认知，但现在已经真相大白，而且感觉就应该是这样。那道光就是他们必须奔赴的地方。

那东西的质地像是白银，它是宇宙结构上的一个菱形缺口，激烈躁动同时又平静安宁。靠近它的时候，环绕它运行的宝石（在现在这个时空框架中是静止的）似乎在缩小。平稳而流畅，珍珠般的光泽包围了这套空天服。他觉得这些光线应该会伤到他的眼睛，但他感受到的只有一片温暖，还有自己缓缓放大的认知。渐渐地，他再也看不到房间的其他部分，看不到那颗宝石，最终他似乎被笼罩在一片银白色的暴风雪中。他没有感觉到危险，没有感觉到威胁，只是听天由命地顺服——一种快乐的顺服，迸发自内心深处。慢慢地，这套空天服本身似乎不可思议地变成了透明的、银色的光芒一路冲进来，照上了他的皮肤，然后朝着更深处推进，深入他的血肉和骨骼。

这是他始料未及的。

事后，他回到有意识的状态之际（或者说，落回到这个状态，因为在意识中断期间他似乎一直在超出那之上的某个层面），脑中充满了领悟。

他又回到了房间里，离那道白光有一段距离，仍然在那宝石的轨道范围之内。

而且他明白了。

"啊，"加尔文说话了，他的声音在事后这片宁静中犹如一阵号角，出人意料又格格不入，"那可真是一趟奇妙的旅程，不是吗？"

"你是不是也……体验了那一切？"

"这么说吧，那是我所感受过的最奇怪的事情。这有没有回答你的问题？"

是的。无须多问。无须更多证据说服。他相信，加尔文刚才和他分享了所感受到的一切，或许在那一刻，他们的思维以及其他，都变成了液态，与其他数万亿人一起，浑然一体地流动。然后他对于所发生的一切已经尽数了然，在分享众人智慧的那一刻,他的所有疑问都得到了回答。

"我们被读取了,不是吗?那道光是个扫描装置,一台打捞信息的机器。"这些话在说出口之前似乎非常合理,但真说出来之后他觉得自己的表达相当糟糕,用粗陋的语言贬低了他所讲的东西。但要传达他在那个地方感受到的所有洞见,他的词汇表实在是远远不足。甚至就在此刻,那些感受似乎也在消退,就像是个瑰丽的梦境,其中的种种奇景似乎在醒来的头几秒钟便无可挽回地凋零了一般。但他必须说出来,至少要把他的感受具象化,撇开其他不谈,至少让它被空天服的存储器记录下来,供后世参考。"有那么一刻,我觉得我们被转化成了信息。在那一瞬间,我们建立了联系,和其他所有已知信息,所有曾经被思索过的思维,或者至少所有业已被那道光捕获的思维。"

"我的感觉也是一样的。"加尔文说道。

西尔维斯特有些好奇,加尔文是否和他一样感觉到失忆正愈演愈烈。他得知的一切正渐渐消逝。

"我们是在哈迪斯里面,对不对?"西尔维斯特感觉到自己的思绪在表达的门楣上雀跃,急切地想在化为乌有之前变作声音,"那东西根本不是中子星。也许它曾经是,但它现在不是了。它已经被改造了,变成了……"

"一台电脑,"加尔文替他说完了这句话,"这就是哈迪斯的本质。一台由核物质①组成的计算机,用一整颗恒星的质量来处理信息、储存信息。而这道光是进入它的一个孔隙,进入计算矩阵的一条路径。我想,有那么一刻,我们确实是在哈迪斯里面。"

但事情其实比这表述还要奇异许多。

曾经有颗比地球的太阳重三四十倍的恒星,它走到了自己生命的终点,核燃烧反应的终点。在大肆挥霍能源几百万年②之后,这颗恒星爆炸了,成了一

---

① 纯粹由质子和中子这些普通物质原子核中的核子构成的奇异物质。
② 相当于此类大质量恒星寿命的长度。

颗超新星。在爆炸中心，巨大的引力压碾碎了施瓦西半径[①]内的众多物质，最终形成了一个黑洞。黑洞之所以得到这个名号，就是因为没有任何东西能够从它的临界半径内部逃脱，甚至光都不能。物质和光都只能落入黑洞，从而让它质量更大、吸引力更强。一个恶性循环。

出现了一种文明，他们可以利用这种天体。他们知道一种技术，能将一个黑洞转化为某种奇异得多、反常得多的东西。首先，他们耐心等到宇宙比黑洞形成时要老得多的时候，等到大部分恒星都属于非常老的红矮星———一种质量几乎不足以点燃本身的核聚变火焰的恒星。接下来，他们将十几颗这种矮星放入黑洞周围的吸积盘中，逐渐让吸积盘喂养黑洞，将那些星体的物质倾泻到黑洞吞噬光线的事件视界[②]中。

到此为止，西尔维斯特都懂，或者至少可以自欺欺人地以为他懂。但他很难把握接下来的部分———整个过程的核心———那似乎像一桩自相矛盾的公案。他所能明白的部分是，一旦进入事件视界，粒子就会沿着特定的轨迹继续坠落，这些特定的轨道让它们围绕着中心质量密度无限大的位置旋转，那个位置也就是黑洞中心的奇点[③]。沿着这些路径坠落之际，时间和空间开始相互融合，最终它们实际上合为一体，无法分离。而且，关键是有一组轨迹中，这二者完全交换了位置，空间中的轨迹变成了时间中的轨迹。而这类轨迹当中有一个子集，其中的轨迹允许物质钻进过去的时间，回到黑洞中更早的历史时期。

"我正在访问来自二十世纪的文本，"加尔文喃喃自语，似乎可以紧紧跟上他的想法，"这种效应甚至在那时就已经有人知道——有人预测到了。它似乎来自对黑洞的数学描述。但没人知道这些预测多大程度上可以当真。"

"哈迪斯的设计者不会有这种疑虑。"

[①] 德国天文学家卡尔·施瓦西（1873—1916）以一般相对论的"引力方程式"为基础得出的一种解法，是计算天体达到特异状态时半径长度的公式。
[②] 天文学术语，指黑洞的边界。
[③] 天文学中具有无限大密度和无限小体积的根据广义相对论该处时空发生无限扭曲的点。又称时空奇点或引力奇点。

"看来是这样的。"

在这些特殊轨迹上发生的事情是,光、能量、粒子流一同沿着轨迹蠕动,围绕奇点每旋转一圈就朝着过去钻得更深一点。这一切对外部宇宙来说都不算"显事件",因为它被限制在事件视界这个无可逾越的屏障之后,所以并没有明显违背因果关系的状况出现。按照加尔文获得的数学知识,这种状况也不可能出现,因为这些轨迹永远都不会通往外部宇宙。然而,实际上有些轨迹会。数学计算忽略了轨迹细小的子集的子集的子集这种特殊情况。这些轨迹实际上会将量子带回黑洞诞生的一刻,它在其原生恒星的超新星爆炸中坍塌的那一刻。

在那一瞬间,从未来到达的粒子所施加的微小外向压力,会有延迟引力内陷的作用。

这种延迟甚至是不可测度的。它几乎不比理论上最小的量子化时间单元更长。但它确实存在。而且尽管它很小,但足以激起因果冲击的涟漪,回传到未来。

这些因果冲击的涟漪和进入黑洞的粒子交汇,于是建立了一个因果干涉网格,一道对称地朝着过去未来两方延伸的驻波[①]。

在这个网格中,那个坍塌的天体不再确定自己是否应该化作一个黑洞。初始条件一直都模棱两可,或许这些量子纠缠是可以避免发生的,如果它的半径保持在施瓦西半径以上,坍缩成一个由奇异夸克和简并中子组成的稳定构型[②]。

它在这两种状态之间来回抖动,举棋不定。这种不确定的状态固化下来,诞生了一个在这宇宙中独一无二的东西——除非在其他地方,其他的黑洞里也在进行同样的转变,导致同样的因果悖论诞生。

---

① 局限于某一区域而不向外传播的波动现象。
② 奇异夸克是夸克的一种,是组成强子的更基本的粒子。简并中子则是根据理论物理推论出的可能存在的一种超高密态物质。有些理论认为大质量中子星的内部物质处于奇异夸克态。

该天体停留在一个稳定的构型上，在这个状态下它的悖论性质对外部宇宙来说并不明显。从外部看，它类似于一颗中子星，至少最外层几十米的外壳是这样。壳层内的核物质被催化整合成复杂的结构组织，能够进行迅如闪电的计算。这是一种自组织结构，从其两个对立状态的解中自发涌现。外壳涌动，处理信息，包容信息，信息密度达到了宇宙中所有地方的物质在理论上所能达到的最大值。

于是它开始思考。

这塌陷天体的内部在超因果的音乐中舞动，悬而未决的可能性形成飘摇不定的暴风，与外壳底部无缝融合到一起。外壳运行着无尽的模拟、无尽的计算，而核心在未来与过去间架起桥梁，允许信息在其间毫不费力地来回传送。外壳实际上已成为巨大并行处理器中的一个单元，只不过它所属阵列中的其他单元是未来和过去版本的它自己。

于是它有所领悟。

它领悟到，即便它拥有分布在历史上各个纪元的全部处理能力，它也只是某个更宏大的事物的一部分。

而那事物有个名字。

西尔维斯特不得不让自己的头脑休息片刻。那浩瀚无极的图景此刻正渐渐减退，只剩下余音回荡，就像一曲有史以来最伟大的交响乐的最后一段和弦的回声。他怀疑，再过一会儿，自己大概就不记得多少东西了。他的大脑里根本没有足够的空间容纳这一切。不过奇妙的是，他对这一切的逝去没有感到丝毫悲伤。在那须臾之间得以品尝超越人类智慧的知识确实非常美妙，但对一个人来说，这些知识实在是太多了。最好还是活着。最好还是只记住能记忆下来的东西，而不是被广袤无边的知识的重负折磨。

他不该像神明那样思考。

很多分钟后，他检查了下自己空天服上的时钟，略微惊讶地发现不知不觉间已经过了几个小时——假设他上次核查时间的时候没搞错的话。还有出去的时间,他想。还有时间,能在桥头堡关闭之前赶到地面。

他看了看那颗宝石。在经历了那一切之后,它的神秘并没有丝毫减损。它没有停止不断流变,他也仍然感觉到它有着诱人的吸引力。他觉得他现在对它有了更多了解。在通往哈迪斯矩阵那个观察孔的那段时间,他学到了某些东西,但那些记忆瞬间就亲密无间地融入了他所获得的其他经验之中,他完全无法将它们带到自己的意识面前加以审视。

他只知道,他有种之前没有的不祥预感。

不过,他还是朝那颗宝石飞去。

哈迪斯那焦虑的红眼现在明显变大了,但位于那片炽斑核心处的中子星永远都只会是一抹微光。它的直径仅有几十千米,她们来不及接近到足以分辨清楚的距离就会死去,被陡峭的引力梯度的力量撕成碎片。

"我觉得我应该告诉你,"帕斯卡尔·西尔维斯特说,"我们即将遭遇的事,我不认为会发生得很快。除非我们非常走运。"

崑利说话时尽力不让自己表现得对这个女人高高在上、了然于心的语气感到恼怒,虽然她承认帕斯卡尔或许确实有资格表现出这种姿态。

"你怎么知道这么多?你又不是天体物理学家。"

"我不是,但我记得丹告诉过我,不管送来任何探测器,潮汐力都使它只能接近到一定的极限距离。"

"你说得好像他已经死了似的。"

"我并不这么认为,"帕斯卡尔说,"我甚至认为他可能会幸存。但我们不会。我很遗憾,但反正结果都一样了。"

"你仍然爱着那个浑蛋,对吗?"

"他也爱我,信不信由你。我知道,他的行为方式——他的所作所为——他看起来那么急功近利,外人肯定很难看出来。但他确实关心我。比任何人以为的都更关心。"

"当人们发现他很大程度上只是被操纵之后,也许就不会对他那么苛刻了。"

"你认为有人会发现吗？只有我们才知道，扈利。就宇宙中的其他人而言，他只是一个偏执狂。他们不明白，他会利用其他人是因为他别无选择。因为有个比我们任何人都更宏大的东西在驱使他前进。"

扈利点了点头。"我曾经想杀了他，但只因为这是让我回到法兹尔身边的途径。这当中从来没有任何恨意。事实上，非要说我讨厌他，那是不诚实的。我钦佩任何傲慢到那等程度的人，仿佛这是他与生俱来的权利之类的。大多数这样的人，他们撑不起这样的傲慢。但他傲慢得就像个君王。那甚至不再让人觉得是傲慢，而是成了某种另外的东西。某种足以令人钦佩的东西。"

帕斯卡尔选择不回答，但扈利可以看出，她并非完全没有同感。也许她只是还没有准备好把这些话说出来：她爱西尔维斯特，是因为这家伙是个自视甚高的浑蛋，并且当自视甚高的浑蛋当出了某种高贵的味道，做得那么潇洒，反而成了一种美德，就像身披麻衣①的人一样。

"听着，"扈利最后说道，"我有个想法。当那些潮汐力开始啃噬我们的时候，你是想完全清醒，还是想给自己搞点酒精面对这问题？"

"你这是什么意思？"

"伊利亚从前经常告诉我，这个地方是为了带客户从外面观看飞船而建造的。那种为保住合同希望能留下深刻印象的客户。所以我在想，这里某个地方肯定有个酒柜。很可能里头库存还很充足——假设没在最近几个世纪里被喝光的话。再者，它也许还会自动补充库存。你跟我一起来不？"

有好一阵子，帕斯卡尔什么也没说，与此同时哈迪斯的引力陷坑不断悄然逼近。最后，就在扈利认为另一位女士选择拒绝自己的提议时，帕斯卡尔松开安全带起身离席，向后方走去，走向身后那片她们尚未探索过的毛绒与黄铜的领域。

---

① 麻布衣物，古代原为劣质衣物或者丧服，同时也是受人尊敬的苦修士常穿的衣服。

第三十九章

2567 年，刻耳柏洛斯内部，终极密室

那颗宝石现在闪耀的光芒明显是蓝色的，仿佛西尔维斯特的接近让它的发射光谱停止变幻，迫使它进入某种暂时静止的状态。西尔维斯特仍然觉得，接近这东西是个错误，但此刻他的好奇心——还有种宿命之感——驱使着他继续向前。也许，原因其实源自他思维的最底层，他必须直面危险，然后驯服它。当初必定就是这样的本能驱使人类第一次去接触火焰，第一次因痛苦而畏缩，由痛苦而生出智慧。

这颗宝石在他面前展开，他甚至不敢太过关注那些几何变形过程，他惧怕理解了那些变形，他的思维也会沿着类似的断层线劈裂开来。

"你确定这样是明智的？"加尔文问道。他的言语现在成了西尔维斯特平时内心对话背景的一部分，更甚于以往任何时候。

"现在要回去为时已晚。"另一个声音说道。

这个声音既不属于加尔文，也不属于西尔维斯特，但他似乎非常熟悉这声音，仿佛此物长期以来一直都是他的一部分，只是保持着缄默。

"他一直和我们在一起，"加尔文说道，"你确实是这样吧？"

"比你以为的更久。自从你从拉斯凯尔天幕回来之后，我们就一直在一起，丹。"

"那么崑利说的那些全都是对的。"他在说话的同时已经明白了其中的真相。如果佐佑木那件空荡荡的空天服提供的证据依然不够充足，那么他在白光中得到的启示也已经彻彻底底终结了他的疑虑。

"你想要我怎么样？"

"只想让你进入那个——用你的叫法，'宝石'。"他又听到了这个生灵的声音，而且现在只能听到这一个声音。那声音咝咝作响，令人不寒而栗。"你完全无须恐惧。你不会受到它的伤害，离开也不会被阻拦。"

"不论会不会你都是要这么说的，不是吗？"

"只不过，这是事实。"

"那桥头堡呢？"

"该装置仍在运行。在你离开刻耳柏洛斯之前，将一直如此。"

"我们没办法核实，"加尔文说道，"无论这家伙——这东西——说什么，都很可能是在说谎。他对我们一路步步欺骗操弄，为了把你带到这里。他有什么理由现在突然开始说真话？"

"因为说真话也无所谓了，"盗日者说，"既然你已经到了这里，你自己想怎么做，对整件事已经无关紧要了。"

然后西尔维斯特感觉到空天服向前冲去，直接冲进了打开的宝石中，冲进一条周围无数灿烂的刻面不断闪烁光芒的通道，一条伸入内部结构的通道。

"这是——"加尔文刚一开口就被打断了。

"我什么都没做，"西尔维斯特说道，"肯定是那个浑蛋控制了我的空天服！"

"非常合理。毕竟，他之前就可以控制佐佑木。他肯定是更愿意坐在后台，让你来完成所有的工作，一直到现在。懒惰的浑蛋。"

"事已至此，"西尔维斯特说，"我不认为侮辱他能让局势有多少改变。"

"那你有更好的主意吗？"

"事实上……"

他现在完全被通道包围其中——发光的脉管状隧道，蜿蜒曲折一路向前，最后他似乎已经不可能仍然在那宝石里面。话说回来，他告诉自己，他从来没有就它的真正大小得出过明确的结论——它的直径可能是几百米，也可能是数万米。它波动的外形让人无法确认，或许这问题根本就不存在一个有意义的答案，就像人们无法确定一个分形实体的体积一样①。

"呃，你是想说？"

"我想说……"西尔维斯特声音越来越小，"盗日者，你在听我说话吗？"

"一直在听。"

"我不明白为什么必须让我到这里来。如果你成功地激活了佐佑木的空天服，而且你一直有意识地控制着我的空天服，那说到底，为什么必须让我来这里？如果这东西里有什么你想要的，你想带出去的，我并不在场的情况下你也一样可以办到啊。"

"这个装置只会对活着的生物做出反应。一件空的空天服会被理解成智能机械。"

"这……这个东西……是个装置？你刚才是不是这么说？"

"这是个遏制者装置。"

一瞬间这些话似乎毫无意义，但也只是一瞬间。然后，模模糊糊地，这些话带出了他脑海中残存的一些记忆，他在那道白光、那通往哈迪斯矩阵的门户里的那段时间的一些记忆。这些记忆又带出了其他的记忆，一个无尽的联想链条。

然后他有所顿悟。

---

① 部分分形的体积（面积）是可以确定的，但多数不能。

他比以往任何时候都更加清楚，自己不该继续了。如果他到达这宝石——他现在知道了，它其实是遏制者装置——的深层领域，情况将会非常非常糟糕。事实上，会糟糕得难以想象。

"我们不能再继续深入了，"加尔文说，"我现在明白这到底是什么了。"

"我也是，虽然太迟了。"

这个装置是由遏制者留在这里的。它们将这东西放置在环绕哈迪斯的轨道上，挨着那闪闪发光的白色门户，那个甚至比遏制者更古老的东西。它们或许没能正确理解后者的功用，也没找到能说明到底是谁把它放在这里，放在这颗中子星旁的线索。有些晦涩难解的迹象显示，哈迪斯和它原本应当成为的样子不太一样，这些线索它们也未深究。这并不会让它们感到烦恼。反正除了它的起源神秘莫测之外，这东西完全符合它们的计划。它们自己的装置能够引来智慧生命，而把其中之一放在这么一个更加令人困惑的实体边上，自然就能保证会有访客。事实上，它们在全银河系都遵循了类似的策略：将遏制者装置放置在能引起天文物理学家兴趣的天体附近，或者让它挨着已经灭绝的文明留下的废墟。任何一个更可能引人注意的地方。

然后阿玛兰汀人来到了这里，在外头小修小补，同时也让这台装置了解了他们自身。它研究了阿玛兰汀人，了解了他们的弱点。

然后它将他们赶尽杀绝——只有少数被放逐者后代除外，他们找到了两种方法逃避遏制者的无情追杀。有些利用了那道门户，将自己映射到星壳矩阵中，将自己保存到那里被束缚起来用于计算的核物质当中，在这些不可破坏的琥珀里作为模拟程序继续运行下去。

西尔维斯特觉得，这很难算是还活着。但至少他们确实部分地被保存了下来。

然后还有另外一些，那些找到了另一种方式来逃避遏制者的人。他们所使用的方法同样激进，同样难以回头……

"他们成了天幕人，对不对？"此刻说话的是加尔文，抑或其实是西尔维斯特不知不觉说出了自己的想法？他有时候会这样，在注意力高度集中的情况下。他几乎无法分辨到底是哪种,反正他也根本不关心。"这是在最后的日子里。那时候复生星已经死灭,他们太空中的大部分同类也已经被追杀至灭绝。一群人进入了哈迪斯矩阵。另一群人很可能在从那道门户附近的时空变化中尽其所能地学习,学习到操控时空的知识。然后他们找到了一个解决方案,一个从遏制者的武器之下保护他们的方法。他们找到办法让自己周围的时空卷曲封闭,将时空凝结和固化,直到它形成一个无法穿透的外壳。他们退到这些保护壳里面,并让时空永远封闭。"

"但至少比死掉好。"

一瞬间,所有的一切都在他的脑海中清晰起来。那些躲在天幕后面的人,一直在等待、等待,对外面的世界几乎一无所知,几乎无法与之沟通,因为他们用来包裹自己的屏障实在太安全了。

于是他们一直等待。

他们知道,在他们自我封闭之际,那些遏制者留下的系统就已经在慢慢失效,慢慢失去镇压智慧文明的能力,只是对他们来说失效得不够快。但困居于他们的时空泡沫中等待了上百万年之后,他们开始怀疑,威胁是不是已经减轻了……

他们不能干脆解除天幕,四下查看——这太危险了。尤其要考虑到遏制者的机器是绝不可能没有耐心的。它们表面上的沉默可能只是陷阱的一部分,一个伺机而动的策略,旨在引诱阿玛兰汀人——现在是天幕人——走出自己的壳子,进入无遮无拦的太空中,进入开放领域,在那里它们可以轻轻松松地摧毁他们,终结对他们族类长达百万年的清洗。

然而,随着时间的推移,另外的人类出现了。

也许太空中的这一区域存在某种有利于脊椎动物进化的因素,也许这只是单纯的巧合,但在新的星际航行的人类身上,天幕人看到了他们自己曾经的影子。精神上存在的异常也相仿:同时渴望着孤独和同伴,同时需要社会的舒适环境和太空的开阔荒原,一种驱使他们不断前行、不断开拓的分裂症。

头一个见到他们的人是菲利普·拉斯凯尔,就在如今以他的名字命名的天幕附近。

天幕附近惨遭扭曲的时空将他的思维线条撕扯开来，盘旋捻转，重新组合，化作曾经的他的一幅流着口水的滑稽画像。但这是幅声名煊赫的滑稽画像。他们向他的体内注入了一些东西，一些能让其他人更加靠近天幕的知识……以及能让他们这么做的谎言。

在死去之前，拉斯凯尔把这些东西告诉了年轻的丹·西尔维斯特。

他说，去找幻戏藻吧。

阿玛兰汀人曾经拜访过他们，把他们的神经模式印在了幻戏藻的海洋里。这些模式可以稳定天幕周围的时空，使人们能够深入到它越来越浓密的褶皱中，而不会被引力的重压扯成碎片。这就是西尔维斯特在接受了幻戏藻变身后，能够越过时空风暴，进入天幕本体深处的原因。

他活着出来了。但大不相同。

有某种东西和他一起回来了。那东西自称是"盗日者"。不过他现在知道，那不过是一个神话中的名字。从那时起就活在他体内的这个东西，更应当被看作一个集合体，一个被编织进天幕外壳结构中的人造人格。将这东西放在那里的人们希望西尔维斯特作为他们的使者行事，把他们的影响力延伸到不可逾越的时空幕布之外。

事后看来，他们想要他做的事情非常单纯。

前往复生星，那里掩埋着他们肉身祖先的遗骨。

然后找到遏制者的装置。

然后让自己一脚踏进陷阱。如果那装置还在运作，它就会被激活，然后识别出他属于一个新崛起的智能文明。

如果遏制者依旧存在，人类就会被认定为接下来要尽数屠戮的物种。

如果它们已然不复存在，那天幕人就可以安全地重现世间。

现在这片包围着他的蓝光看起来十分邪恶，邪恶得无以言表。他知道，仅仅进入这个地方，他可能就已经做得太多了。他可能已经表现出足够明显的智慧，让这台遏制者装置相信，他代表着一个值得赶尽杀绝的物种。

他憎恨这个由阿玛兰汀人变成的种族，憎恨为他们的调查任务那么全身心投入的自己。但他现在又能做什么呢？事到如今才回心转意已经晚了，太晚了。

通道变宽了，他发现自己——空天服仍然丝毫不受他的意识控制——置身于一个多面体房间里。房间还是沐浴在那种让人恶心的蓝色光辉中，到处都挂着奇怪的几何形体，让他想起了他曾看到的人类细胞内部重建模型。这些东西的边缘全是直线，一大堆错综复杂的长方形、正方形和菱形，形成一组组悬挂的雕塑，完全看不出有任何审美倾向会和它们吻合。

"那些是什么？"他低声问道。

"把它们看作拼图游戏好了，"盗日者说，"设计思路大概是这样，作为一名有智慧的探索者，你会有一种好奇的冲动，去完成拼图，去移动这些形体，让它们组成隐含在碎块中的几何构型。"

他能明白盗日者的意思。最近的那一组就是个好例子。很明显，只要拨弄那么几下，他就可以把这些形体变成一个四维立方体……它们简直在勾引他……

"我不会做的。"他说道。

"也不用你做。"然后盗日者就开始向他示范。他空天服的四肢伸向那组几何体——二者之间的距离比他之前估计的要近得多。空天服的手指抓住了第一个模块，毫不费力地把它摆到了正确的位置。"还会有别的测试，别的房间，"这个外星怪物说道，"你的心灵机制将受到严密检查，然后是——稍后进行——你的生理机制。我不指望后者的程序会多么令人愉快。但也不会致命。那样的话将会阻止其他人继续来此，妨碍对敌人获得更广泛的了解。"现在这东西的声音里带着几分近乎幽默的语气，似乎他已经和人类共处了足够长的时间，学会了少许人类的说话方式。"唉，但你将是唯一进入这个装置的人类样本。不过请放心，你将被证明是个非常优秀的范本。"

"这你可就大错特错了。"西尔维斯特说道。

盗日者那毫不动摇、全无杂音的语气里第一次出现了一丝警觉。"请解释一下。"

有一阵子，西尔维斯特没有回应。"加尔文，"他说，"有件事我必须要说出来。"哪怕他正在这么说，他还是不太确定自己为什么现在要说这些话，也不太确定他到底是在对谁说话。"当我们在那道白光中的时候——在哈迪斯的矩阵中，我们分享一切的时候——我发现了一件事，我本该在多年前就明白的事情。"

"关于你的一件事。"

"是的，关于我的。关于我是什么的。"此刻西尔维斯特很想哭，他知道这会是他最后一次有机会哭泣，但他的眼睛不允许他哭出来，它们从来就没有这个功能，"关于我为什么无法恨你，除非我想把这种仇恨转向自己。如果我真的恨过你的话。"

"其实没有产生预期的效果，不是吗？我对你所做的那些事。事情的发展方式和我计划的不同。但我不能说我对你最终成长成这样感到失望。"加尔文纠正了自己的发言，"我最终成长成这样。"

"我很高兴我发现了这件事，哪怕直到现在这个时候才知道也是这样。"

"接下来你打算做什么？"

"你知道的。我们分享了一切，不是吗？"西尔维斯特发现自己在笑，"现在你也一样知道我的秘密。"

"啊哈。你是在说那个小小的秘密，对吧？"

"那是什么？"盗日者嘶声说道。那声音听起来像是噼噼啪啪的射电讯号，来自遥远的类星体。

"我估计，你对我在船上的谈话有所了解，"他此时是在对这个外星怪物说话了，"当时我让他们认为我是在虚张声势。"

"虚张声势？"它追问道，"关于什么？"

"关于我眼睛里的热尘弹。"西尔维斯特说。

他笑了，这次笑声更加响亮。然后他完成了一系列在他记忆中存留已久的神经触发程序，程序启动了一连串的动作，先是在他眼睛的内部电路里，最后是在包埋在其中的细小反物质微尘中。

有一阵光，比他所知道的任何光都更纯净，哪怕通往哈迪斯门户中的那道光都有所不及。

然后一切都归于虚无。

伏尔约娃首先看到了那个景象。

她当时正在等着无限眷念号来把她干掉。她看着飞船那巨大的圆锥体渐渐靠近，它好似一条从容不迫的鲨鱼，黑得犹如黑夜本身，只是因为遮挡住了星光才能为人所见。无疑，在它庞然巨躯的某处，电脑系统正在琢磨着该如何用最有趣的方式来加速她的死亡。只有这样才能解释为何飞船迄今还没有杀死她，哪怕她已经处于飞船上所有武器的射程之内了。或许是船上的盗日者让飞船多了种扭曲的幽默感：它希望像个虐待狂那样，慢慢地将伏尔约娃推向死亡。整个过程始于这种要命的等待，等待着会发生什么。她的想象力现在成了自己最大的敌人，正卓有成效地提示出所有可能适合盗日者目标的武器系统。有些防御系统可以用几个小时把她烧熟，或者是将她肢解但不立刻杀死她（比如说调到刚好可以烧灼肉体的模式的激光炮），又或是将她撕个稀巴烂（比如说外派一队机仆）。哦，她的思维进程真是个了不得的玩意。而且，总的来说，正是这丰富的想象力让如此之多的处刑方式成为可能。

但就在这时，她看到了那个景象。

刻耳柏洛斯的表面冒出一道闪光，短暂地标示出桥头堡安顿下来时所在的位置。然后，仿佛是刹那之间，行星的内部被点燃，出现了一道随即暗淡下去的剧烈强光。

或者是一场巨大的爆炸。

她看着岩层的内部伴着被烧焦的机器喷入太空。

扈利花了点时间才接受这个事实：她实际上并没有死，尽管她曾确信自己必死无疑。至少，她本以为自己会在痛苦中短暂地醒来，在最后一刻醒来，随即就被哈迪斯撕个粉碎，身体和灵魂都被中子星周围强大的引力之爪消灭。她又以为自己或许会被一阵头痛惊醒，自从大小姐唤起了她头脑中埋藏着的那些关于黎明战争的记忆以来最严重的一次头疼。只不过这次的头疼将纯粹源于化学作用。

她们找到了蜘蛛房里的酒柜。她们把它喝空了。

但她的大脑毫无醉意，澄澈得恼人，就像一扇刚擦过的窗户。她苏醒得很快，没有经历昏昏沉沉的过渡，仿佛在她睁开眼睛之前的那一瞬间她都还并不存在。但她并不在蜘蛛房里。现在回心一想，她回忆起自己醒来过，回忆起那可怕的潮汐力的降临。当时她和帕斯卡尔挣扎着爬到了房间中央，想要减轻自己所受的应力。但那当然是失败了。她们那个时候很清楚自己已经没有幸存的可能，唯一能做的就是设法减轻点痛苦⋯⋯

见鬼，她到底在哪儿？

她醒来时，背后靠着的是坚硬的表面，像混凝土一样，没有弹性。在她上方，群星正以疯狂的速度在天空中旋转，而且那种移动的方式有些不对劲，就像是透过一块笼罩了整个天穹的厚实镜片看到的那样。她发现自己能动了，便挣扎着要站起来，过程中差点摔回地上。

她穿着一套空天服。

她在蜘蛛房里没穿空天服。这套空天服和她在复生星的地面活动中使用的是同一种，也正是这种空天服将西尔维斯特带进了刻耳柏洛斯。这怎么可能呢？如果此刻的经历是场梦，那这梦跟她所知的梦可太不一样了，因为她可以有意识地质疑其中的矛盾之处，而不会让她周围的整个体系轰然坍塌。

她在一片平原上。平原的颜色像是正在冷却的炽热金属，亮度刚好差一点点就足以刺痛眼睛。平原平坦得犹如一片潮水退却后的海滩。更仔细地看了看之后，她发现这片平原上面有图案。图案不是随机的，而是以复杂的规律排列，就像一张波斯地毯。在每一级图案的间隙都夹杂着更小的下一级，最终那些规律的图案近乎需要用显微镜来观察，它们甚至多半还深及更小的层面，直到亚原子核和量子层级。而且图案还在不断变化，焦点时而模糊时而清晰，每时每刻都不一样。最后她感到看得隐隐约约有些不舒服，于是把注意力转移到地平线上。

地平线看起来真的很近。

她迈步前行。她的脚踩在闪烁的地面上，吱嘎作响。那些图案自动重新排列，形成一块块光滑的踏脚石，刚好让她可以落足。

前面有个东西。

它隆起于近处地平线的弧线之上：一个小丘，一个凸起的基座，与翻滚的星空形成鲜明的对比。她朝那边走去，走到近处时看到那边有动静。那凸起的部分看着类似地铁入口，三面矮墙包围中有一串依次下行的台阶，通向大地深处。

在动的是个从那深处出现的人。一个女人。她拾级而上，动作从容而有力，就像在早上初次呼吸新鲜空气。她与虺利不同，没有穿空天服。事实上，她的穿着与虺利记忆中之前她们在一起时一模一样。

那是帕斯卡尔·西尔维斯特。

"我等了很久了。"她开口说道。她的声音越过她们之间没有空气的黑色空间传来。

"帕斯卡尔？"

"是的。"对方说完又加了一个限定，"从某种意义上说是的。天哪，这要解释起来可不容易，哪怕我花了那么多时间练习要怎么说……"

"发生了什么，帕斯卡尔？"问她为什么没穿空天服、为什么没有死的话似乎太无礼了，"这是在哪儿？"

"你还没猜出来？"

"抱歉，让你失望了。"

帕斯卡尔同情地笑了笑。"你在哈迪斯上。还记得吗？那颗中子星。就是把我们拉过去的那颗。嗯，其实它不是。我是说，它不是中子星。"

"在它上面？"

"是的，在它上面。我觉得你肯定没想到会这样。"

"确实，想得到才怪。"

"我到这里的时间和你一样，"帕斯卡尔说，"也就是几个小时之前。但我待在星壳下头，那里的事件进展得更快。所以对我来说，过去的时间似乎长得多。"

"长多少？"

"大概几十年吧……尽管从某种意义上来说，时间在这里其实根本就未曾流逝。"

扈利煞有介事地点点头，好像她完全听懂了似的。"帕斯卡尔……我想你需要解释一下……"

"好主意。我在下去的路上会解释的。"

"下到哪里？"

帕斯卡尔朝扈利招招手，示意她踏上那道通往樱桃红色平原的楼梯，就好像在邀请邻居进屋去喝点鸡尾酒似的。

"下到里面，"她说道，"进入矩阵。"

死亡依旧没有到来。

在接下来的一个小时里，伏尔约娃利用空天服上的图像缩放叠加视野观看着桥头堡，看着它渐渐丧失原本的形状，就像件新手没捏好的陶器一般。渐渐地，它开始融入地壳。它在与刻耳柏洛斯战斗的过程中最终落败了，正在被后者消化。

太早了，太早了。

桥头堡的过错让她咬牙切齿。她或许是准备乖乖受死了，但她还是不喜欢看到自己的作品失败，而且——该死的——还提早这么多。

最后，她再也受不了了，转过身去，张开双臂，面对那如匕首般直指着她的飞船。她不知道飞船是否能够读取她的声音信号。

"快来吧，畜生。了结我。我已经受够了。我不想再看下去了。让一切结束吧。"

飞船圆锥主体侧面上有个地方打开了一道舱门，一时间橙色的船内照明光线让舱门暂时亮了起来。她带着几分期望等待着门里头有某件可怕的、在她记忆里已然模糊的武器游弋而出，或许是某样她在醉酒后创造兴致大发之际拼凑出来的东西。

然而门里出来的却是架穿梭机，朝她缓缓驶来。

按照帕斯卡尔告诉扈利的说法，这颗中子星其实不是中子星。或者说，至少它曾经不是，或者说未来将会不是——如果没有某个第三方干扰的话，帕斯卡尔拒绝谈论关于这个第三方的任何细节。但要点很简单。那些家伙把这颗中子星转变成了一台速度极快的巨型计算机，这台计算机通过某种怪异的途径，能够与过去和未来的自己进行交流通信。

"我这是要下去干什么？"她们沿着楼梯向下走去的时候，扈利问道，"不，更好的问题是，我们这是要下去干什么？还有，你怎么突然间比我多知道了这么多？"

"我告诉过你了，我在矩阵中的时间更长。"帕斯卡尔在一级台阶上停了下来，"听着，扈利，我接下来要告诉你的事，你可能不太喜欢。那就是，你已经死了——至少暂时死了。"

扈利对此并没有她以为的那么惊讶。这看起来几乎完全是预料之中的事。

"我们死于引力潮，"帕斯卡尔的语气平铺直叙，"我们离哈迪斯太近了，于是引力潮汐把我们给撕成了碎片。那经历自然也不怎么愉快，但你在那当中的大部分记忆都没有被捕获，所以你现在不记得了。"

"捕获？"

"按一切通常规律而言，我们应该都已经被粉碎成了原子。而且从某种意义上说，我们也确实是被粉碎了。但描述我们的信息被保存在了我们和哈迪斯之间的引力子流中。杀死我们的力量同时也将我们记录下来，将这些信息传递给了星壳……"

"好吧。"扈利迟疑着说道。她准备暂时把这些当成已知事实。"我们被传送到星壳中以后呢？"

"我们被，嗯，模拟重生了。当然，星壳中的计算要比实时演算快得多，这就是为什么我在里面已经度过了几十年的主观时间。"

她听上去几乎带些歉意。

"我怎么不记得在哪儿度过了几十年的时间。"

"那是因为你没有。你被复活了，但你并不想留在这里。你不记得那些了。事实上，是你选择忘掉的。这里没什么会吸引你留下的东西。"

"你是在暗示，这里有某些会吸引你留下的东西？"

"哦，是的，"帕斯卡尔有些惊讶地说，"哦，是的。我们等下会说到这个问题的。"楼梯现在已经到了底，边上连着个有灯笼的走廊，里头随机散落的灯光营造出一种童话般的氛围。扈利看向墙壁时，发现墙上闪动着微光，像是在计算什么，和她在表面看到的一模一样，给人一种强烈的忙碌印象，仿佛在她无法触及的地方，复杂得以揣度的机器正在不断地搅动着代数方程。

"我是什么？"扈利说，"你是什么？你说我已经死了。我不觉得。我也不觉得我是在某个矩阵中的模拟程序。我之前在外头的地面上，不是吗？"

"你是有血有肉的活人，"帕斯卡尔说道，"你死了，然后你又被重新创造出来。你的身体是由存在于矩阵外壳中的化学元素重建的，然后你被复活过来，迅速恢复了意识。你所穿的空天服，也同样来自矩阵。"

"你的意思是说，有人穿着空天服接近了潮汐力致死的距离？"

"不……"帕斯卡尔小心翼翼地说，"不，要进入矩阵还有另一条途径。那条途径要容易得多——至少曾经如此。"

"我应该仍然会死才对。没有什么能在中子星上生存。哦，在它里面也一样。"

"我告诉过你的，它不是中子星。"然后她解释了这是如何做到的。矩阵本身会产生一个特殊区域，其中的重力可容她生存下来。为了做到这点，它让星壳更深处巨量的简并物质循环流动。那也许是计算过程的副产品，也许不是。

但总之，引力流就像一个发散透镜，将重力从她身上引走。与此同时，同样凶猛的力量使墙壁不至于在重压下以非常接近光速的速度崩溃。

"那你呢？"

"我和你不一样，"帕斯卡尔说，"我穿着的这个身体，只是个傀儡，用来和你相见的东西，仅此而已。它是由与星壳相同的核材料构成的。中子被奇异夸克结合在一起，所以我不会在本身的量子压力下飞散开去。"她摸了摸自己的额头。"但我没在这里做任何思考。思考在你周围进行，在矩阵本身当中。请你原谅，下面的话听起来大概非常无礼——但如果我被迫除了和你说话之外什么都不做，我会感觉非常厌烦的。正如我刚才说过的，我们的计算速率有很大差异。你没觉得被冒犯，对吧？我的意思是，这不是针对你的，我希望你能理解。"

"不必在意，"扈利说，"我相信换了我也会有同样的感觉。"

此时走廊渐行渐宽，通到了一个看样子像是科学研究室的地方，设备齐全，可能来自过去五六个世纪中的某个时间。房间里的基调是棕色的，年代久远的棕色：沿墙排列的木质书架是棕色的，书架上成行的古老纸质书的书脊泛黄发棕，桃花心木书桌上棕色的柔光在荡漾，还有那些为了增强视觉效果摆放在书桌周边的古董科学工具，它们由金棕色的金属制成。没有摆放书架的墙壁前有木柜拱卫，里面挂着些发黄的骨头。外星生物的骨头，乍一看可能会被误认为是恐龙或某些已灭绝的、没有飞行能力的大型鸟类的化石。前提是别过于注意这外星生物头骨的宽大容积，这必定曾经容纳过智慧思维的空间。

这里也有现代仪器的样本：扫描仪器、先进的切割设备、精确影像和全息图存储晶片的挂片架。一个墙角里有台比较现代化的机仆在休眠待命，头部略为前倾，就像是个忠实的老家仆，在正大光明地站着打盹。

有一面墙上开着几个百叶窗，眺望出去可以看到外面，一片贫瘠的、常被大风吹过的荒原，满布台山的不稳固的岩层，沐浴在一轮正消失于混沌天际的落日所发出的红光之中。

在办公桌前坐着个人。当她们进入房间时，此人从座位上站起身来，仿佛正聚精会神地工作却被打扰了一般——是西尔维斯特。

她第一次看到这个人的眼睛——人类的眼睛——一双看起来完全是血肉凝成的眼睛。

有那么一会儿，她们的闯入看起来让这男人十分恼火，但他的表情迅速柔和起来，最终开口时脸上已略带笑容。"我很高兴你能抽出时间来看看我们，"他说道，"我希望帕斯卡尔已经解释清了你提出的所有问题。"

"大部分。"扈利边说边向前走进书房，为这个复现一丝不苟的程度赞叹不已。这里绝不亚于她曾体验过的任何模拟实境。然而，这个房间中的每一个物体都是由核物质铸成的，它们的密度如此之大，以至于在正常情况下，他桌上最小的镇纸所产生的引力都足以致死，哪怕隔着整个房间。一想到这儿，她深感恐惧，但同时也深感敬佩。"但不是所有的。你是怎么来到这里的？"

"帕斯卡尔大概提到过吧，还有另一条进入矩阵的路。"他朝着扈利双手一摊，"我发现了那条路，仅此而已。从那条路进来的。"

"然后，那个，怎么样了？你的……"

"我真正的自我？"西尔维斯特的笑容现在有种自娱自乐的特质，就好像他正在享受某种微妙得无法与人分享的私人笑话，"我很怀疑他还能不能幸存。不过坦率地说，这其实跟我无关。我现在就是真正的我。是过去的我的全部。"

"在刻耳柏洛斯里面发生了什么？"

"那可就说来话长了，扈利。"

但他还是向扈利讲了。他是怎么进入那个行星内部的，佐佑木的空天服又是怎么被证明是一个空壳的，而意识到这点如何只是加强了他进一步向前的决心，以及最后他在那个终极密室里发现了什么。然后他是如何进入矩阵的——在这个时间点之后，他的记忆与他的另一个自我分道扬镳了。但当他告诉扈利他确信他的另一个自我已经死了时，他是那么坚信不疑，以至于扈利有些怀疑，他是否有其他方法可以了解那边的情况，是否有某种另类的无形纽带将他们俩联系在一起，直到最后那一刻。

她能感觉得出，有些事甚至西尔维斯特本身也没有完全弄懂。他没有达到神明的境界，或者说至多只达到了那么一瞬间，在他沐浴在那道门户之光中的时候。扈利有些好奇，这是否出于他在那之后的有意选择？如果他是被矩阵模拟出来的，如果矩阵的计算能力基本上是无限的……除了他有意选择的那些限制外，还能有什么限制被强加给他？

她了解到，当年情况是这样的：卡琳娜·勒菲弗被天幕的一部分保住了性命，但那绝不是偶然的。

"似乎那里存在两个派别，"西尔维斯特的桌上放着好几个铜制显微镜，这会儿他边说边把玩着其中一个，反复调整下面小反射镜的角度，似乎想用它捕捉到夕阳的最后一抹余晖，"其中一个想利用我弄清遏制者是否仍然存在，是否仍然能够对天幕人造成威胁。而另一派，我不认为他们比前者更关心人类。只是他们更加谨慎。他们认为，去刺激遏制者装置来观察它是否仍然会做出反应，这办法并不好，肯定会有更好的办法。"

"但接下来会发生什么？实际上是谁赢了？是盗日者还是大小姐？"

"二者皆非，"西尔维斯特边说边把显微镜放回原处，它包着天鹅绒的底座扑通一声撞到桌面上，"至少，我的直觉是这么告诉我的。我认为我们——我——差点就触发了这个装置，差一点，给它的刺激就足以让它向其余的装置示警，然后开始对人类开战。"他大笑起来，"把那称之为战争就意味着双方有来有往。但我认为，根本不可能会是那样。"

"但你认为事情还没到那一步？"

"不是认为，我希望，我祈祷，仅此而已。"他耸了耸肩，"当然，我可能是错的。我曾经说过我在任何事上都不会错，但我已经学到了教训。"

"那些阿玛兰汀人，不，天幕人会怎么样？"

"只有时间能给出答案。"

"就这？"

"我并不知道所有问题的答案，扈利。"他环视房间，似乎在品鉴着书架上的书卷，确定它们依然存在，好让自己放心，"哪怕在这里也一样。"

"该走了。"帕斯卡尔突然说道。她出现在丈夫身边，拿着一杯透明的东西。那或许是伏特加。她把杯子放在桌面上，旁边是个抛光的颅骨，颜色类似羊皮纸。

"去哪儿？"

"回到太空中，扈利。这难道不正是你想要的吗？你肯定不想在这里度过永恒的余生。"

"我无处可去，"扈利说，"你应该知道，帕斯卡尔。飞船在追杀我们，蜘蛛房被毁了，伊利亚被杀了——"

"她成功了，扈利。在穿梭机被摧毁时她并没有死。"

所以伊利亚当时设法穿上了空天服，但这对她有什么用呢？扈利还准备进一步质疑帕斯卡尔，但此时她意识到，无论眼前这个女人告诉她什么，那都极可能是真的，无论看起来多么令人难以置信，也无论那真相多么毫无益处，无论它可能多么于事无补。

"你们两个以后打算做什么？"

西尔维斯特探手拿起伏特加酒杯，小心翼翼地抿了一口。"你还没有猜到吗？这个房间不仅仅是为你弄出来的。我们也居住在这里，只不过我们是居住在矩阵中模拟版的房间里。不仅仅是这个房间，还有基地的其他地方。就像以前一样，只是现在这一切都属于我们自己了。"

"就这些吗？"

"不……不止。"

此时帕斯卡尔走到丈夫身边，他用一只手搂着妻子的腰。他们两人转向百叶窗，转向红光浸染的异星黄昏。复生星的荒原朝着远方延伸，大地毫无生机。

然后景象变了。

变化从地平线开始。一波变革的浪涛横扫一切，以新的一天降临的速度向他们奔来。天空中爆出云团，广袤得像是一个个帝国。此刻，尽管太阳依然在沉入幽暗的夜幕，天空却更蓝了。地上不再一片荒芜，而是迸发出纷乱的绿色植被，形成一道青葱色的浪潮。扈利能看到湖泊，看到树木——异星的树木,还有,现在出现了道路,在蛋形的房屋之间蜿蜒。房屋群聚,形成了小小的村庄。在地平线上有个更大的社区,围绕着一座细长的螺旋尖塔。她凝视着远方,看得目不转睛,震惊于自己所见的恢宏场景:一整个世界,恢复了生机;还有——或许是视觉出了错,她永远都无法确认——她觉得自己看到了些人影,他们以鸟类般迅捷的速度在房屋之间移动,但从不离开地面,从未飞到空中。

"阿玛兰汀人曾经的一切,"帕斯卡尔说,"或者至少是大部分,都储存在矩阵当中。这不是什么考古学上的重建,崫利。这里就是复生星,他们现在居住的地方。由幸存者们的全部意念创造出来的。这是个完整的世界,精确到最小的细节。"

崫利环顾房间,现在她明白了。"而你们准备去研究它,是吗?"

"不仅仅去研究,"西尔维斯特又啜了一点伏特加,"而且生活其中。直到它让我们厌烦为止。而那,我怀疑得很久很久以后了。"

于是她离开了,留下他俩在他们的书房里,再度开启他们为招待她而暂时搁置的艰深且意味重大的交谈。

她爬到楼梯顶端,再次踏上哈迪斯的表面。星壳仍然闪烁着红色的焰光,仍然在活跃地计算着。在这里待了足够长的时间之后,她的感官已经适应了,于是她意识到,一直以来她脚下的星壳时时都在鼓动,仿佛有个巨大的引擎在地下室里咆哮一般。她认为,这比喻与事实相差无几。确实有个引擎,进行模拟运算的引擎。

她想到西尔维斯特和帕斯卡尔,两人应该又开始了对他们那神奇新世界的新一轮探索。她离开之后的这段时间,对他们来说可能相当于很多年。但那大概无关紧要。她怀疑,只有当其他一切都对他们失去吸引力之后,他们才会选择死亡。而那一天,正如西尔维斯特所说,还要很久很久才会到来。

她打开了空天服上的通信器。

"伊利亚⋯⋯你能听到我的声音吗?该死的,这听起来很傻,但他们说,你可能还活着。"

除了静电噪声之外什么声音都没有。希望幻灭了,她看着周围灼热的平原,不知道自己接下来该做什么。

就在这时:"扈利,是你吗?你居然还活着?"

她的声音非常奇怪。语速在不停变化,忽快忽慢,就像是喝醉了酒,但又有着明显的规律,不可能是真喝醉了。

"我也想问你同样的问题。我记得的最后一件事是穿梭机完蛋了。你要告诉我你还在太空里飘着吗?"

"比那要好多啦,"伏尔约娃的声音在频谱上飞快来回移动,"我在一架穿梭机上。你听到了吗?我在一架穿梭机上。"

"这怎么……"

"是飞船派出来的。无限眷念号。"伏尔约娃这次听起来兴奋得喘不过气来,仿佛她急不可待地要把这件事一吐为快,"我以为它要杀了我。我一直在等待着,等着它给我最后一击。但攻击始终没有到来。相反,飞船派了架穿梭机来接我。"

"这完全说不通啊。操控它的应该是盗日者,他应该仍然试图除掉我们……"

"不,"伏尔约娃这会儿说话时,仍然带着那种孩子般的欢快语调,"不,这完全说得通,假如我做的事起效的话,我想肯定是这样的——"

"你做了什么,伊利亚?"

"我,嗯,让船长回暖了。"

"你竟然这么做?"

"是的,这种解决问题的方法很要命。但我想,如果一只寄生虫试图获得对飞船的控制,最可靠的对抗方法就是释放出一只更强大的寄生虫。"伏尔约娃停顿了一下,似乎在等待扈利认同这样做确实是有道理的。扈利没有表示,于是她继续往下说:"这差不多是一天前的事。你知道这意味着什么吗?瘟疫一定是在短短几个小时内就转化掉了飞船的很大一部分质量!转化的速度必须要快到不可思议，每秒钟好几厘米！"

"你确定这样是明智之举？"

"扈利，这大概是我这辈子做过的最不明智的事。但它似乎确实起效了。至少，我们用一个自大狂取代了另一个自大狂，而这一个看起来并不汲汲于毁灭我们。"

"我想这是朝着正确方向迈出的一步。你现在在哪儿？你回过飞船吗？"

"还没有。是的，在过去的几个小时里，我一直在找你。你到底在哪儿，扈利？我似乎无法确定你的位置。"

"你不会真希望知道的。"

"呦，我们走着瞧。但我希望你能尽快乘上我这架穿梭机。如果你对此有什么疑问的话，我会告诉你，我不打算独自回到拥光船里去。我认为它应该会和我们记忆中大不一样了。你，呃，有能力到我这里来吧？对不对？"

"是的，我想我可以。"

扈利做了她被告知在想要离开哈迪斯的表面时应该做的动作。这看起来似乎毫无意义，但帕斯卡尔非常坚持，她说这是个矩阵可以理解的信息，这信息会让它把低引力场空泡投射到太空中，她可以安全地搭乘这个气囊起航。

她张开双臂，就好像长着一双翅膀，就好像能够飞翔。

红色的星球表面一如既往地脉动着，闪烁着。它平稳地向下移动，离她而去。